El Evangelio de la Serpiente Emplumada

por

Stanley Struble

Elogios para la Trilogía de La Serpiente Emplumada

"Struble" lo hace de nuevo con nuevos e inesperados giros sobre un tema clásico. La arqueología y la religión antigua se entrelazan con la corrupción y la política contemporánea en este convincente libro que se lee sin detenerse".
Dra. Harriet Ottenheimer, Profesora de Antropología de la Kansas State University

"Esta aquí...otro misterio de Struble! El Evangelio de la Serpiente Emplumada es un torbellino de excitación y un atractivo misterio para los que gustan de misterios y religión. Cuando los objetos sagrados perdidos del cristianismo aparecen inesperadamente en las ruinas de una iglesia católica en el sur de México, las grandes religiones del mundo compiten por poseerlos. En este libro que se lee sin parar, la prosa y la conspiración de Struble te mantendrán leyendo hasta altas horas de la noche".
Dr. Lew Hunter, Presidente Emerito de la Escuela de Guionistas de la UCLA

"Lleno de detalles históricos fascinantes, descripciones vívidas y suficientes giros de la trama mantendrá a todos satisfechos, el nuevo libro de Stan Struble, El Evangelio de la Serpiente Emplumada es una muy buena inclusión al nicho de de los thrillers arqueológicos que Struble ha tallado por el mismo".
Hugh Reilly, Director del Departamento de Comunicación de la ONU y autor de *Bound to Have Blood y Drinking With My Father's Ghost*

Este libro es una obra de ficción. Todos los acontecimientos, personas, y circunstancias son la invención del autor y de ningún modo representan acontecimientos, personas, o situaciones reales, histórico o de otra manera.

Título: El Evangelio de la Serpiente Emplumada

Imprenta: Feathered Serpent Press

Autor: Stanley Struble

Traduccion: Dr. Jose Badillo, Ph.d. Español, Metropolitan College y Jose Antonio Gonzalez Corzo – San Cristobal de las Casas, Chiapas, MX

Editor Ejecutivo: Dr. Jose Badillo, Ph.d.

Maquetacion: James Bunstock, BPG Photo/Graphics, buns@bunstock.com

Diseno y realización de cubiertas: James Bunstock

ISBN: 978-1-7345949-3-5

Fecha de publicación: Mayo 2020

Autor

Stanley Struble diplomado en la reconocida escuela Father Flangan's Boys' Home, en Boys Town, Nebraska. Obtuvo la licenciatura en antropología por la Kansas State University. Actualmente es profesor adjunto de antropología en la Metropolitan College en Omaha. Struble es miembro de MENSA, la Sociedad Internacional de Alto Cociente Intelectual y ha sido presidente tres veces del Colegio de Escritores de Nebraska, el gremio de la escritura mas antiguo y prestigiado del Estado. Tambien es autor de cinco novelas que tiene lugar en Mexico. Todos han tenido una excelente acogida en Estados Unidos.

El Reconocimiento Especial

Ninguno de mis libros fueron posibles sin la amistad perdurable de Jose Antonio Gonzalez Corzo de San Cristobal de las Casas, Chiapas. Tony es el compañero raro cuyos intereses, el carisma personal, el humor y las vivencias complementan lo suyo. Del Yucatec y Lacandon Jungles de Méjico, para las tierras altas de Chiapas, y del Valle de México para las montañas de Oaxaca, Tony proveyó una cuña y una inspiración. Él ha sido mi maestro y mi informante en la historia y cultura mejicana los últimos 45 años, y me ha guiado a través laberintos de ruinas mayas encubiertas en selva a todo lo largo de Chiapas y el Yucatan. Él también nos sacó de algunas situaciones difíciles a través de los años. Gracias, Tony. 'Somos Loco Luego de Todos Estos Años.'

Citas

El 16 de mayo de 2013, a los nuevos embajadores les recordó el Papa Francisco en El Vaticano que: "El papa ama a todos, ricos y pobres, pero el papa tiene la obligación en nombre de Cristo, de recordar que los ricos deben ayudar a los pobres, respetarlos, promocionarlos."
Papa Francisco

"el ser no deseado, no ser amado, sin importancia, olvidado por todo el mundo, pienso que eso es un hambre mucho mayor, una pobreza mucho mayor que la persona que no tiene nada que comer."
La Madre Teresa

"Las guerras de naciones son luchas para cambiar mapas. Pero las guerras de pobreza son luchas para trazar un mapa de cambio. "
Muhammad Ali

Con Gran Aprecio

Como todas mis historias, "el Evangelio" no habría sido posible sin el consejo y la asistencia de muchas personas. En primer lugar entre éstas está Valerie, mi esposa y compañera por 39 años. Su intelecto, ánimo e ideas siempre me animaron cuando dudé de mí mismo. Ella trabajó incansablemente en este libro para corroborar que cada frase tenía una secuencia lógica. Harriet Ottenheimer, Profesor Honorario de Antropología en Kansas State University corrigió el escrito original, así como Jim Bunstock de Mensan asociado, que corrigió todo e hizo la maquetación del libro.

¡Gracias, Gracias!

La familia González Corzo de Guadalajara, México son personas muy especiales. Quiero darles las gracias por su amistad y su hospitalidad a través de los años y por amablemente soportar mi estilo gringo y mi raquítico español en tantas ocasiones. Su amistad es un tesoro.

Agradecimiento Especial

Para mis lectores quienes disfrutan de la historia inusual que se desarrolla en lugares exóticos y a quien ha leído una o más de mis tres novelas anteriores, gracias por su tiempo y su interés. Todos los escritores queremos ser leídos. Encontrar a las personas que disfrutan de una historia rara en escenarios muy diferentes es siempre una bendición.

El Evangelio de la

Serpiente Emplumada

PRÓLOG0

Muy por debajo del acantilado desde el cual está un hombre barbado donde las olas salpican sus espumosas aguas mediterráneas que arrojan contra grandes rocas redondas cubiertas por moluscos. La niña a su lado, deleitándose con la obra teatral de las aguas, gritó cuando la mojó el salado rocío.

José de Arimatea de túnica gris, que calza sandalias y es de asombrosa estatura le sonrió a su lado. "Cuidadoso para no caer."

Ella avanzó a rastras más cerca por el borde, desafiando las olas que la persiguen para ahuyentarla.

"Allí." Él apuntó. "lo puedes ver ahora."

"¿Es eso un barco romano?" Ella miró con atención hacia el horizonte donde su tío había señalado.

"No. ¿Ves las velas y la proa? Es del este, la mayoría son de Tiro, tal vez de Cartago."

"¿Egipto?" Ella preguntó pensativamente. Había oído muchas historias del pagano Egipto, de enormes templos llamados pirámides, un enorme dios conocido como la Esfinge que era parte león y parte humano, y cuentos extraños de ritos de fertilidad más allá de su pre-adolescente comprensión.

Su cara y brazos le dieron brillo al color moreno bronceado. Ella tenía dientes bien alineados y pelo largo, oscuro, atado hacia atrás como era la costumbre del sur de Galia. Sus ojos cafés atisbaban debajo de sus cejas negras mirando con atención a la distancia.

Como José la observó, ella se cruzó de brazos y asumió una actitud de reflexión seria. Cuando ella frunció la boca, su expresión fue contemplativa y afirmativa. Esa mirada y su postura eran familiares, recordándole al hombre que se sintiera ciertamente como el padre de la niña. Ella sospechó el cambio y como a todos los niños, no le gustó.

Como siempre desde su infancia, un movimiento constante de viajeros, misteriosos para la chica iba y venía de la casa en las colinas al pie de una montaña de los Pirineos. Daban cuenta de acontecimientos en lugares distantes que ella nunca había visto. El nombre Jesús de Nazaret vino a sus labios en un lenguaje que ella apenas hablaba. Oyó que el nombre insistentemente repetido se pronunciaba con temor.

José observó a la niña mientras los invitados hablaron hasta altas horas de la noche. Aunque fascinada, ella no comprendía las historias de los desconocidos. ¿Cómo podría? Ninguno de ellos nunca hizo algo por ella y su familia. No supo eso antes de salir de Palestina, José convirtió todas sus pertenencias en efectivo.

Ella nació en Galia, una villa grande en las colinas, que su "tío" había comprado. Siempre vivió a una distancia que podía recorrer a pie al pueblo que retuvo a su madre María Magdalena, a la que tenía en gran estima y expresaba curiosidad acerca del tío solitario José, quien gastaba mucho tiempo rezando y muy poco tiempo trabajando.

"El barco atracará pronto," dijo él. "Regresa a la posada y dile a María que el incrédulo llegará pronto. Lo traeré en poco tiempo."

"¿El quién?"

"Er… Tomás. Dile a ella que Tomás ha llegado. Rézale a Dios porque él esté sano. Ve ahora, niña."

Ella retrocedió dos pasos, entonces preguntó rápidamente, "¿Él es judío como nosotros? ¿Me contará sobre mi papá?"

"Oh, bien, sí. Él es algo extraño, pero sí él hablará contigo. Tal vez sepa algo, puede que no. Ahora simpatiza contigo. Lo digo en serio." Él la alejó.

Acaparando con una última mirada el mar de turquesa, ella dio vuelta y caminó arrastrando los pies abajo del camino rocoso hacia la villa al borde del mar.

José observó su figura ágil deslizarse alrededor de la curva. *Camina como su padre, pero se parece a su madre*, pensó.

El viejo hombre se rascó la barba distraídamente, suspiró, y empezó a observar el arrecife, las velas del barco, como se acercaba. La niña lo importunaba. La mujer, Magdalena le perturbaba aún más. En estos días, ella los pasaba rezando y meditando en una caverna cercana. El porqué ella había escogido ese lugar para encontrar paz y buscar una conexión espiritual con Jesús estaba más allá de su comprensión.

Cuando José trató de hablar acerca de su motivación para rezar en la caverna, ella ni siquiera lo tomó en cuenta. Él se preguntó acerca de esa relación especial con Jesús y tal especulación lo dejó angustiado por no comprenderla. ¿Quién era el padre de la niña? ¿Por qué no lo diría ella? ¿Qué vendría después?

Las historias extrañas fueron la constante tras la muerte de Jesús. El yugo de Roma cayó pesadamente sobre el cuello de Jerusalén y Palestina dejo de ser un lugar seguro para vivir, ¿pero era seguro algún lugar? La costa sureña de Galia, sorprendentemente, ofreció la mejor combinación de estabilidad con su distancia del caos del fanatismo judío y el imperialismo romano.

Como él prometió, José vendió su casa y negocios y animó a María Magdalena a salir por su seguridad, ¿Pero ahora qué? Trece años habían pasado, y la segunda llegada del Cristo verdadero no había ocurrido como todo el mundo esperaba. Él prometió regresar, ¿cuánto más de tiempo él se demoraría antes de redimir a sus seguidores? Él lo haría, José no dudaba, ¿Pero cuándo?

Últimamente, José había oído que las historias que él conocía eran ficticias, los relatos fantásticos de hazañas de Jesús. Los milagros nuevos y las historias eran atribuidos a él, algo que José nunca había escuchado antes, sin embargo se debatían como si hubieran sido testificados por todos. Lugares, acontecimientos y cosas que Jesús supuestamente dijo e hizo estaban hilados en una tela que él nunca habría reconocido y probablemente se habría rehusado a ponerse.

Incluso había un hombre llamado Pablo, que José nunca conoció, quien le dio la vuelta al mundo manteniendo el conocimiento de Jesús y la naturaleza de Cristo. Dicho hombre predicaba lo que el Señor dijo y quiso decir. Era increíble. ¿Cómo podría saberlo? ¿Cómo podría recordar alguien todo aquello? ¡Y el hombre nunca había visto a Jesús!

La salida de José de Judea en la búsqueda del anonimato en Galia duró sólo algunos años. ¿Cómo lo había encontrado alguien en un mundo tan grande? ¿Quién reveló su ubicación? ¿A alguien se le fue la lengua o deliberadamente lo traicionó? Si era así, ¿por qué?

Su boca se cerró con firmeza. La vieja pregunta no parecía importante ya. Lo que terminó, terminó. Debía ser un plan divino. Como Jesús repetidamente dijo, "Sólo la búsqueda del Reino de Dios aquí en la tierra permanecerá siendo importante."

Cuando él le volvió la espalda al mar, con la emoción de la pasión que nace de adentro, Tomás pensaba a diferencia de los demás. Él era el discípulo con la mente investigadora, atrevido, educado, curioso y siempre dudando. La relación de Tomás con Jesús fue siempre cuestionada. El hombre se guiaba como una brújula reacia en su cabeza.

El incrédulo fue un nombre inapropiado, sin embargo. José recordaba a Tomás siempre lleno de incertidumbre, aunque todo el tiempo hacía preguntas y parecía ansioso por aprender todo lo que su Señor le pudiera enseñar.

Jesús les instruyó. Él los condujo lejos de la tiranía de las Sagradas Escrituras de mil años de edad a las verdades esenciales recabadas de la comunidad esenia en el desierto. Su "Maestro de Rectitud," su fundador, fue un hombre genial. Jesús estudió las escrituras y enseñanzas con su profundo entendimiento bendecido en todas las cosas y sin el enfoque obsesivo aferrado al pasado de los sacerdotes judíos bañados en rituales de purificación y de fe. Jesús recabó simples verdades elementales de las Sagradas Escrituras y con la guía de Dios interpretándolas de nuevo y presentándolas para alguien en Palestina que escuchara. Muchos tuvieron que saber la verdad cuando la oyeron, pero la verdad era algunas veces incómoda. Finalmente fue vencido contundentemente cuando los ancianos y los sacerdotes en el templo se volvieron contra él.

La mente del viejo hombre desbordaba de curiosidad con la llegada inminente de su viejo amigo. ¿Qué habría visto Tomás y habría hecho estos últimos trece años? ¿A través de qué países habría viajado? ¿Qué noticias traería de Jerusalén? ¿Se habría rebelado Judea?

Profundamente pensativo, José cuidadosamente atravesó el camino gastado, pedregoso. Aunque él había cumplido sus promesas, muchas decisiones permanecían sin resolverse. Él esperaba que Tomás le ayudase. José podía usarlo para armonizar sus ideas. Tomás tenía su propia opinión sobre qué hacer con la copa, la niña, y María Magdalena. Él ayudaría a José a ubicarse y quizá a afirmar su decisión para dejar Galia.

José desaceleró su paso, contento de hacer una pausa y considerar los asuntos. Media hora más tarde, él alcanzó el fondo del valle y empezó su expedición al pequeño puerto. Una sonrisa abrumadora iluminó su cara. Un amigo muy especial había llegado proveniente de la madre patria para hacerle una visita. Era una alegría, un regalo maravilloso que Dios había traído este día.

Gracias, Señor, él rezó. *Gracias por tantos regalos.*

***

El olor punzante de aceite de ballena quemado se filtraba en la oscuridad. Una oleaginosa lámpara sobre la mesa y dos candelas eran la única fuente de luz del cuarto.

"A la cama, niña," dijo, José. "¿Tienes un sinfín de preguntas?"

"Deja que ella se quede, José," Tomás urgió. "Ya es casi una mujer."

"No. Tenemos que intercambiar muchas opiniones que ella no tiene necesidad de oír." Dirigiéndose a la niña. "Dale a tu tío Tomás las gracias por el regalo, después te vas con tu madre y dices tus oraciones."

"Pero quiero..."

"Ningún pero, niña. Danos un abrazo antes de que salgas. Podrás continuar con tus preguntas nuevamente mañana."

Triste por la despedida, ella abrazó a ambos hombres y le dio a su nuevo tío las gracias por el juguete de cuerda que él le había traído de Siria. Con las sombras oscilantes bailando formando fantasmas en la pared, María y su hija desaparecieron por la parte de atrás de la espaciosa casa.

"¿La niña aún no conoce a su padre?" Tomás preguntó.

"Ninguno de nosotros realmente. María no lo dirá," José contestó discretamente.

"¿Ella se prostituyó?"

Las cejas de José se arquearon, e hizo un gesto. "Tú sabes más de eso. Eso es hablar de celos."

Tomás bajó la cabeza momentáneamente. "Nunca supe lo que él veía en ella. Siempre fue tan segura de sí misma, para mí que hasta demasiado para ser una mujer."

José de Arimatea extendió un ánfora de vino para su amigo. "Ella había sido definitivamente su pareja. En la actualidad es realmente devota. La envidio y me pregunto qué verdades compartió Jesús con ella. Sin duda tuvieron…una relación especial."

"¿Así que la niña es actualmente…?"

"Deja eso, Tomás," le dijo rápidamente, sirviendo vino en la copa del hombre joven. "Tus especulaciones no tienen valor. Si ella es como tú piensas, es de una casta divina."

"Excepto que esta niña podría ser…"

"Esto no es benéfico para la niña conocer todavía ese punto. María se lo dirá a ella siempre y cuando esté lista."

Tomás, miraba fijamente la llama en la lámpara como si buscara las respuestas, negando con la cabeza, con arrepentimiento. "Jesús nos explicó mucho y nos dejó entender muy poco."

Tomás se levantó y caminó hacia el único estante del cuarto, suavemente tocó una canasta, una copa de cerámica y un plato. "Estos fueron de nuestro Señor."

"Tú no regresarás a India." José cambió el tema.

"No. Voy hacia el oeste."

"¿Al oeste? ¿A dónde?" José se rascó la barba. "Allí en el oeste no hay casi nada excepto por Iberia y la Gran Agua."

"Atlántida."

"¿Eh? ¿Dónde?"

"Atlántida. Al oeste de la península. Está allí, José. Homero, el historiador griego, escribió sobre eso y también…."

"¡Los griegos son sodomitas, y Homero fue un mentiroso! Glorificando su historia como si hubieran inventado todo. Son tontos y mentirosos. Tú debes desear la muerte para perseguir un plan tan ridículo. Descenderás al fin del mundo. ¿Por qué no te quedas con nosotros? Tengo la copa y tú tienes tus escritos, tu historia de nuestro tiempo con Jesús. Tú caminaste por el mismo camino que él viajó cuando era joven. Tú eres el más instruido de nosotros y el mejor escritor. Podríamos esparcir su mensaje juntos, tal vez iniciar una iglesia y podemos comenzar a convertir a los paganos. Quizá deberíamos ir a Bretaña."

"Ni lo sueñes. Roma está en todo lugar. El nuevo emperador, Claudio, pronto estará en Gran Bretaña. Quiero ir a donde Roma sea sólo un mito y las personas sean maduras para la palabra de Cristo."

"¿Entonces por qué Atlántida, ¿Aun si existiera?"

"Existe. Creo que ahí está establecida la tribu de Benjamín. Son parias

"¿Tú tienes pruebas de esto?" José se mofó. Dos mil años atrás, después de pacificar a las otras tribus de Israel en guerra, la tribu de Benjamín estaba derrotada, desterrada y se había dispersado hacia lugares desconocidos.

"He rezado mucho y estudiado estos trece años." Él señaló con la mano hacia su morral con sus pertenencias. "Escribí una narrativa breve de mis viajes a través de Persia e India. Creo que viajé a través del mismo camino que él hizo. Recorrí cada pueblo, lago, cada sitio y personaje Santo que él visitó y escribí mis impresiones de Jesús durante el tiempo que estuve con él en Palestina."

"Tú morirás en el mar," dijo José sin emoción. "Tu plan es de locos."

¿Y qué hay del tuyo, viejo amigo? ¿Por qué quedarse aquí con María Magdalena y no regresar a Jerusalén?"

"Ella se rehúsa." Él levantó la palma de sus manos como con resignación. "Ella no dirá por qué, simplemente cree que Dios quiere que se quede y críe a su hija donde nadie sabe quién es. Ella se siente segura aquí después de la locura de Israel."

José, clavando los ojos en la candela oscilante, meditó retrospectivamente sobre la situación. "Yo, también, he rezado para guiarme. Tengo la copa. Las personas comenzaban a venir a pedirla. Tuve que poner distancia entre Judea y yo."

"Entiérrala."

"Ni hablar."

"¿Por qué?"

"Parecería estar equivocado en cierta forma. No le puedo explicar. La debo preservar hasta…" Su voz se desvaneció.

"¿Hasta qué?"

"No sé, Tomás. Sólo sé que es especial. Algún día, los otros la pueden confiscar si Jesús no regresa pronto. Hasta entonces, estará a mi cargo, y haré todo lo que tenga que hacer para protegerla."

"Yo la podré conservar." Tomás recogió la copa.

"No te la puedo dar."

"Tú deberías. Tan pronto como te vuelvas demasiado notorio en Galia, Roma hará su trabajo aquí como lo hicieron en Judea. Tomarán la copa y te matarán. Tú sabes eso, José."

José de Arimatea le mantuvo la mirada fija a Tomás por mucho tiempo antes de apartarla y enterrar su cabeza entre sus manos.

"Por favor," Tomás preguntó, ¿"no compartirías el pan y la sangre de nuestro Señor conmigo por última vez?"

"Hablas como si nunca regresarás."

"Salgo en dos días. El capitán del barco es de Tiro y su familia desciende de los fenicios. Él es un hombre valiente que escucha mis historias de Jesús. Mi corazón y oraciones siempre me han guiado en los caminos con la excepción de otros, José. Tú sabes eso. A diferencia tuya, no creo que nuestro Señor regrese pronto. Hay mucho trabajo para hacer, y creo que él quiere que nosotros esparzamos su mensaje de amor y hermandad, así es que debo hacer este viaje. Lo siento poderosamente."

Comieron el pan y compartieron la copa.

El hombre de Arimatea se quedó mirando por mucho tiempo a su amigo. En la luz tenue, se dieron las manos a través de la mesa, sonrientes en un momento de amistad y tristeza, sucumbiendo por la melancolía de la memoria.

Tomás, metiendo la mano en su morral, extrajo un pergamino. "Mira, mi amigo. Hice una copia de mi viaje y mis impresiones de las enseñanzas de Jesús." Él lo colocó en las manos de José, sus lágrimas cayeron encima del pergamino.

El viejo hombre lo tomó contra su pecho. "Éste es un gran tesoro."

Conversaron por mucho tiempo en la noche, hablando de la insurrección en Palestina y la destrucción del templo. Finalmente, cantó el gallo anunciando el nuevo día, y la conversación se diluyó en el silencio, José condujo a su invitado hacia un dormitorio en la parte trasera de la casa.

A mitad del camino hicieron una pausa y vieron afuera la suave luz filtrándose sobre el horizonte montañoso del este.

Después de un silencio amigable, José se dirigió a Tomás. "Espera aquí, viejo amigo. Cambié de idea. Tengo algunas cosas especiales para ti. Te darán mucho en que pensar durante tu largo viaje."

CAPÍTULO UNO

El profesor David Wolf, un arqueólogo en sabático de la Universidad Nacional de Méjico, estaba sentado en el escritorio en su dormitorio. La arqueología mesoamericana era su pasión, y él era un líder en su campo. Una pequeña lámpara arrojaba un haz de luz a través de un escritorio esparcido con diversos escritos, mapas, dibujos, libros, revistas, una botella medio vacía de brandy Fundador y unos anteojos.

Alexandra, su esposa, dormía intranquila en su cama cerca de la ventana. Un gemido sutil se liberó de sus labios y se movió estirándose. Empezó por asegurarse de que ella estuviese bien, él se preguntaba lo que ella habría soñado. Era junio en el sureño estado de Chiapas en Méjico y la luz de una luna llena lanzaba un resplandor pálido fantasmal a través de la ventana por encima de la cama, revelando sus hombros desnudos, el cuello y el pelo desordenado. Era una noche cálida y su ropa de dormir era ligera y reveladora. Ella había dormido por rachas como si la preocupación fuese su compañera de cama, aunque ella intentaba ignorarla.

Él suspiró, se reclinó en la silla rellena y colocó sus brazos en los apoyabrazos. Bostezó y haciendo una mueca vio su reloj. Eran casi las dos de la mañana, pero él había avanzado poco. El proyecto no estaba del todo bien. En los últimos treinta y cinco años, había participado o conducido más excavaciones que las que él pudiese contar. Las otras fueron fáciles, pero la actual estaba difícil en su totalidad.

Cansado mirando la cama, sintió ganas de unírsele a Alexandra, sentirse cómodo y agradable con la mente bien clara. En lugar de eso, él estaba obsesionado con los pequeños detalles de la excavación que lo mantenían distraído de lo fundamental. Él no podría sacudir la sensación de que estaba dejando pasar algo de suma importancia, y debería saber lo que era.

El equipo contaba con volúmenes de datos sin procesar, pero nadie los podía colocar dentro de una estructura determinada o construir una cronología. No estaba describiendo una historia coherente. Tanto que daba la apariencia de estar desvinculado o apuntando tentadoramente en otras direcciones, especialmente a las cavernas o criptas. Esos huecos artificiales estaban en todas partes de las colinas y las faldas de las montañas, de arriba abajo por el piso y las paredes del valle del Consejo. Mientras más miraba el equipo más encontraba.

¿Qué querían decir? ¿Cómo habían entrado al contexto cultural religioso de esa cultura proto-maya? La caverna principal, Xibalbá, fue definitivamente el centro del sitio. Solo se requería de los años de trabajo esmerado de excavación y aún de más tiempo para poder interpretar los datos. Habían encontrado fascinantes objetos de diferentes grupos culturales, todo fechado en un plazo que abarcaba el mismo período de tiempo de 1,000 años. ¿Tenían las fechas anomalías o estuvo la caverna habitada al menos tres veces distintas por períodos de varios centenares de años?

Los enormes retos que las pruebas presentaban requerirían bajar la velocidad para poder realizar un buen trabajo detectivesco con una forma creativa de pensar. Él vaciló, angustiándose por saber sobre en qué orientación debía dirigir el proyecto. La situación creaba fricción con su líder de excavación, Karen Dumas, una joven arqueóloga de los Estados Unidos, quien era la que enfocaba completamente la atención para terminar el trabajo.

Karen resultó decidida y muy capaz, pero David comenzaba a preguntarse si ella tenía la imaginación o la creatividad para dar un paso fuera del esquema de referencia y acercarse a los datos desde otra perspectiva. Ese condenado zapatista Marcos que la cortejaba distrayéndola. No era del todo una gran ayuda.

Él se castigaba a sí mismo por ser tan crítico. Sinceramente, Karen hizo lo que le pedía David. Sus deberes incluían hacer segura la excavación, fue ejecutada completamente de acuerdo con las reglas, supervisando a los trabajadores, indios nativos y revisando las innumerables funciones de una excavación arqueológica. Había sido un gran trabajo, pero el profesionalismo y la exactitud fueron de capital importancia.

Entretanto, David, que había intervenido en el trabajo de muchas excavaciones por todo el país, estaba quizá demasiado ocupado. Él necesitaba estar más tiempo con Karen para ubicar sus datos preliminares en una forma clara, ordenada para su publicación. Vagar por el pueblo por algunos días a veces creaba más problemas en lugar de solucionarlos. Cuando él llegó dos días antes, su recepción fue casi fría, intercalando comentarios sarcásticos ocasionales. Él lo dejó pasar, sabía por experiencia propia que el desempeño en el trabajo en los trópicos que por meses no contaban con los servicios civilizados como agua potable, drenaje y la comida que hacía el cocinero de la casa podía hacer a las personas comportarse en las formas más inusuales.

"David," Alexandra le llamó desde la cama.

Volviéndose, él la vio sentada arriba, la parte superior del camisón colgando de un hombro, exponiendo su seno. Ella pasó una mano por su pelo oscuro y veteado con rayas grises, bostezando le obsequió una sonrisa adormilada. Parpadeó y se restregó los ojos, mientras él se maravilló de que siempre luciera tan joven, daba la apariencia de no tener más de treinta y cinco años, Excepto por el gris de su pelo. ¿Cómo podía ser esto?

"Apaga esa luz y ven, querido. No puedo dormir contigo sacudiendo ruidosamente tus escritos y haciendo ruido con tu vaso en el escritorio. Bebiste demasiado brandy otra vez, ¿verdad?"

"Tú sabes que no bebo demasiado, Ale. Estoy examinando algunos datos de la excavación y..."

"Shhh...." Su dedo fue a su boca y sonrió al pasar su ligero camisón sobre su cabeza. "Está caliente aquí dentro y tengo problemas para dormir."

"Puedo ayudar con eso."

Las sombras iluminadas por la luna en su torso desnudo le hicieron atrapar su aliento. Parándose abruptamente él caminó para el cuarto de baño.

"Déjame cepillarme los dientes y estaré contigo en un santiamén. Pienso que un masaje te ayudaría para dormir, Ale."

"¿Tú crees?" Ella le insinuó.

"Estoy seguro de eso. Primero, te daré el masaje por la parte de atrás y después por adelante y entonces......"

"Estoy completamente despierta ahora. Tal vez simplemente debería ir a ordenar el fregadero."

"Eso es lo que la criada tiene que hacer. Simplemente relájate. Voy en un segundo."

Él se apresuró en el cuarto de baño, se cepilló los dientes y se desvistió. Poniéndose una bata, apagó la luz y entró al dormitorio.

Ella se recostó quedamente con los ojos cerrados, la luna lanzando un rayo de luz translúcida alumbró sobre la cama sus hombros desnudos y su ondulante cabello oscuro. Él se recostó sintiendo los latidos de su corazón en sus mejillas.

"¿Ale, tú...?"

Cuando ella trató de abrazarlo, las sabanas se cayeron. "Ven para acá, viejo. No te puedo esperar todo el tiempo siempre para que vengas a darme las buenas noches."

"No estoy aquí nada más para darte las buenas noches, Ale." Él se deslizó a su lado hasta donde ella se lo permitió. "Estoy aquí para asegurarme que tú no tengas pesadillas y no sueñes con hombres más jóvenes."

Ella se rió. "Los hombres jóvenes son muy tontos." Ella rodó, exponiendo su espléndido trasero. "¿Creo que tú me puedes ayudar a dormir?"

"Estoy seguro de eso." Él saboreó las curvas lánguidas de su cuerpo sensual y un sentido familiar de urgencia ondeó a través de él. Él se levantó y la montó indeciso, acariciándola como él sabía que a ella le gustaba. Al principio ella se tensó, después se relajó y finalmente se rindió hasta que se sintió como arcilla caliente en sus manos.

Finalmente, ella suspiró y susurró, "Eso fue maravilloso. ¿No es cada vez mejor…?"

Él se rió ahogadamente y le ayudó a ella a ponerse boca arriba. "Ale, yo no sé cómo, pero esto siempre es mejor."

"Sí, así es, ¿verdad?" Lo atrajo hacia ella.

CAPÍTULO DOS

David desvió su peso y sujetó el aparato receptor en contra de su oreja, sus ojos cafés brillaban intermitentemente con interés. Las líneas de su sonrisa estiraron su boca cuando él expresó afirmativamente para alentar a su interlocutor mientras usaba la manga de su brazo para pasarlo como un paño sobre el sudor de su frente y sus patillas plateadas. Impacientándose, recargó su peso en el otro pie. El piso, pegajoso por la soda derramada, se adhirió a sus suelas. La cabina apestaba al humo rancio del cigarrillo, y los números de teléfono garabateados cubrían las paredes. Los pedazos pequeños de escritos y envolturas de caramelo tirados como basura en el piso.

Tanto que hacer y tan poco tiempo, pensó él, recorriendo con la mirada su reloj.

Él volvía de San Cristóbal de las Casas, Chiapas, temprano esa mañana para encontrarse en menos de una hora con el padre Salvador López, un antiguo alumno y ahora sacerdote católico. Entretanto, él estaba hablando por teléfono con Karen Dumas, quien había viajado desde una caverna remota en la selva lacandona. Él regresaría a San Cristóbal al atardecer para chequear sus datos y discutir asuntos no resueltos que estaban afectando la excavación, en particular la intrusión del ejército federal en las áreas problemáticas, por el movimiento zapatista. Aun con los compromisos de los rebeldes a no interferir, sus constantes regateos, tácticas y la beligerancia tenían a Karen nerviosa. Su novio zapatista lo complicaba todo. David sabía por experiencia que a pesar de la diversión, el trabajo científico y las aventuras amorosas siempre fueron una mala combinación. El resultado nunca era bueno.

Casi perdían la vida en la permanente rebelión zapatista. Después de buscar y finalmente encontrar la caverna de Xibalbá, a David le fue clavado un puñal en el intestino. Marcos sufrió la quebradura de una pierna en la entrada derrumbada de la cueva y Karen había sido secuestrada, golpeada y casi violada.

Después de su recuperación, David buscó a Karen en Omaha, Nebraska, y la convenció de regresar y ayudar con la nueva excavación. Después de todo, fue su idea con su estela Smithsonian y su promesa de los libros perdidos de los mayas. La caverna permaneció tan misteriosa e increíble como en el primer día que ellos entraron en sus pasajes laberínticos y comenzaron a descubrir su asombrosa historia.

Él no la habría culpado si ella rechazase su oferta para dirigir la excavación y hacer la historia. Ella casi perdió la vida en la selva lacandona. Arrastrando a Marcos con su amor no correspondido por Omaha, selló el trato para su regreso.

Aunque Karen acordó emprender la excavación en las remotas cavernas de la selva lacandona y tomar decisiones día con día, ella insistió en la responsabilidad de David en el sitio cuando se necesitara. Sus treinta años en la arqueología mesoamericana lo hacían un recurso muy valioso. Él estaba familiarizado con Chiapas, y sus contactos políticos hacían posible el respeto y mantenían a los investigadores apartados para no sufrir perjuicios. Su antiguo amante, Marcos, era una voz dominante entre los rebeldes y le daban seguridad a través de su líder, Balám Reyes, para no interferir con la excavación.

"Pronto, lo prometo," dijo, David. "Tal vez esta noche. No sé. Le dije a un amigo que tendría que ver una inhumación."

"¿Qué clase de entierro?" Ella preguntó.

"No sé. Sally está siendo recatado acerca de toda las cosas. Parece que los indígenas tienen el cuerpo de un hombre viejo que lo sacan afuera cada cincuenta y dos años con propósitos ceremoniales. La familia que tenía la responsabilidad completa del cuidado ha fallecido y…."

"Qué interesante. Por supuesto, eso no es posible sin técnicas de momificación muy adelantadas. ¿Dónde lo conservan?"

"¿Qué?"

"El cuerpo, David. ¿Dónde lo conservan hasta que lo exponen cada cincuenta y dos años?"

"En una cripta debajo de una ruina abandonada de la iglesia. Es parte de una vieja misión jesuita destruida por un terremoto."

"¿Alguna idea de cuánto tiempo estarás ahí?"

"Esta tarde, pienso. Al anochecer a más tardar."

"Espero que cumpla eso. Alexandra dice que con usted no se debe confiar en lo que se refiere a tiempos y horarios."

David hizo una mueca. "Mire, me tengo que ir. Dígale a Alexandra que ella está equivocada. Les llevaré a cenar a ambas esta noche, ¿está bien?"

Él miró su reloj, murmuró seguro y finalmente salió de la cabina telefónica. Ahora podría ponerse en movimiento. Sally estaba esperando. Diez años atrás, el sacerdote fue uno de los mejores estudiantes de David en la UNAM. Aun así, Salvador, o Sally para sus amigos, había considerado seriamente su vocación. Luego de ocho años como sacerdote ordenado, él dedicó cuatro a estudiar en la ciudad del Vaticano, después regresó a Méjico a su primera parroquia.

David no tenía tiempo para el viaje, pero era impensable negar la petición de su ex estudiante favorito. Además la descripción de Sally del cuerpo y las ruinas le intrigaban. Supuestamente el antiguo cadáver enterrado allí hacía mucho tiempo era exhibido cada cincuenta y dos años, el mismo número de años del ciclo mesoamericano, cuando el mundo terminaba y comenzaba nuevamente.

David había presenciado muchas ceremonias inusuales en el origen del cristianismo. Él había observado procesiones celebrando el nacimiento de Jesús en pueblos indios a través de todo Méjico y había estado en ritos primitivos que consistían en vestirse con pieles de jaguar y que se realizaba mezclado con los diversos rituales cristianos. Había visto a los chamanes efectuándolo en iglesias, a las brujas pronosticar el futuro y a los curanderos sanar enfermos.

Sin embargo, nunca había escuchado acerca de un ritual sagrado donde un cuerpo humano se exhibía para verlo cada cincuenta y dos años. No era que él no lo creyera. Ciertamente Sally era confiable. A pesar de su obsesión y conservadurismo arraigados con la fe, el registro histórico claramente salió a la vista, que la Iglesia erigió capillas católicas en lugares estimados como sagrados por los indígenas y dejó que sus creencias paganas hicieran juego con la teología cristiana. La mayoría de pequeños pueblos nativos todavía incorporaban creencias y rituales precolombinos en su catolicismo para hacerlo más virtuoso.

David echaría un vistazo, haría algunas preguntas, y así obtendría la versión del sacerdote de los acontecimientos. Luego saldría para San Cristóbal. Allí, él se encontraría con Karen y Alexandra, tal vez aun con Marcos, si el polémico zapatista venía siguiéndolos y tomaría en cuenta a todos ellos para la cena. Posiblemente podría ordenar una buena cantidad de los asuntos cruciales en la excavación de la caverna lacandona que le molestaban a Karen. Se sentía inquieto, creía que ella pensaba que él la descuidaba y también al proyecto.

Él necesitaba ubicar bien la situación y darles tranquilidad. Le debía poner al proyecto la atención que merecía, si es que merecía algo. Él se subió a su nueva Ford Explorer verde, un regalo de su esposa y cuidadosamente salió a una calle empedrada. Algunos metros adelante frenó para evitar a un niño de doce años que transitaba pedaleando lentamente una bicicleta con botes grandes de metal con leche atados a cada lado de ésta. David suspiró, se apoyó contra el volante y miró alrededor. Una pared impenetrable forrada de estuco blanco a cada lado de la calle. Sucia y desgastada, con grietas, cayendo yeso en su base. Él supuso que esa área del pueblo tenía casas de por lo menos de 200 años de antigüedad. Se situaban firmemente por encima de banquetas altas y anchas y enfilaban hacia una subida en la pendiente antes de perderse cuesta abajo hacia el centro de la ciudad.

Una chica adolescente con coletas y una blusa colorida y brillantemente bordada a mano agarraba una escoba y enérgicamente empujaba el polvo y algunas cáscaras de mango de la acera hacia la calle. Los vagabundos más interesados en chismear que comprar abarrotes llenaban todos apretujados la tienda de la esquina. Un perro amarillo, sus costillas esqueléticas y su lengua pendiendo lateralmente, caminaba cabizbajo, recorriendo prevenidamente con la mirada alerta al grupo en caso de que hubiera piedras o varas tiradas para arrojárselas.

El niño y la bicicleta se habían ido, David condujo dos calles y dio vuelta en la comandancia de policía. Cuatro calles más delante de él estaba el zócalo del pueblo, una plaza tradicional con portales, bancas y árboles añejos que era el núcleo espiritual en todos los pueblos latinoamericanos. El padre Salvador sentado en los escalones de la iglesia miraba hacia arriba hablándoles a dos mujeres viejas. Él vio la Explorer verde de David y avanzó en su dirección, tratando de disculparse con las señoras. Indicando a su viejo mentor quedarse allí, él se inclinó ligeramente ante las matronas, se dijeron unas pocas palabras y se dirigió caminando a grandes pasos hacia el coche. Abrió la puerta y se metió en el asiento del pasajero.

"¡Gracias!" dijo él. " Bonito carro," sonriendo picarescamente. "¿Ha empezado usted a vender piezas precolombinas?"

David se rió de la broma. "Un regalo de Alexandra, Sally. Es el primer coche nuevo que he tenido."

"Usted se ve bien, profesor."

"Cómo le hace. ¿A dónde vamos?"

"Ah. Disculpe. Directamente al asunto, ¿eh? Fuera de la ciudad." Él señaló con la mano hacia el sur. "Alrededor de 100 kilómetros rumbo al sur de la carretera principal, concretamente al norte de Tapachula, cerca de la frontera guatemalteca. Ya veremos donde dar la vuelta. Es bueno que usted tenga esto." Palmeando la consola del vehículo. "Es una hora en asfalto, después una vía de terracería, un poco mejor que un sendero de ganado por varios kilómetros en las colinas al pie de una montaña."

"¿Muy lejos? No estoy seguro de tener mucho tiempo. Pensé que usted había dicho que íbamos a investigar un entierro debajo de una iglesia local."

"Así es, pero no en la iglesia. Es una vieja misión franciscana que se destruyó en un terremoto hace 150 años. Nunca fue reconstruida. El gobierno retuvo la propiedad después de la revolución. Un pueblo de indígenas que vivieron por largos años alrededor de las ruinas se dispersó. La mayoría de ellos no hablaban español."

David miró su reloj, enseguida a su antiguo alumno. *Lo típico. Siempre apostándole a los mejores proyectos...él* sonrió, debía resignarse a perder la mitad del día.

Una vez que Sally sujetó su cinturón de seguridad, David echó a andar el motor. Él tenía muchas preguntas, pero empezaría lentamente, queriendo enterarse acerca de Sally. Quería saber todo sobre Roma, los estudios de Salvador, sobre su familia y si él estaba seguro de su vocación.

16

Habiendo burlado una nube gris con truenos, el dios sol se movió resueltamente hacia el cenit y David bajó la visera solar. Las suaves rachas de viento llevaban el olor acido de diésel y de aguas residuales a través de los barrios de las casas de adobe y de yeso, manchando y pelando la pintura. Su nariz se contrajo en señal de protesta, pero él no le dio mucha importancia, era un olor familiar.

Condujo por varias canchas de juego de la escuela, escasas de hierba pero pobladas con niños alegres que perseguían una pelota de fútbol y corrían a toda prisa encima y alrededor del campo muy desgastado, algunas veces accidentado. Atiborradas de saludos y de conversación ávida, las mujeres en todas partes barrían sus pórticos y aceras. Los comerciantes regaban la tierra con una manguera y alejaban la basura de sus banquetas, esparciéndola sobre el borde de la banqueta en la calle.

David condujo su Explorer por la orilla del pueblo encima del asfalto negro yendo rumbo al sur. Él y Sally entraron fácilmente en la conversación de los diez años previos, dejando cocer a fuego lento en sus mentes las palabras de uno y otro. David tenía la mayor parte de la conversación, frenaba cada cinco o diez kilómetros para ir más lento, casi teniendo que detenerse para evitar caer en un cráter en el pavimento. No obstante, los kilómetros pasaban volando y ninguno de los dos percibía el paisaje del campo.

Los pobres y harapientos pujando, algunos llegando, otros regresando acarreando las bolsas con sus pertenencias. Eran uniformemente de pelos negros, pequeños y bronceados, reuniendo en manada a los niños pequeños o cuidando a los bebés como si pacientemente esperasen a los autobuses. Muchos venían al pueblo de las montañas, transportando sus artesanías hechas a mano en industrias caseras para vender en los mercados de San Cristóbal, Tapachula y Tuxtla Gutiérrez: las mantas tejidas, huaraches, bolsos, juegos de ajedrez tallados a mano, y blusas con colores exquisitamente bordadas con los temas nativos que sacudían la visión.

Algunos tomaban el rumbo a sus casas a lo largo de los sinuosos y escabrosos caminos de tierra hacia arriba. Allá en los pueblos indios que se colocan en otro mundo distante de las ciudades con su religión, cultura, y normas sociales. El cambio llegó lentamente o tal vez de ninguna forma al maya nativo de Chiapas como al de Guatemala.

Un silencio como compañía pero no realmente agradable se fue desarrollando conforme David conducía despacio por la carretera principal. Él veía a Salvador. Alto, de hombros anchos, había aumentado un poco de peso. David suponía que él había sido apuesto y no se veía ligeramente afeminado como muchos sacerdotes. Recordó que Sally había sido un futbolista de primera clase y había ganado un campeonato nacional en natación para Méjico mientras cursaba la escuela secundaria. Que el niño se había transformado en un hombre que adquirió una presencia intimidante. La ausencia de una sonrisa de confianza en sí mismo, esa era su característica. En lugar de eso, Salvador desarrolló al límite una agresión burlona poco atractiva y una indirecta insinuación sarcástica en su conversación.

Quizá su túnica y vocación agobiaron su mente, o tal vez los años que pasó en algunas de las mejores escuelas en Roma lo hicieron ver el mundo diferentemente. David sabía que una buena educación destruye la realidad de una persona pensante. Una carrera elegida inocentemente podría convertirse en una carga para toda la vida. Algunos reaccionan con amargura, cólera, o derrota. ¿Le había ocurrido eso a Sally? ¿Podrían los dos hombres reanudar su anterior relación?

Salvador, dando vuelta, le sonrió con arrepentimiento a su antiguo maestro. "Le mentí acerca del cuerpo, David."

"¿Eh? ¿Usted mintió? ¿Acerca de qué?" Levantando el pie del acelerador.

"Continúe. Estamos cerca." Él estudió afuera los puntos de referencia, entonces se echó para atrás en su asiento. "Digo, no le dije todo." Él entrelazó sus manos como si estuviera reacio a comenzar. "Todo es bastante inquietante. Hay más en eso, mucho más."

Salvador, haciendo una pausa, alzó las cejas. "Llamé al obispo de Tuxtla Gutiérrez esta mañana. Él llamó a los otros, estoy seguro. Pienso que podríamos tener a un supervisor papal en el lugar en un par de días."

"¿Un supervisor papal? ¿En Chiapas? Por Qué, ¿Sally? ¿Qué hay? ¿Me involucra usted en un lío con la Iglesia? Usted sabe lo que pienso de esos retrasados mentales de miras estrechas, pomposos con sus opiniones egoístas sobre la arqueología. La última vez que hablé con un obispo, hubiera querido usar el rosario de su cinturón para estrangularlo. Él dijo que la Iglesia no tenía ninguna opinión..."

"David, ¿puede leer usted todavía el hebreo?"

"No tan bien. No, no realmente, Sally. Digo, padre Salvador."

"Sally está bien cuando estamos simplemente nosotros. Tenemos una larga trayectoria para ser pretensiosos."

"Estoy fuera de práctica. Usted fue el estudiante genio de hebreo y religión en la universidad. Acabo de tomar un poco de arameo y griego en el posgrado. El arameo era el lenguaje de las clases media y baja durante el tiempo de Jesús. El hebreo solo se hablaba, los que lo escribían eran las clases altas y sacerdotes. Conozco la escritura y puedo leer unas pocas palabras, pero mis estudios latinoamericanos me distrajeron. Hay mucho de eso y la escritura maya es desafiante e interesante."

"Recuerdo un montón de carpetas de papel manila abarrotadas de artículos y notas en su casa. Usted parecía muy interesado con todas las cosas romanas y todo lo griego antes de decidirse por la prehistoria mejicana. Incluso usted tenía una interesante colección de monedas griegas y de la república romana."

"Cuando estaba en el posgrado, me vi fascinado con el período de 300 años después de la crucifixión de Cristo, pero uno no puede hacer todo. Uno tiene que enfocarse en sus estudios, y me reacomodé en la prehistoria mejicana. Fue la decisión correcta."

"Esa fue la razón de por qué le llamé por teléfono, profesor. Esto estará fuera de mis manos pronto. Pensé que podría ser importante para un académico, un arqueólogo que conociera algo acerca de los funerales antiguos, pero primero verlo."

David, fijándose en los ojos de Sally, dedujo que él no le estaba diciendo todo. "¿Usted va a meterse en problemas por esto?"

"Eso no tiene importancia, ¿o sí? Estoy ya en el período de prueba en cierto modo."

"¿Qué? Eso me sorprende. ¿Tiene usted algo que quiera compartirme?"

Sally vaciló, entonces casualmente rechazó con un gesto el tema y se recostó. "Ahora no. Tal vez después." Cruzó las piernas con dificultad, golpeando su rodilla contra la consola.

"Los últimos dos años han sido más bien difíciles," dijo. "Usted sabe, cuando regresé de Roma. De cualquier manera, el obispo no estaba nada contento cuando le dije que usted venía en camino." Él sonrió, mostrando todos sus dientes.

"A juzgar por su voz," él agregó, "diría que él está enojado como un demonio."

"¿Por qué? ¿Qué pasa? ¿Qué tiene de especial este funeral?"

"Baje la velocidad," señaló el sacerdote. "Dé vuelta allí. El camino está fatal. Cuidado con el surco, o usted podría atascar el coche."

David obedientemente dio vuelta encima del sendero y lentamente condujo por el camino sinuoso por aproximadamente tres minutos, pasando cabañas de adobe desvencijadas, huertas de plátanos y aguacates y un trío de burros pastando, hasta un montón de piedras tiradas, los montículos cubiertos de hierba mala, y las paredes débiles y cuarteadas surgieron a la vista. Las montañas redondeadas, de rojo violáceo oscuro se delineaban en el cielo sureño antes de desaparecer entre árboles gruesos y maleza, se volvía cada vez más selvático.

Inesperadamente, dos personas emergieron de la hierba alta para caminar sobre el sendero.

"Mormones," Sally dijo con desaprobación, observando a los hombres jóvenes que salían al sendero, vestían pantalones flojos negros, camisas blancas, y corbatas oscuras. Ambos llevaban mochilas colgadas a la espalda. "Los malditos mormones están en todos los lugares en estos días."

David le dirigió una mirada furtiva a su amigo. *¿Los malditos mormones?*

Al pasar lentamente cerca de la pareja, David levantó su mano saludando. Ninguno de los jóvenes respondió, aunque ambos se quedaron mirando fijamente como la Explorer pasaba.

Sally enderezó su asiento estudiándolos cuidadosamente conforme las llantas del vehículo giraban sobre la rodada. David los veía fijamente por el espejo retrovisor. Los dos como de veinte años, no parecían muy amistosos para ser personas religiosas. Uno de rostro juvenil encendido hablaba y gesticulaba mientras caminaba. El otro, ensimismado, no escuchaba a su compañero para nada.

Se detuvieron y observaron a la Explorer perderse a lo largo del camino. Algo en sus expresiones causó a David preocupación. ¿De qué se trataba eso?

"¡Quién aguanta a esos mormones!," Sally masculló. "Me pregunto si encontraron el cuerpo."

"¿Qué? ¿Están al tanto?"

"Por allí." Sally apuntó. "Siga a esas huellas de ruedas. ¿Ve esas chozas?"

David lentamente rodeó las ruinas, lo cual todavía se parecía a la forma de una cruz aunque fueran simplemente una confusión de rocas caídas y se detuvieron en frente de dos chozas de adobe de color café amarillento descolorido y techos de hoja de palma. Las chozas habían estado recientemente ocupadas, y el olor fétido de cerdos y pollos permanecía. Las plumas y las heces de los animales ensuciaban el piso de estos animales sin corral.

"¿No hay nadie en casa?" David preguntó.

"Ya no hay nadie más. Enterré a Miguel Reyes el martes pasado. Él fue el último guardián del *Hombre Sagrado*."

"¿Un hombre sagrado? ¿Es acerca del entierro que usted me había dicho? Vamos. ¿De qué se trata?"

Otra vez, Sally le ignoró y salió del coche. "¿Trae una lámpara?"

"Por supuesto."

"Agarre su mochila y venga entonces." Él caminó entre las dos cabañas hacia una abertura oscura en la base de los cimientos de la vieja estructura de piedra. Mirando por encima de su hombro, él se detuvo a esperar a David, quien encendió la lámpara de gas con un cerillo.

"Aquí." David le ofreció la lámpara. "Usted conoce el camino."

Sally, tomando la lámpara, la sujetó para iluminarse. Entraron en un pasaje de piedra recubierta. El túnel media seis metros y el techo se había construido para personas más bajas, obligaba a los dos hombres a agacharse para evitar golpearse la cabeza.

"¿A dónde vamos nosotros?" David preguntó.

"A una cripta debajo de la sacristía." Su voz sonaba apurada y débil, ya no segura y decidida.

Doblando abajo, caminaron hacia adelante arrastrando los pies cautelosamente. David recorría con la mirada a diestra y siniestra, nada a su alrededor. El olor agrio de moho hacia arder su nariz, el trató de mirar alrededor de la luz vacilante. Los reflejos dorados opacos venían de las paredes, haciendo que el pulso de su corazón saltara.

Entrar en tumbas y cavernas era como una inyección de adrenalina y siempre le causaba a David mucha emoción. Él había pasado su etapa adulta reconstruyendo vidas y acontecimientos de la tierra, ruinas y cavernas. Los muertos frecuentemente eran sepultados con secretos. Algunas veces esos misterios eran algo que fácilmente se lograba descubrir. Otras veces, no tenían deseos de divulgar sus historias. Algunas más, se convertían en un enredo de mentiras.

La cripta, como el pasaje, estaba relativamente limpia y bien ordenada. Todo lo que yacía dentro era muy apreciado por alguien. Las estatuas de santos, todo claramente indígena en la apariencia, fueron talladas en madera del árbol de caoba y fueron colocados como centinelas silenciosos alrededor del cuarto. Frescos de brillantes colores estaban desportillados por la edad y pelándose a causa de la humedad. La cripta parecía más grande que la estructura de arriba y las paredes lucían como otras construcciones mayas que David había encontrado en las excavaciones. La misión deteriorada era obviamente muy vieja, pero no podía haberse construido antes de la conquista. Los españoles y la Iglesia Católica fueron notorios para construir iglesias sobre sitios sagrados indígenas, cuál de estos casos era el de aquí. ¿Cuántos años tenía la cripta? ¿Se encontraba en los registros de la iglesia?

Con el interés despierto, David se percató que el viaje no era tiempo perdido después de todo. El cambio de sus actividades planificadas ya no tuvo importancia. El viaje valía la pena.

"Allá." El sacerdote levantó la lámpara.

David dio un paso hacia el féretro en el pedestal de piedra. Como David se había rezagado, Sally giró hacia él. "¿Usted no viene?"

Él con una mano se protegió los ojos. "Yo…que ya lo he visto.   Quiero decir…me molesta…"

"Aquí. Déme la linterna." David la tomó de la mano temblorosa del joven notando que el sudor cubría la cara de Sally, ¿y sus ojos los tenía muy abiertos con… miedo?

David apartó la linterna para reducir el resplandor. Él brevemente se preguntaba si debería hacer alguna broma o algo para aligerar la situación, entonces decidió lo contrario. Se sintió momentáneamente incómodo. Los arqueólogos encontraban a personas muertas y artículos como parte de su trabajo, pero eso no quería decir que tuvieran que estar acostumbrados, algunas veces reaccionaban extrañamente a los entierros y las reliquias. Incluso, él estaba sorprendido de ver a Sally casi acobardarse en la oscuridad.

Ignorando a su guía, David fijó su atención en el sarcófago. La tapa yacía entreabierta, casi lista para caer al piso.

Eso está raro, él pensó. *¿Lo omitió Sally?*

Él miró directamente a la caja y vio a un hombre, sus manos a los lados. Él acercó la linterna más a la cabeza, en busca de más detalles.

David volteó hacia Sally. "¿Quién dejo abierta la tapa del sarcófago?"

"¿La tapa abierta? Estoy seguro que lo cerré antes de salir el otro día." Él pareció desconcertado. "Debieron haber sido esas sabandijas mormónicas. Tendremos problemas si han estado poniendo el desorden aquí adentro."

¿Las sabandijas mormónicas? David miró de reojo a su antiguo alumno. *¿Por qué eran los mormones un problema? Son a menudo una molestia persistente pero nunca es para tanto. Sally era un manojo de nervios por alguna razón.*

David avanzó pausadamente por un lado del sarcófago y miró con atención adentro, viendo la cara de un hombre barbado con un bonete. La cara lucía bien. No era indígena y tenía barba, tal vez era español. En verdad, él se veía como del Medio Oriente.

Maldita sea esta luz, pensó. *No podía ver claro.*

En contra de la opresiva oscuridad, su linterna emitía una luz translúcida, iluminando pobremente el área. Él se encorvó hacia adelante para ver más de cerca. El hombre casi parecía…

¡Dios mío! Su aliento quedó atrapado. *¡Excepto por las ropas, su mirada era como si él hubiera estado muerto por sólo algunas horas!*

La emoción de David rápidamente recurrió al fiasco. Él estaba parado. "Sally, esperé algo mejor de usted. Éste es un mal chiste." Él le reclamó a su antiguo alumno.

"No es ninguna broma, profesor," él musitó. "Vea más cerca." Dando vuelta abruptamente, moviéndose hacia el vestíbulo y el resplandor distante de la entrada. Con las manos extendidas para tocar la pared buscando el balance, él caminó arrastrando los pies fuera de la cripta.

"¡Salvador! ¿Dónde? ¿Qué?" David pateó el suelo con disgusto. Mierda. ¿Qué le pasó a este muchacho? Está hecho un manojo de nervios. Ah, otra mente buena arruinada por la Iglesia.

Él pensó después acerca de cómo el sacerdote expresaba preocupación, pero decidió investigar lo que afectaba a su amigo tan profundamente. ¿Por qué Sally había hecho esa llamada después de tantos años involucrándolo en tales disparates? Él había sido un buen estudiante y se mostraba como una promesa académica, especialmente en religiones primitivas y modernas, pero...
David regresó al sarcófago, determinado a fijarse bien, ahora eso era su preocupación más perturbadora, un funeral antiguo del que había huido el sacerdote.

El ataúd estaba hecho de madera, probablemente caoba, pulida para mantener su acabado. Él se preguntó si el encargado fallecido recientemente lo había pulido y lo mantenía de ese modo.

Las imágenes en la caja mostraban a Quetzalcóatl, la serpiente emplumada según la sabiduría popular por ambos lados, el rojo y azul de la serpiente emplumada mostraba un lúgubre contraste con la madera.

¿Qué es esto? Él se apoyó más cerca. ¿Las barras y los puntos? Hay muchos de ellos. Ah, esas son las fechas mayas. Fascinante.

La serpiente representaba a Kulkulkán, la versión maya del mito tolteca de Quetzalcóatl, ¿pero qué hacía una imagen pagana bien conocida en el lado de un sarcófago en una iglesia cristiana y con fechas mayas en el nicho?

¿Este sarcófago alguna vez había estado en el suelo? Él se preguntó. Eso no era inusual. Los antiguos no enterraban a sus muertos como los europeos. Estaban colocados algunas veces en el suelo o enterrados en tumbas, una buena cantidad forrados con piedra y rodeados con artículos ceremoniales y espirituales para ayudarles en la otra vida.

Él tomó la lámpara y rodeó el ataúd otra vez. El féretro daba la apariencia de ser muy viejo y genuino, era un descubrimiento raro. El entierro mismo incrementaba una serie de preguntas, incluida el por qué el cuerpo de un hombre recién muerto vestido extrañamente había sido colocado en un sarcófago tan antiguo, adornado meticulosamente. La serpiente y las fechas mayas no coincidían. Completamente todo se veía artificial, obviamente el trabajo era un fraude de aficionados, pero ¿por qué?

Él levantó más la lámpara. Una inspección final, más cercana se necesitaba antes de que él se uniera a Sally para afrontarlo por la histeria religiosa. Encogiendo el ceño, colocó sobre el suelo la lámpara. Alzar y mover artículos y huesos eran una cosa, pero tocar la piel y la ropa de alguien recientemente fallecido era algo completamente desconocido. Él tembló. Tal vez sólo debería llamar a la policía. Se decidió a echarle una ojeada rápida a la ropa.

Asió el dobladillo de la túnica del cadáver para inspeccionar el material. ¿Era lana o algún un tejido familiar? Él se esforzó para ver mejor a la luz. La lana era desconocida en Méjico hasta antes de la conquista, ¿Por qué la tela le parecía tan familiar? Él deseaba poder ver la vestimenta en su conjunto.

La luz se reflejó en el metal, y él recorrió con la mirada el lado izquierdo del cuerpo, el cual sujetaba un ornamento, quizá un collar. Él puso más cerca la lámpara. Era una estrella de David de oro, un pez toscamente trabajado y lo que dio la apariencia de ser un vaso o una copa colgando de una delicada cadena. Eso era inusual. ¿No era el pez uno de los primeros símbolos de la Iglesia que estaba adelante del bastón del pastor, el cual fue finalmente suplantado por la cruz? La copa nunca tuvo relación. ¿Cuál era la historia detrás de eso?

Sintiéndose más atrevido, tocó el collar, y lo soltó. En el horror, David lo dejó caer para posar la mano sobre la piel. Era correosa y fría.

Su estómago se revolvió y se contrajo. Algo no estaba bien. A juzgar por la piel del cadáver que parecía de un ser vivo, el hombre había muerto en otra época. ¿Cuánto tiempo había yacido eso en el ataúd? A menos que el cuerpo tuviese sólo algunas horas, debería de lucir con la rigidez de la muerte. Más que eso el cadáver debería estar hinchado por los gases. ¿Por qué no despedía un olor nauseabundo? ¿Había sido el cuerpo embalsamado profesionalmente? Era tan escalofriantemente extraño que daba miedo. Respiró a fondo, pero no sintió el olor de carne en descomposición, ni el olor agridulce de las sustancias para preservar los cuerpos.

Colocando la palma de su mano en contra del estómago del cadáver, lo presionó. La parte trasera del cuerpo brincó inmediatamente, suave y resistente.

¿Qué diablos? Se preguntó.

Inspeccionando los pies, se quedó sin aliento cuando vio las sandalias antiguas, quizá romanas o griegas, o del Medio Oriente. Daban la apariencia de estar excesivamente usadas y que se habían reparado pocas veces. Sintió que la lámpara se turnó pesada, y las sombras bailaban en la pared conforme su mano temblaba.

Él se detuvo firme, tomando el aliento profundamente hasta que su mente se fue aclarando. ¿Por qué estaba tan alterado? La mala iluminación era frustrante y nada de lo que él vio creó alguna sospecha. Él debería confrontar a Salvador para averiguar la razón verdadera por qué el sacerdote quiso que él viera el cuerpo. Tal vez debería de sacar el féretro afuera para que así el sol revelara todo y explicara el misterio.

Él vio varios cilindros de madera al pie del féretro. Dando un paso atrás, lo evaluó y vio que el cuerpo yacía también superficialmente en el fondo de él. Mirando con atención adentro otra vez, él vio que el cuerpo estaba recostado sobre una tabla agrietada que estaba rota exactamente debajo de los pies. Quizá los cilindros habían rodado hacia abajo hasta la base del ataúd. Algo soportaba la plancha y el cuerpo.

Golpeó ligeramente la tabla con sus nudillos y oyó un sonido hueco. ¿Qué más podía haber debajo del piso falso del féretro? ¿Estaba el espacio vacío, o estaban otros detalles que se escondían a simple vista?

Él miró los tubos y sintió un escalofrío. Con un descuido total y no atendiendo el protocolo arqueológico y olvidándose de cualquier posible complicación, sacó uno de los cilindros y lo sujetó lo más cerca de la lámpara para examinarlo. Tenía aproximadamente diez centímetros de largo y tres de ancho. Colocando sobre el suelo la lámpara en las losas, él se arrodilló y tomó el tubo con ambas manos para inspeccionarlo mejor.

Éste era ligero, probablemente hecho de madera, y había sido labrado para almacenar algo. Revisándolo de punta a punta, finalmente lo sujetó por en medio y tiró del sello de lacre que protegía la tapa delgada. La cera desmoronándose cayó al piso.

Sujetando del tubo firmemente, le quitó la tapa y se agachó al piso para dejar que la luz de la lámpara brillara adentro. Colocando dos dedos adentro, él tiró suavemente.

Lo que dio la apariencia de ser una hoja de papel se deslizó fuera fácilmente, y él lo atrajo a la luz. No era papel. Era un papiro, pero eso era imposible. El papiro era desconocido en el Nuevo Mundo. Era del Viejo Mundo, inventado en Egipto.

Balanceando ambas manos, cuidadosamente extrajo las demás hojas y las tocó delicadamente, temiendo que se desmoronaran de un momento a otro. Como no lo hicieran, lentamente desenrolló cinco o seis hojas.

El escrito suave, maleable ha de haber sido tratado con resina para conservarlo, o se habría desecho en pedazos.

Debería detenerme ahora, se dijo a sí mismo. Estas no son formas de agarrar documentos antiguos.

Él se quejó interiormente. Era estúpido y negligente, actuando como un aficionado, pero la compulsión y el objeto curioso le empujaron a continuar y cuidadosamente desenrolló el pergamino.

Estaba en arameo, escrito por una mano clara en el lenguaje que él una vez trató de aprender. Un nudo se formó en su garganta, haciendo difícil tragar. El tamaño del descubrimiento era abrumador. O era cualquier cosa o alguien creó una burla muy bien elaborada o el comportamiento de Sally cobraba repentinamente sentido.

Sugería que el cuerpo incorrupto tenía una antigüedad de dos mil años, pero eso no era posible o razonable. Era de locos, una ficción muy bien hecha.

Él cuidadosamente devolvió el rollo de papiro a su cilindro y lo colocó en su mochila, diciéndose a sí mismo que sería irresponsable dejarlo. Alzando la lámpara a gran altura, él contempló fijamente el cuerpo y el ambiente circundante. Con tan mal alumbrado, era fácil perder algo importante. Tenía que examinar cuidadosamente todo, incluyendo las páginas del papiro. Muchos podrían pensar el que él los tomara como un robo. Así sería, pero no dejaría documentos importantes esparcidos para que se pudieran perder o malversar por otros.

Recorrió la mano por debajo de las piernas del cadáver y los pies, entonces comenzó a rodar la cabeza para ver qué más podría estar escondido. Satisfecho de no haber encontrado nada debajo del cuerpo, rápidamente removió los otros cilindros de madera, diciéndose a sí mismo que era para ponerlos a resguardo en un lugar seguro. Después de todo posiblemente no podría regresar. Sin duda los otros se involucrarían pronto en esta aventura.

Él se quedó parado, desesperado por un sentimiento extraño que él nunca había sentido antes. Había algo irreal acerca del cuerpo y su aspecto. Toda la situación estaba fuera de contexto. Sus piernas las sentía como de goma, sus brazos débiles. Necesitaba salir de allí, aclarar su cabeza y sus planes.

Él entendía cómo se sentía Sally. La confusión lo cautivó y el pánico toco el borde de sus pensamientos. Levantando la mochila y la lámpara, volvió sobre sus pasos abajo del pasillo que se proyectaban sobre la piedra.

El horror amainó mientras salía al mundo exterior y tomaba varios alientos fortificantes. Se disipó su intención de molestar a Sally por su broma juvenil. Él necesitaba respuestas. Si el sacerdote había dicho la verdad y él no tenía razón para creer no fuera así, esto sería un descubrimiento sensacional.

A la luz del día, David estaba atribulado no sólo por el cuerpo del barbudo con un bonete en la cabeza sino que también por las imágenes del sarcófago: Kukulkán, una copa y una estrella de seis puntas. No tenía posibilidades de ser una estrella de David. Una estrella era una estrella, un símbolo, muy común en el arte y la arqueología en todo el mundo. El sarcófago, el collar, y otros artículos eran temas mezclados, motivos y marcos de referencia.

La explicación más fácil era que había sido una broma estúpida, inmadura, ¿pero qué acerca del cadáver no rígido, real?, ¿el papiro?, y ¿la edad obvia de la cripta?

Cuando caminaba hacia el Explorer, tuvo ganas de volver corriendo y sacar todo a la luz de día para examinarlo mejor.

Él se devolvió, pero un cosquilleo eléctrico le traspasó como la prisa de ser impactado por un resfriado. Repentinamente, él ya no pudo esperar más para entrar en su coche y salir.

CAPÍTULO TRES

El sacerdote aspiró profundamente su cigarrillo marca Baronet. El fumar no era saludable, pero sus amigos en Roma le reconfortaron diciéndole que era importante tener desperfectos personales. Sólo uno alguna vez había sido perfecto y tanto que lo habían crucificado. Él contempló a través del valle en la distancia, del norte hacia la capital del estado, Tuxtla Gutiérrez. Los parches de tierra roja y los campos terraplenados competían por espacio con los árboles y las plantas exuberantes en las montañas boscosas de gran altura, a lo largo de Chiapas, en ese día nublado, gris. La luz y el humo nebuloso de los tubos de escape de los automóviles y las pequeñas fábricas se aerodeslizaban por encima de la ciudad distante.

Más cerca de él, entre la penca roja del maguey, la hierba de salvia, y la floresta de datura púrpura, la ligera brisa se había vuelto suave, pero el aire cubría como un fieltro crujiente y seco. Como las colinas al pie de una montaña gradualmente entran rodando hacia las tierras altas, la vegetación era más abundante y más variada que algunos kilómetros hacia el sur. Lejos arriba en las colinas, cerca del inicio de las montañas, los indígenas apenas visibles, como hormigas entretejían un camino estrecho, rocoso entre pinos, caobas, y árboles de acacia hacia un pueblo de casas de adobe aferrándose de modo sutil a la falda de una montaña.

El padre Salvador esperó impacientemente, fumando, mordiendo su labio inferior y tocando nerviosamente el rosario en su cinturón. La culpa pesaba sobre sus hombros como una aguafiestas. Él no le debería haber llamado al obispo antes que a David. ¿Por qué había hecho eso? ¿Era aún otra reflexión de su dilema personal, su crisis de fe? ¿No confiaba en la Iglesia para conducir una investigación imparcial? ¿Era eso la preocupación fastidiosa, constante de que la verdad sería sacrificada por la conveniencia y la apariencia?

"Sally," David le habló.

El padre Salvador, aspirando profundamente, empezó a reconocer a su anterior mentor. El arqueólogo tenía la expresión sorprendida de un ciervo encandilado por los faros delanteros, cuando él venía caminando con su mochila y su linterna.

"Tenga." Dándole la lámpara a Sally. "Déme una mano." Caminando por la parte trasera del Explorer, colocó la mochila en la cajuela. Salvador lo seguía sin hablar, en espera que el profesor hablara primero.

David abrió la mochila colgada a la espalda y cuidadosamente colocó los cilindros de madera con los pergaminos en el piso trasero alfombrado del coche.

"¿Qué piensa usted, David?" Salvador preguntó.

"¿Qué pienso? ¿Cómo todo en la doctrina de la Iglesia usted está completamente confundido? Salvador, ésta es la maldita cosa más loca que jamás había visto."

"El cuerpo es antiguo pero está perfectamente conservado."

"Eso no es posible."

"Estoy de acuerdo, pero así es. Es auténtico, ¿o no?"

"No puede ser. Tendría que ser un...."

"Milagro. El cuerpo, ropas, todo puede ser verificado mediante el Carbono 14. La verdad se confirmará. Ya lo verá."

David lo vio con una mirada áspera. "Salvador, ¿cuándo llegarán el obispo y su gente?"

"No sé. Pronto. Tal vez mañana o el día siguiente." Él sacó otro cigarrillo de su paquete de Baronets y encendió un fósforo con la mano temblorosa.

"¿Está usted en problemas?" David intentó improvisadamente revisar detenidamente los artículos que él había tomado del féretro. Como Sally no contestaba, David volvió a preguntarle otra vez, sólo se detuvo cuando vio la expresión angustiada de su amigo.

"¿En problemas...?" Sally repitió lentamente, inhalando de su cigarrillo. "Sí. No. Probablemente. David...he estado pensando desde hace un tiempo que necesito escaparme para aclarar mi mente."

Por un momento estudió a su antiguo alumno, y preguntó despacio, "¿Es éste un problema de fe, Sally?"

"Sí." Él miró directamente a los ojos de David con una sonrisa sombría antes de que su barbilla se cayera otra vez.

David nerviosamente enrolló el pergamino en el piso del Explorer y lo regresó a la mochila colgada a su espalda. Un silencio incómodo siguió, Sally continuó fumando.

Finalmente, David preguntó, "¿Qué quiere hacer?"

"No sé, David. Salir, pienso."

"¿Salir a dónde? ¿De aquí? ¿De la iglesia? ¿De qué estamos hablando?"

"No sé. He estado pensando acerca de tomar un descanso de todo esto por algún rato."

"¿De la iglesia y de ser sacerdote?"

"Sí."

"¿Cómo? Eso es un poco..."

¿"Inesperado? ¿Dramático? Supongo que sería para la mayoría de la gente. Ciertamente lo será para la familia. Los sacerdotes no pueden suspender sus votos. Sería algo sin sentido."

"¿Aun no les ha dicho usted?"

"¿Está loco? Mi madre moriría." Su expresión se deshizo en una máscara de dolor. Él inhaló su cigarrillo y exhaló el humo a través de su nariz.

David vio que la agonía del joven lo hacía trizas y se sentía obligado a ofrecer asistencia. "¿Cuál es su plan, Sally? ¿Cómo puedo ayudarlo?" Él colocó la mochila colgada a la espalda dentro del Explorer y cerró la puerta de la cajuela. "¿Necesita usted un lugar donde quedarse por algunos días?"

El sacerdote hizo una pausa, clavó los ojos en el suelo, hasta ese entonces dejó caer el cigarrillo y lo pisó antes de subirse. "¿Qué sugiere usted?"

"Sin ninguna presión. Usted es bienvenido a quedarse con Alexandra y conmigo en casa por algunos días hasta que decida lo que quiere hacer."

"Sin ninguna presión, ¿eh?"

"Sin implicación o consecuencia alguna."

"¿Su mujer no se alarmará?"

"Alexandra es una buena católica, pero tiene un alma caritativa y es de mente abierta. Vamos." Caminando a la puerta del pasajero, él la abrió. "Podemos hablar mientras conducimos." Él se dirigió al lado del conductor y entró para encender el motor.

Salvador se sentó en el asiento del pasajero, David preguntó, "¿Quiere que pasemos a la casa parroquial para recoger algunas cosas?"

"No. Ese es el último lugar al que quiero ir. ¿Va rumbo a San Cristóbal?"

David recorrió con la mirada su reloj de pulsera. "Ése es el plan."

"Estoy con usted. Vayamos."

"¿No lo extrañarán?"

"Lo harán. Estoy programado para dar la misa de las siete esta noche. El padre Sánchez me querrá alrededor siempre y cuando el inspector papal y el obispo lleguen. Él necesitará alguien a quien reprender y echarle la culpa.

"No. Estoy fuera de eso. Hasta donde sé ellos estarán preocupados, yo realmente he hecho mierda las cosas, ¿pero usted sabe qué? No me siento mal acerca de eso. Si usted tiene tiempo, le contaré sobre mi nueva pasión."

"A usted no lo han enganchado en esas cosas católicas de la Teología de la Liberación, ¿verdad?"

"Claro que no." Salvador se reacomodó en su asiento. Enseguida Cuándo él habló otra vez, su voz estaba manchada por la ironía. "Entré a eso voluntariamente, los ojos abiertos y la mente enfocada en hacer una diferencia. Es el futuro de Latinoamérica, profesor, la única manera de arreglar medio siglo de injusticia y pobreza endémica. Usted conoce nuestro legado, nuestros sistemas políticos son corruptos y aseguran pobreza a través de subyugar a millones de indígenas pobres. Sin duda alguna usted está al tanto de..."

"Sally." Sosteniendo en alto su mano, sonriendo y agitando su cabeza. "Esto suena como a una repetición de algo en lo que me involucré hace pocos años. Creo que usted mejor debería empezar desde el principio."

Sally miró a su mentor. ¿Qué tanto confiaba en este hombre? Negando con la cabeza, él se mantuvo con la mirada fija fuera del parabrisas otra vez. Tal vez pasó una hora. Él necesitaba desahogarse con alguien.

"Es una larga historia, David."

"Es un trayecto de dos horas para San Cristóbal. Escucho."

Sally comenzó a hablar. Al principio, Roma era todo y más que lo que él esperase. Sin embargo, los seis años antes de que él se ordenase fueron moldeados por muchos años de estudiar antropología, historia, y biología, lo cual trajo muchas dudas a su mente. Su fe incondicional lentamente se evaporaba con cada página que él leía. A diferencia de muchos de los seminaristas, él se convirtió en un empírico. La credulidad y la pasión demasiada confiada de su joven creencia que a todo le fueron explicadas en proverbios escritos dos mil años antes fueron reemplazadas por un deseo para ver el mundo a través del lente nítido brillante de la causa y el efecto.

¿Eso era epistemología básica, cómo sabemos qué lo sabemos? ¿Confían las personas en un paradigma complaciente de verdades nebulosas e inconsistencias filosóficas, o reconocen el mundo y las relaciones nada más como las leyes físicas más que la expresión de debilidades humanas como la pasión, la pobreza, la avaricia y la ignorancia?

Su transformación de creyente devoto en idealista radical de la libertad comenzó una noche cuando él caminaba por algunas calles de la Vía Andrea Doria en Roma. Él se encontró con un grupo de sacerdotes, uno de ellos había sido un viejo compañero de clase que completó sus estudios y fue autorizado para regresar a su casa en Nicaragua tres años más temprano. Aunque su amigo fue cauteloso al verle, Salvador fue invitado y se introdujo al círculo. Rápidamente supuso que todos estos sacerdotes no estaban de acuerdo con la jerarquía vaticana y habían sido enviados a casa en Centro y Sudamérica para la meditación, la reflexión y la reeducación.

Para los ojos de la Iglesia, esos sacerdotes eran unos subversivos. Ninguno de ellos parecía feliz. Todos descontentos, para un hombre que estaba inspirado en la visión de cambiar el mundo a través de la Teología de la Liberación, esto era un acercamiento para el trabajo misionero católico que había caído en desgracia en los últimos años.

La pobreza y la miseria de más de 500 años era una realidad en el Nuevo Mundo, se arraigó aún más la brecha pues los ricos y poderosos se volvieron más ricos y más codiciosos, mientras el mundo se movía hacia una economía global, dejando atrás a millones privados de sus derechos. Esos jóvenes sacerdotes, como tropas de asalto por Cristo, habían sucumbido hacia la ideología liberal, izquierdistas del cambio del legado de Marx. Todos contaban las historias de la angustia, la pobreza absorbente, la injusticia increíble y los amigos sometidos y asesinados por su trabajo por los pobres.

Salvador inicialmente permaneció a distancia y distante, porque esa nueva visión de la realidad desafiaba a su clase media pulcramente blindada, educada. Aunque la pobreza en el centro de Méjico era fácilmente visible, su infancia había estado ampliamente protegida. Él vivió en una serie de casas bonitas, fue a colegios privados, tuvo muchos amigos y éxito en el atletismo.

Después de escuchar las historias de los sacerdotes por muchas noches, él se sentía inquieto en su ensueño complaciente y al fin se decidió por la nueva conciencia. Junto con sus recientes camaradas, adquirió un sentido de convicción y de urgencia. Él quería hacer una diferencia para regresar a su casa y ayudar al hombre pobre desesperado por la tiranía del sistema.

La Iglesia no compartió su entusiasmo. Faltando tres meses aun para terminar el colegio, Salvador fue repentinamente enviado a su casa en Méjico.

Fue asignado a una parroquia en un lugar alejado, en los pequeños pueblos alrededor de las colinas de Tuxtla Gutiérrez, bajo la autoridad de un obispo celoso de la educación vaticana de Salvador. A diferencia del obispo Samuel Ruiz al fin y al cabo cerca de la famosa diócesis de San Cristóbal, quien tenía demasiada simpatía por los indígenas y sus tribulaciones, el obispo en Tuxtla no lo hacía. Realizó un esfuerzo extraordinario para señalar a Sally y que la Iglesia condenara tales enseñanzas como marxista, Marx había negado la existencia de Dios.

Salvador siguió su corazón. Él ignoró las amonestaciones de su obispo y buscó en cada oportunidad pasar el tiempo con los indígenas pobres en sus casuchas afectadas por la pobreza, aun cuando le distraían de sus deberes diarios de párroco dentro y fuera de la diócesis vecina de San Cristóbal, a gran altura en la Sierra Madre.

Él mantenía contacto con sus amigos revolucionarios en Roma. Su trabajo con los indígenas le permitió mirarse a sí mismo como un destinatario de la teología de la liberación de primera línea en Latinoamérica. Con su nueva mentalidad, se avergonzó no por la prosperidad de su familia sino por su ignorancia del mundo y por elegir el camino para lograr un estatus y un rango dentro de la Iglesia. Él estaba en crisis. Sabía con seguridad que el mundo no estaba listo para implementar esa forma de enseñar.

Convertirse en un sacerdote fue fácil comparado con lo restante. A pesar del entrenamiento, la educación, la oración, los seminarios, las asesorías, y las conversaciones nocturnas íntimas con colegas, era imposible preparar a cualquier novicio para la realidad de sacerdocio. No era que Sally no hubiera estado prevenido. Era un problema común para muchos. Diez años antes, nunca se habría imaginado a sí mismo estar en tal situación.

Él no podría acordarse de que el solo acontecimiento que plantó al virus en su mente daría como resultado una enfermedad que comería su alma. Si la fe fuese el motor de la Cristiandad y la oración su combustible, el motor de Sally se había atorado en el punto donde todas las oraciones del mundo no le podrían echar combustible otra vez. Le marcaba el tiempo y lo sabía. A la edad de treinta y dos se sentía cojeando, frustrado y exprimido. La persistente culpabilidad le roía, insípida, todavía insistente, la oscuridad en su alma como mancha enconada por la duda cuando él intentó negar que su vida fuera un fraude.

Su trabajo con los indígenas le ayudó un poco. El compromiso con la teología de liberación no cambió nada. Los años de oración no hicieron diferencia alguna. Él buscó en su alma la prueba del llamado sin encontrar nada. El firme paradigma de su visión del mundo, su fe, se había desmoronado. La fe inconmovible ya no fue un puente en su búsqueda por el conocimiento y el hambre de Dios.

La creencia, él se percató, era el alimento de la persona ignorante. La ideología era el fundamento de una fraternidad añeja, corrupta, egoísta y propia de los hombres. La realidad del universo que intentaron negar se volvió, para él, imposibles de ignorar. En todas partes él veía, el vasto abismo que separa los mundos ideales y auténticos manteniendo el testimonio burlón de las formas del hombre. El descubrimiento extraño del cuerpo perfectamente conservado en su féretro anacrónico le había sacudido hasta la medula.

Salvador descubrió la vieja misión en ruinas y su población cinco meses antes. Se convirtió en un buen amigo de esas personas, un grupo moribundo de indígenas analfabetas, separado desde hacía mucho tiempo de su tribu original. Fascinado por su simplicidad y su dedicación por las tradiciones, él los encontró hospitalarios y generosos y de alguna manera no estaba de acuerdo con ellos por su realidad económica.

El principal líder, Miguel, le dijo que un terremoto algunos años atrás había traído tiempos difíciles. La generosidad de la Iglesia desapareció, así como la viabilidad del grupo. Sólo la familia y los parientes cercanos de Miguel mantuvieron su compromiso ancestral con la vieja misión y el Hombre Sagrado. Salvador encontró confundida su dedicación. Él conoció al dedillo a la familia, pero ¿A qué sirvió el propósito de haber dejado abandonada la misión por tantos siglos?

Aun después de haber oído la confesión en su lecho de muerte a Miguel, Salvador no entendió. Asumió que la historia fue creada por la demencia y el ataque al corazón. El viejo estaba obsesionado con fechas y algunos disparates acerca del final del mundo. Él divagaba incoherentemente, hablando en maya y repitiendo la palabra baktún.

Sally supo en sus clases de antropología que un baktún era un ciclo de 500 años pues salía en las citas que acostumbraban los mayas. Había habido muchos ciclos semejantes, incluyendo katunes, baktunes, y otros. Todos habían sido estudios esotéricos que él no podía recordar.

La persona común, especialmente los campesinos mexicanos, no sabían nada acerca de citas y glifos mayas. El delirio y la muerte eran desagradables de cualquier forma con todo y que a menudo uno los había presenciado, incluso el discurso vociferante de Miguel dejó a Salvador con una inquietud no muy espiritual.

Sally asumió que había oído mal. Entonces visitó el féretro de madera y vio al extraño hombre para quien la familia de Miguel le había proporcionado cuidado por tantos años. El ataúd era extraño con el cuerpo caracoleado de la serpiente, la imagen de Kulkulkán y los glifos mayas intercalados al azar en los lados. Encontrar el cuerpo perfectamente conservado era aún más inquietante. Viendo eso, Sally sospechó que su crisis de fe estaba a punto de empeorar.

Los restos contradijeron cada pequeña cantidad de conocimiento que él había adquirido a lo largo de todos sus años de estudio. Él intuyó que el cuerpo era antiguo y las implicaciones le aterrorizaron. Le preocupaba que la Iglesia católica escondiera tal descubrimiento. Aun si las autoridades no supieran nada, Salvador temía que la existencia del cuerpo, si no fuera un fraude, podría complicar al mundo clerical. Su vida nunca sería la misma.

Él tenía que sacar partido de esta mala situación. Aunque parecía lógico en ese momento, llamaría a David primero en lugar de al obispo aunque esto daba la apariencia de estar cometiendo otro error estúpido en una cadena de malas decisiones. Cuantos más errores de juicio cometería, sin embargo, este parecía tener menos importancia. Todo reflejaba su indiferencia creciente hacia la autoridad de la Iglesia.

Seriamente consideraba colgar los hábitos y convertirse en un civil. Aunque sus padres estaban horrorizados y avergonzados de su fracaso, él ya no podría vivir una mentira más. Aun si el cuerpo no fuese lo que él temía o esperaba, su vida estaba a punto de cambiar.

Exhausto de su historia, Salvador se recostó en su asiento.

David condujo un kilómetro y dijo casualmente, "No estoy tratando de deshacerme de usted, pero tengo una cena ya agendada para esta noche en mi casa en San Cristóbal con Alexandra y una arqueóloga que está trabajando conmigo. Alexandra preparará paella española con todos los acompañamientos apropiados."

Él dio un viraje para evitar un tope, una rampa reductora de velocidad.

"Será usted bienvenido. Estoy seguro que Karen y Alexandra disfrutarán de su compañía."

"¿Karen?"

"Mi amiga arqueóloga. ¿Usted recuerda la historia que le conté sobre el embrollo en el que estuve involucrado el año pasado con los zapatistas?"

"¿Es la misma mujer?"

"La misma."

Sally mordió su labio inferior. "Interesante. Seguro. ¿Por qué no?"

"Ella vendrá con su amigo, Marcos."

"Usted conoce a Marcos, ¿el líder de los zapatistas?"

"Pues sí. En verdad, él es otro antiguo alumno mío."

"¿Y Karen lo conoce, también?"

"Demasiado bien, en verdad."

El sacerdote se sentó muy callado, considerando las implicaciones. Él recorrió con la mirada a David, intentando intuir su significado. "Usted siempre conoce a las personas más interesantes. ¿Me presentará usted con su amigo zapatista?"

David suspiró, sonriendo irónicamente, y preguntó, ¿"Cómo puedo ayudarlo? Tenga cuidado con lo que desea Sally. Su vida podría ser demasiado interesante alrededor de estas personas. Ellos no tan sólo reflexionan sobre filosofía y teología como académicos de salón. Son personas muy activas. Usted podría terminar en una tormenta de mierda como su amigo el sacerdote del Salvador."

CAPÍTULO CUATRO

John Wilson, un anciano miembro de la primera presidencia élite de la Universidad Brigham Young, estaba sentado ansiosamente esperando que le regresara una llamada uno de sus misioneros trabajando en el sur de México. Lo que el joven había descrito el día anterior sonaba demasiado bueno para ser cierto pues podría traducirse en un enorme beneficio para la carrera de John. Después de treinta años de ascenso constante en la Iglesia de Jesucristo de los Santos de los Últimos Días, su carrera se había estancado en la Universidad Brigham Young y dentro de la jerarquía de su iglesia. Él sabía que no tenía probabilidades de alcanzar el interior del sanctum santorum o tabernáculo del poder absoluto a menos que alguna cosa de otro mundo ocurriera, algo como un milagro, similar a la revelación del fundador de La Iglesia de Jesucristo de los Santos de los Últimos Días Joseph Smith, de sus piedras mágicas y las placas de oro.

Había varios templos mormones en Méjico, incluyendo uno muy grande en Tuxtla Gutiérrez, la capital de Chiapas, y John administraba la red de vídeo más grande en el mundo, capaz de interactuar con cualquier sistema de cable en Norte y Centroamérica. Él también controlaba un presupuesto de diez millones de dólares para las misiones de la Iglesia y sus miles de jóvenes misioneros en todo el mundo. Si el dinero se igualara con el poder, él ciertamente tendría los medios, pero se requería más que dinero para ascender en los escalones superiores de la Iglesia.

La presidencia de tres hombres que controlaba la secta estaba ciertamente casi fuera de su alcance, pero el Quórum de Doce Apóstoles podría ser alcanzable, especialmente si John fuera invitado a unírsele al Consejo secreto de Cincuenta establecido ciento cincuenta años antes por Joseph Smith. Aunque la posibilidad parecía distante sin la intervención divina. Basado en lo que él había sido testigo en lo que iba de su vida, eso no era probable.

Para escalar al siguiente nivel de poder, John tenía que tomar el asunto con sus propias manos. Cómo podría hacer eso, él no lo sabía, pero la llamada del joven misionero desde el sur de Méjico le aseguraba a John un sueño placentero

Él esperó la llamada la cual sería realizada muy pronto, a juzgar por el reloj de pared. Después de considerar la conversación, John regresando a casa se percató que no le había hecho las suficientes preguntas, seguramente se centraría en lo más importante después.

El joven misionero sin embargo inexperto, no era tonto. Él haría lo correcto, inmediatamente llamar a John después de inadvertidamente tropezar por

36

accidente con algo que podría corroborar muchas de las primeras enseñanzas de Joseph Smith con respecto a las tribus perdidas de Israel. Catapultaría a John hasta la jerarquía superior de la Iglesia de Jesucristo de los Últimos Días y aseguraría que su estatus permaneciera importante hasta el fin de los tiempos, cuándo Dios los llamara a casa y le diera a John su propio planeta para la eternidad.

Él vio que la luz de la línea principal de su secretaria se encendía. Un segundo después, el teléfono timbró y la llamada fue transferida a la oficina de John. Aspiró profundamente y descolgó el teléfono.

"Hola. John Wilson aquí."

"Sí, señor Wilson, soy Evan. Llamé por teléfono ayer acerca de lo… eh, el cuerpo de extraña apariencia en un ataúd aquí en Chiapas, Méjico."

"Por supuesto, Evan. He estado esperando su llamada," él contestó suavemente. "He estado pensando en la situación que usted ha descrito. No sé si me debería involucrar en la materia. ¿Tiene usted un segundo para contestar algunas preguntas?"

"Sí, señor. Claro que sí."

"En verdad, tengo una reunión en cinco minutos, así que comenzaré con las primeras dos a lo que usted le puede dar un rápido sí o no. ¿Está bien?"

"Sí, de acuerdo."

"Bien. ¿Regresó usted a mirar el cuerpo como le pedí?"

"Sí, señor."

"¿Parece estar en la misma condición física de hace dos días?"

"Sí, señor."

"¿Está seguro? ¿El cuerpo no ha sido embalsamado?"

"No lo creo. Digo, moví a un lado su camisa y no vi ninguna incisión que indicara que los órganos hubieran sido removidos."

"¿Pudo usted recuperar cualquiera de los artículos del ataúd?"

"Sí… y no."

"¿Sí y no?"

"Pues bien, no." El joven vaciló. "Quise, pero Jacobo se descontroló." Él hizo una pausa. "Él está pensando en renunciar e irse a casa."

"¿Y quién es Jacobo?"

"Uno de los misioneros que superviso, señor. Él tiene dieciocho años de edad y simplemente ha venido aprendiendo en el camino. Él es el que me ha dicho acerca de un grupo extraño de indígenas viviendo cerca de la vieja iglesia. Él se rehúsa a volver a la ruina."

"Sí. Él no debería ir a más con usted, Evan. No quiero que esté molestando con este asunto, ¿comprende? Déjeme ver sobre mandarlo a su casa, ¿está bien?

37

Usted es un joven maduro y parece tener buen juicio. Esto puede ser manejado simplemente entre nosotros dos."

"Sí, señor."

"Cuénteme otra vez sobre las cosas en el féretro."

"Hay un collar que tiene lo que en apariencia podría ser como algo personal de un pastor, una estrella como la una estrella de David que los judíos tienen y algo que tiene aspecto como de una copa para beber. Tal vez es un florero o un frasco. Los cilindros sobre los que le conté faltan."

"¿Usted está seguro que uno o más de ellos faltan?"

"Sí, señor. Los vi perfectamente bien."

"Eso es verdaderamente desafortunado. ¿Alguien más sabe de la situación inusual en esta ruina de la iglesia?"

"Simplemente ese sacerdote católico curioso que sigue viniendo. Habría tomado los pergaminos para usted, pero Jacobo oyó el motor de su coche que venía por la carretera y se volvió loco. Tuve que sacarlo de allí para calmarlo."

"¿Y usted hizo...?"

"¿Qué hice yo, señor?"

"¿Tranquilizarlo?"

"En su mayor parte, pero él actuaba todo estresado otra vez cuando el sacerdote y su amigo pasaron por donde estábamos nosotros en el camino."

"¿El sacerdote vio el cuerpo después de que usted salió?"

"Supongo. Era el sacerdote y otro amigo en una Ford Explorer. El sacerdote nos vio de forma fea cuando pasaron."

"Puedo suponerlo," contestó en un tono risible. "Oiga, Evan, esto tiene mucha importancia. Quiero que usted regrese al sitio hoy y recupere todo lo que queda, los rollos, las joyas del cuerpo, sus ropas."

"¿Sus ropas?"

"Absolutamente. Ahora escuche muy de cerca. Quiero un mechón de la cabellera."

Una larga pausa siguió.

"¿Está usted todavía allí, Evan?"

"Pues, sí. Aclaremos esto. Si puedo hablar claro, señor, parece que usted me pide que desnude el cuerpo."

John interrumpió un suspiro. Esto requería trabajo. Él tenía que saber rápidamente si podía contar con el coordinador de la misión.

"Sí, adivino que puede hacerlo, ¿O no es así? Evan, espero que usted entienda que no se lo pediría a menos que no fuera absolutamente importante que usted lo hiciera. No somos saqueadores de tumbas, pero estuvo mal haber dejado el cuerpo abandonado y en las manos de cualquiera a quien le simpatizan los católicos. Éstos podrían ser los restos de alguien que nunca fue bautizado. Estoy seguro que usted comprende las implicaciones de eso. Es nuestro deber a los ojos de Cristo bautizarlo y asegurar la salvación de su alma.   "Hay algo más, Evan. Algo que no puedo distinguir. Sospecho que el cadáver es de alguien de suma importancia para la historia de nuestra iglesia. ¿Me comprende usted? Quiero que regrese a la ruina hoy y quite todo lo que pueda del cuerpo y cualquier otra cosa del ataúd."

Evan hizo una pausa, entonces dijo, "Supongo que puedo hacer eso. Esto es importante para los asuntos de la iglesia, no es así, ¿Hermano John?"

"No puedo pensar acerca de alguna cosa más importante ahora. Pienso que Dios movió su mano, colocándolo de entre todas las personas en esta situación para ayudar a nuestra iglesia y promover nuestra misión en Méjico. Siento fuertemente que el Señor le ha regalado esta oportunidad, porque él ve en usted un gran liderazgo."

"Estoy seguro que no lo merezco."

"Otros decidirán eso, Evan. Por favor haga lo que le dije. Regrese a la ruina hoy. ¿Puede hacer usted eso por nosotros, joven?"

"Estoy en eso, señor. Déjeme ir corriendo y hablar con Jacobo, mientras estaré ausente."

"¿Irá caminando usted?"

"Uso mi bicicleta la mayoría de las veces, pero los caminos aquí son horribles."

"Use una tarjeta de crédito para la empresa arrendadora de carros. Cárguelo a la cuenta de la misión."

"¿Rentar un coche? ¿Está usted seguro?"

"Sí. Llámeme tan pronto como usted haya recuperado todo eso. Obtenga todo eso, ¿recuerda? Y también un mechón de su pelo. ¿Usted tiene el número de mi teléfono móvil?"

"Sí, señor, pero yo no quiero molestarle con..."

"No es molestia. Insisto. Llámeme esta noche. Le daré más instrucciones cuando usted regrese. ¿Lo tiene?"

"Lo tengo."

"Bien. He terminado con usted ahora. Ya estoy retrasado para la reunión. Un par de cosas más, Evan. No le cuente a nadie en nuestro templo en Tuxtla sobre nuestro asunto y tenga mucho cuidado acerca de nuestros hermanos católicos equivocados."

"Ya veo, más o menos. Eso quiere decir..."

"Eso quiere decir que el personal del templo en Tuxtla no tiene nada que ver con la toma de decisiones con respecto a nuestra misión internacional y no quiero a la iglesia católica metiendo las narices o teniendo más que hacer con esto cuando puede ser evitado. Deliberadamente ensuciarían esto, cometerían un robo o esconderían cualquier cosa del féretro. Si hay tiempo, enterraremos el cuerpo. Si no, nada más entre y salga. Intente no ser visto."

"Sí, señor."

"Buen hombre. Estaré esperando." Colgando el aparato receptor, él miró su reloj. Ya casi era hora de su cita. Una rubia pequeña, estudiante de primer año con senos bonitos debería llegar ahora. Su comportamiento era también visible. En un lugar como la Universidad Brigham Young, eso era escandaloso. El hermano John tenía información de que ella se había estado comportando en un modo nada mormón, más bien siguiendo la moda; tomando licor, su ropa subida de tono, coqueteando con otros estudiantes, tal vez teniendo sexo. Ella obviamente sacaría provecho de su guía espiritual o él se vería forzado a reportarla con sus padres, a todas luces una bonita familia que vivía en Ogden.

Él incluso aún podría tener que expulsarla de la universidad si ella no viese su error y se ofreciese a corregirlo. Probablemente debería reservar un cuarto de hotel ahora mismo en caso que ella requiriera ser informada de lo que tendría qué hacer si no quisiese ser expulsada. Podría estar incluso en el cuarto una hora más temprano y llevar su computadora portátil suministrada por la universidad para checar a las chicas más nuevas en sus sitios de pornografía favoritos.

Él le haría un favor a ella. La pequeña mujerzuela estaba en el camino rápido a la perdición si estaba bebiendo y teniendo relaciones sexuales con un estudiante de primer año.

Su teléfono zumbó y él descolgó el teléfono. "¿Sí?"

"Una estudiante, la señorita Petersen está aquí para su reunión, John."

Sintiendo una febril agitación en el miembro, él se encorvó para tocárselo.

"Dígale que pase, Marilyn, y por favor no me agende nada para el resto de la tarde."

"¿El resto de tarde?"

Él esperó sin hablar.

"Sí," ella dijo finalmente. "Por supuesto, John."

"Gracias, Marilyn. Usted sabe cómo odio ser molestado los viernes por la tarde. Usted me puede localizar en mi teléfono móvil en caso de una emergencia." Él aspiró profundamente y aligeró la entrepierna de sus pantalones aplanando la parte trasera de su pelo y practicando su sonrisa más acogedora.

Cuando él oyó un golpe ligero en la puerta, dijo, "Entre, por favor."

Una chiquilla con los ojos muy abiertos entró en el cuarto, llevando puesta una blusa y falda conservadoras con cuello alto. Sus senos, sin embargo, abultaban el frente de su blusa, exhibiendo unos pechos de primera.

"Entre, señorita Petersen." Él señaló la silla delante de su escritorio. "Yo he recibido algunos informes alarmantes acerca de su comportamiento en la Universidad." Él lanzó una carpeta de papel manila encima de su escritorio. "Esto es muy triste. Veo que usted es la depositaria de una beca completa." Él hizo una pausa, antes de iniciar su discurso preparado de cómo tenía tan decepcionados a él y a sus padres.

Ella se sentó en la silla que él le había indicado, se retorció y jaló fuertemente como tratando de bajar la orilla de su falda. Mirándolo directamente con una mirada fija pálida, espantosa, ella preguntó, "Soy realmente mucho problema, ¿señor?"

"Mentiría si lo dijese de otra manera, señorita. La madre Wilson en su dormitorio dice que es cierto que usted se compromete moralmente por su dudoso comportamiento que probablemente significaría rescindir su beca y expulsarle de la escuela. Usted sabe que tomar está absolutamente prohibido y oiga, eso podría ser el más mínimo de sus pecados.

"Estoy también informado que usted ha participado en actividades con contenido sexual y probablemente tenido sexo con chicos. Tal comportamiento no es tolerado por la institución ni por sus padres. Es embarazoso y pecaminoso. Le condenará para la eternidad. Con un mínimo desnudo, es una violación del acuerdo de la beca que usted firmó antes de inscribirse en esta casa de estudios, ¿usted no estaría de acuerdo? Siento realmente lástima por sus padres, pero esto es una de las partes feas de mi trabajo, comunicarle a los padres que sus dólares y sus hijas están destinados a irse por la alcantarilla."

Con una mirada afligida, ella cayó pesadamente en la silla. "No he lastimado a nadie," ella dijo, su voz temblando, "y...y estudio mucho y yo..."

"Estoy en verdad muy ocupado esta tarde." Él recorrió con la mirada su reloj. "Tengo una reunión que acabará tarde en el centro. Estaba decidido a expulsarla y llamar a sus padres, señorita. No tengo tiempo para escuchar sus excusas, porque confió totalmente en el juicio de la madre Wilson."

Él le sonrió amargamente, agitando su cabeza con desaprobación. "No sé si hay alguna forma de salir de esto, señorita. Intento ser justo."

Cuando ella finalmente le vio, él le ofreció la carnada. "Tal vez podamos resolver algo. Si usted en realidad quiere presentarme su caso, después tendrá tiempo para pensar que es lo que está en peligro, supongo que le podría visitar en el centro después de mi reunión y podría escuchar lo que usted tiene que decir. ¿Qué piensa usted? ¿Deberíamos coger el teléfono y llamar a sus padres o quiere verme más tarde?"

Ella se vio abrumada. "¿Verlo? ¿Dónde? Pero no he hecho nada realmente mal. Hay otras chicas..."

Él levantó su mano para detenerla. "Por favor. Soy un hombre razonable. Piense acerca de eso. Veamos si hay una solución para su problema que nos satisfaga a ambos."

Él anotó el número de teléfono del Motel Comfort y se lo dio a ella. "Tome este número y llame a la recepción si usted decide verme. Estaré libre a eso de las cuatro de la tarde."

Confundida y casi muda, ella aceptó la nota. Después de que clavó los ojos en el número, ella le recorrió rápidamente con la mirada pero no quiso verlo a los ojos.

"Señorita Petersen. ¿Creo que su nombre es Melisa?"

Ella asintió con la cabeza.

"Usted debe venir a solas si decide verme. Ésta es una cuestión privada, y no quiero involucrar a sus amigos o a cualquiera del personal de la universidad. Es para proteger su privacidad, ¿usted entiende?"

Ella le miró, con ojos dilatados e inquisitivos.

Él consultó su reloj. "Está bien. Ahora váyase. Me retrasaré para mi reunión." Él señaló la puerta. "Recuerde, estaré desocupado a eso de las cuatro."

Después de que ella se levantó de su silla, él la escoltó hacia la puerta. "Yo en realidad espero que no tengamos que cancelar su beca y llamar a sus padres, Melisa, pero veremos cómo va. Más tarde hoy, ¿tal vez?"

Ella buscó su cara e intentó una sonrisa poco entusiasta. Vaciló como queriendo decir algo, pero dio la vuelta y dejó la oficina con su cabeza abajo, profundamente pensativa.

El hermano John casi hipnotizado observó en detalle el bamboleo de cadera debajo de la falda. Entonces llamó a su secretaria, "Marilyn, ya corro al centro para la reunión. Como le dije usted me puede localizar en mi teléfono móvil si hay una emergencia."

Él cerró la puerta de la oficina y tomó la computadora portátil. Melisa era pequeña, dulce, y era un hecho que se veía fantástica en un traje Fredericks de Hollywood. Él se preguntó que talla de sostén sería ya que tenía pechos grandes y piernas largas que se unían a un firme y agraciado bombón.

Él esperó que ella llamase por teléfono para verlo. La podría salvar. Realmente la podría ayudar y le podría hacer un favor a su familia si ella cooperase. Si ella no llegara, tendría algunas horas para examinar atentamente sus páginas web pornográficas. No tendría sentido suscribirse a una línea porno a menos que él tuviera tiempo para disfrutarlo ocasionalmente. No tenía duda, no podría hacer eso en casa con su esposa siempre alrededor.

CAPÍTULO CINCO

Julio, exhausto, estaba con las manos apoyadas en su cintura en la escasa sombra de la cabaña en un intento para librarse del calor matutino. Él recorrió con la mirada a su joven compañero, Evan, quien cayó de golpe encima del suelo a la entrada del túnel, donde la sombra rápidamente se convirtió en oscuridad. Julio, estirándose y caminando lentamente por afuera de las chozas vacías, se preguntaba a dónde se habían ido los indígenas. El área se veía como si los habitantes la hubieran abandonado rápidamente, dejando atrás artículos que la gente pobre normalmente habría llevado consigo.

Mover el cuerpo y el féretro en la cripta clandestinamente a través del corredor en la oscuridad le tomó más tiempo de lo que esperaba. Miró su reloj, eran las 2:39 de la tarde. Su camisa empapada de sudor se pegaba a su cuerpo y su nariz se arrugaba por su olor corporal que se mezclaba con una pestilencia como de leche agria, carne podrida, y mierda de perro. Quizás, al saber que se irían pronto, los aldeanos se apresuraron y comenzaron a tirar la basura más cerca de las casas.

Sus manos sucias presentaban diversos arañazos y una uña quebrada del dedo índice. Era hora de ponerse en movimiento. Estar varado en Méjico con un cadáver que no le pertenecía era una muy mala idea.

Sus dos años en Méjico trabajando para la CIA hasta ahora los había dedicado para rastrear armas de fuego, drogas y líderes de las agrupaciones criminales. El trabajo actual se originó como una total sorpresa. ¿Qué estaba haciendo con un cadáver aquí afuera?, ¿En un lugar donde nadie vivía? ¿Sin amigos o parientes? ¿Por qué no simplemente enterrar el condenado cuerpo y terminar con esto? Las pocas veces que él había trabajado con cuerpos tenía que enterrarlos después de que él o alguien más los matara, pero el director insistió que tomara todo, incluyendo el cuerpo, la ropa, el féretro, y cualquier cosa que hubiera en la cripta. Él tomó muchísimas fotos, también de las paredes y cualquier otra cosa que tuviera pinturas y diseños extraños.

Les pidió que lo limpiaran y salieran. Si él tuviera una lata de gasolina y un fósforo, les mostraría cómo dejar un sitio limpio por completo. Era un encargo inusual. El cuerpo no apestaba, lo cual no dejaba de ser extraño. Alzó su manga mugrienta, empapada de sudor para limpiarse la frente.

¡Cabrón! Pensó. ¡Qué trabajo tan loco el que hago estos días y algunas veces sin sentido!

Evan, como Julio lo esperaba, apareció en su bicicleta, dispuesto a ayudar y sabiendo cómo lograr llegar allí. Julio alquiló una camioneta y encontró como conducir alejado de la carretera. Costaba mucho menos esfuerzo que dos llevaran un cuerpo que uno.

"Un paso tras otro, grandulón," Julio dijo. "Podrá recobrar el aliento en el camión. Movámonos antes de dar un espectáculo a personas indeseables."

Evan miró hacia arriba. "¿Dónde enterraremos el cuerpo?"

"No lo haremos. Te dejaré y entonces lo llevaré a San Carlos en la costa del Pacífico. Se lo entregaré a alguien llamado Jackson en un almacén cerca del muelle. Lo que ocurra después será decisión de él."

"Ah." Evan pareció preocupado por un segundo, en ese momento su cara se desarrugó y cambió su gesto como no dándole importancia.

El rápido cambio de expresión alzó los pelos del cuello de Julio. ¿Qué esconde este joven? Hay centenares de agentes en Méjico. Algunos son miembros de la Iglesia de Jesucristo de Los Santos de los Últimos Días de los diez u once templos mormones, incluido uno en Tuxtla.

La encubierta de Evan era como para supervisar a los misioneros de la iglesia. Tal vez el joven estaba tratando de servirles a dos amos. Julio tenía que hablar con él para saber si podría ser un problema. Si el muchacho tuviese a otro jefe y fuese un espía, la corporación necesitaba saberlo.

Julio pensaba que los mormones estaban locos. Joseph Smith con sus tablas de oro y un ángel llamado Moroni como si fueran cosas agradablemente extrañas. Si Smith estuviera vivo actualmente, alguien ya lo habría sedado y lo habría puesto en una celda de paredes acolchonadas.

Julio había visto a una buena cantidad de mormones en Arizona cuando él creció. Vivian en comunidades pequeñas en casas rodantes, se rumoraba que tenían varias esposas y niños y se comportaban como si fuesen más santos que cualquier otro.

La mayor parte de los amigos con los que Julio creció pensaban que algunos hombres usaban la religión para aprovecharse de la panocha. La mayoría de estos mormones estaban deseosos que los hombres jóvenes se salieran o que fueran echados del grupo para valerse por sí mismo poco después de la adolescencia, dejando a más hembras para los individuos mayores.

Julio volteó la cabeza con decisión hacia la camioneta. "¡Vámonos!"

"Usted me puede dejar en la plaza." Evan, poniéndose en posición vertical, agarró su bolsa encaminándose hacia el vehículo.

"No voy a volver a Tuxtla. Usted tendrá que tomar el autobús en la carretera principal. No quiero correr riesgos."

El joven frunció el ceño. "Estupendo. Vámonos. Estoy cansado." Aventó su bolsa encima del piso y se introdujo hacia el asiento del pasajero.

Julio miró alrededor una última vez antes de entrar. Colocó su cámara en la guantera, echó a andar el motor, movió la palanca de velocidades, dio la vuelta en U y enfiló por el camino de terracería.

Después de ver rápidamente en su espejo retrovisor, él preguntó, "¿Ha estado trabajando para la corporación desde hace algún tiempo?"

"Sí. Ya desde hace algo."

"¿Quién es su supervisor?"

"No sé. Nunca lo he conocido." Él se quedó con la mirada fija hacia el frente.

"Ya veo. Simplemente por hacer la conversación." Dos podrían jugar ese juego. Julio irritado, alcanzó sus anteojos oscuros, se los puso rápidamente y enfocó la atención adelante en la senda parchada de asfalto. El cumulo de nubes formadas al oeste se movían hacia las tierras altas. Ya con sus anteojos oscuros se veía el mundo monótono y gris, reflejando su estado de ánimo.

Repentinamente, una camioneta blanca acercándose demasiado rápido rodeó la curva, viró rápidamente tratando de esquivarlos para perderlos dando un patinazo en la piedra seca. Julio giró con fuerza el volante a la derecha para evitar una colisión.

"¡Chingado!" maldijo.

Evan volteó la cabeza para seguir a la camioneta y Julio la observó por su espejo retrovisor. El frenó y por las luces traseras vio como la otra camioneta desaceleró y tomó el camino de tierra conduciendo hacia las ruinas que acaban de dejar.

"Jesucristo." El pie de Julio tocó el pedal de frenos.

"Federales. No desacelere. Continúe."

"¿Cómo supieron que fuimos allá?"

"Probablemente no lo saben, pero se corrió la voz. Manténgase acelerando."

"¿Cómo se corrió la voz?" Julio estaba alarmado. "¿Qué sabe usted acerca de esta cosa? ¿De cualquier forma? ¿Qué tiene de especial el sujeto muerto"?

Evan giró lateralmente el asiento para observar la pick up blanca desaparecer por el viejo camino. "Nada, realmente." Él se encogió de hombros. "Tendrá acaso algún significado religioso."

"¿Sí?" Él quitó su vista del camino para recorrer con una mirada fría a Evan. "¿Éste es un sacerdote que acaba de morir?"

"No sé. Sospecho que allí hay algo más que eso."

"Es extraño." Negando con la cabeza.

El muchacho giró nuevamente su asiento para regresar a mirar hacia la parte delantera. Luego de algunos momentos, haciendo un gesto apuntó. "Detenga el carro a la orilla en esa tienda pequeña después de la gasolinera Pemex. Necesito una cajetilla de cigarrillos."

Julio le recorrió con la mirada. "No es el momento adecuado de descanso."

"Necesito un cigarro. Sólo tomará un segundo. Allí." Él agitó su mano. "Al lado del letrero que dice Refrescos Fríos."

"Mierda. ¿Qué...? Nada más por un segundo, muchacho. Tengo que llamar a la corporación y recoger algún dinero en efectivo para poder llevar este cadáver a San Carlos." Él vio otra vez por el espejo y desaceleró para salir de la carretera principal, la orilla estaba rellena de grava, llena de baches adelante de la tiendita

"Se puede envenenar por comprar tonteras en estos lugares."

"¿Podría estacionarse de reversa? No quiero que alguien vea nuestra matrícula." Sugirió con su mano.

"¿A quién le importa un carajo?" Julio endureció el gesto. Él no sabía que los mormones fumaran. Tal vez este muchacho no era un mormón después de todo.

"Al amigo muerto no le importaría, quién sabe."

"Sígame la corriente. Allí. Atrás de la sombra de esos árboles." Él señaló. "Es seguro. Sólo será un segundo." Él alcanzó su mochila y se la colgó a la espalda cuando la furgoneta desaceleró.

Julio gruñó en la frustración. ¿Piensa este muchacho que puede darme órdenes? Él agarró el volante y se detuvo, negando con la cabeza, disgustado. De prisa."

"No tardaré," el muchacho dijo con una voz extraña.

Julio dio vuelta y fijó su mirada en el cilindro de una Walther PPK con silenciador. "Mire, muchacho...."

"El cuerpo no irá a Oaxaca. Irá adentro de la tierra."

"¿Qué? Por qué, estúpido, hijo de puta..." Él trató de alcanzar la manilla de la puerta.

Evan disparó dos veces. Los anteojos oscuros volaron fuera de la cabeza de Julio al sentir el impacto. Él cayó pesadamente y de dos huecos sangrientos empezó a escurrir un líquido espeso, de una tonalidad roja resbalando por su cara.

* * *

Evan volteó hacia la pequeña tienda de ladrillo. No vio a nadie, jaló a su colega muerto encima de la alfombra del piso entre los asientos. Tomó un trapo de su mochila y lo pasó sobre la sangre limpiando el asiento de vinil y el volante antes de dejar caer el cuerpo. Abriendo la puerta, él salió del vehículo, agarró una manta de atrás del asiento, y tapó a Julio. Miró a su alrededor, no había nadie cerca de la tienda. Toda la operación se hizo minuciosamente.

Después de dar una vuelta alrededor de la parte trasera de la camioneta, revisó las puertas traseras y se sentó enfrente del volante para regresar el a la carretera principal, la ruta por donde ellos venían. Vio por el espejo retrovisor para estar seguro que el féretro no había cambiado de posición antes de echar un vistazo a la forma en que había puesto a Julio en el piso. Tomando un aliento tranquilizador, checó el velocímetro para asegurarse que iba abajo del límite de velocidad permitido.

"Todo está saliendo bien, se dijo a sí mismo.

Él debía enfocar su atención en la siguiente tarea. Apenas recorrió con la mirada el rastro hacia la vieja ruina de la iglesia. No había ninguna señal de la pick up blanca que había entrado cuando ellos salían.

Condujo por una hora, avanzando cómodamente sobre el asfalto negro, frecuentemente revisando sus espejos hasta que dio vuelta a la izquierda faldeando Tuxtla Gutiérrez, elevándose en las tierras altas de la vieja carretera para San Cristóbal de Las Casas. El serpenteo, estrecho y traicionero requería de un manejo cuidadoso conforme subía cada vez más alto y más alto hacia las montañas pobladas de árboles de pino del estado de Chiapas. Evan enfocó su vista fuera del rumbo momentáneamente para entrever la grava en el piso.

Él tenía dos cuerpos que enterrar y el hermano John quería primero el cuerpo en el féretro desnudo, lo cual era más fácil decir que hacer. Si los federales o el ejército le detuviesen, él se vería en un gran problema. ¿Cómo podría alguien acostumbrarse alguna vez a todos los bloqueos y retenes en las carreteras? Era un maldito país de locos. En cualquier tiempo, cualquier carretera principal podía estar bloqueada con el pretexto de buscar armas y drogas de contrabando. Ese era un gran inconveniente para alguien como él con esa línea de trabajo, peor porque Méjico todavía funcionaba bajo las leyes napoleónicas, los sospechosos eran culpables hasta que no se comprobara lo contrario. Si bien él era un ciudadano americano, podría ir a dar a una miserable prisión mejicana, desnudo y trabajando esporádicamente para los narcos hasta que alguien en Washington DC o la Iglesia de Jesucristo de los Santos de los Últimos Días en Salt Lake decidiera que él merecía ser rescatado y pagara el soborno o usara sus contactos para liberarle.

Las palmas de las manos de Evan estaban sudando. Las limpió con la pierna de su pantalón y finalmente vio lo que él andaba buscando a medio camino de la montaña, una senda que era apenas más que una vereda con las huellas de unas rodadas de llantas casi escondidas entre matorrales. Él siguió el rastro, rezando para que no fuera a venir alguien en dirección opuesta.

La senda estaba profundamente llena de baches, y los amortiguadores de la camioneta rechinaban cuando rebotaban en la tierra roja. Iba despacio. Después de ver por su espejo retrovisor, él se detuvo cerca de 100 metros adentro. Salió de un salto, jaló a Julio y lo arrastró a la maleza, pensando, Qué bien.

Se quedó sin aliento, y su corazón latió rápidamente cuando él corrió de regreso a toda prisa al camino para cerciorarse si alguien lo había seguido. Regresó al vehículo, abrió las puertas traseras, deslizó hacia fuera el féretro de madera y lo dejó caer sobre la defensa antes de que resbalara al suelo.

Levantó la tapa y rápidamente desnudó el cuerpo, quitándole el atractivo collar, sandalias, camisa, y pantalones. Jaló el cadáver descansándolo en el suelo. Tomando una cámara de su mochila, rodeó el féretro y tomó fotos del extraño diseño caracterizando a un sacerdote indígena con sus piernas como de serpiente y las escrituras mayas. Sin el cuerpo, realmente no parecía un féretro.

Cuando él alejó la cámara, las hojas se agitaron y una ramita crujió.

¡Mierda! Pensó, lentamente escudriñó el perímetro, difícil para ver a través de la maleza. Recobrando el aliento rápidamente, tuvo la sensación espeluznante de que estaba siendo observado.

No puedo quedar atrapado en el Méjico rural con dos hombres muertos. Carajo.

Él necesitaba investigar. Rescatando su arma del piso de la camioneta, se fue andando por el camino, llamando, "¿Quién está ahí? ¿Alguien está allí?"

Haciendo una pausa, él no oyó nada. Dio vueltas de regreso a través de la maleza y revisó el cuerpo de Julio. Él estaba muerto.

Mierda. Estoy con mis rodillas endebles sin fuerza, oyendo cosas y casi meando los pantalones. Fue probablemente una rama cayéndose de un árbol o un animal en los arbustos.

Empujó el arma en su cintura y regresó a trabajar.

Tomando una navaja de su bolsillo de sus pantalones, cortó un mechón de pelo del cadáver y la regresó a su bolsillo. Rellenó una bolsa de plástico con los artículos del amigo muerto, los echó adentro a través de la ventana abierta y agarró una pierna con ambas manos para jalar el cadáver de Julio más allá, dentro de la maleza.

La parte más baja de su espalda le dolía y sus brazos temblaban por el esfuerzo excesivo. Se detuvo a recobrar el aliento. Otra vez, el sentimiento punzante de ser observado le golpeó.

¿Venía alguien por el mismo rastro ahora? Él se preguntó, mirando alrededor otra vez.

El área parecía más abierta y visible de lo que él originalmente pensó. Dándose cuenta de que él no traía una pala, comenzó a perder el aliento con miedo, incapaz de calmarse.

No había tiempo para entierros. El viejo John estaría decepcionado, pero lo estaría aún más si Evan fuera a parar a una cárcel mejicana. Él necesitaba salir de allí rápido. Sin limpiarse, corrió hacia la camioneta.

El Hombre Hueso, un indígena maya cuyo nombre verdadero era Balám Reyes, pasaba inadvertido en la sombra de la densa vegetación al lado del camino de tierra cerca de la carretera principal que iba hacia San Cristóbal de las Casas. Pequeño de estatura y ligeramente encorvado por la edad, llevaba puesto un pantalón blanco sucio de algodón y una camisa de franela azul muy usada con bolsillo en el pecho.

Al llegar la camioneta, él ignoró tanto al vehículo como al ocupante. Se concentraba más bien en el paisaje lleno de flores y en la incierta realidad en la cual estaba sumergido.

Balám Reyes era un chamán y curandero que frecuentemente vagaba por las montañas arboladas del área cuando tomaba su medicina para transportar su alma al mundo espiritual. Cuatro horas antes, después de ejecutar algunos rituales curativos y de haber disfrutado de algunos minutos con una de sus esposas, Balám se apartó del poblado indígena de la región montañosa de Chamula, caminando lentamente después de maizales pequeños, terraplenados y huertos de café. Fuera de la presencia intrusiva de otros, él podría relajarse y podría cobrar nueva vida su espíritu.

Él comió dos hongos de psilocibina para liberar su alma, remontándose sin restricción alguna al mundo espiritual, librado de preocupaciones terrenales mientras su mente navegaba por el éter del universo auténtico. Respiró lento y serenamente caminó, fascinado con la vista, permitiendo que cualquier cosa que él pudiese encontrar llegara libremente. Eventualmente, comenzó a desplomarse por el camino conforme el efecto de la medicina dejaba su cuerpo y el éter del otro universo lentamente se disipaba.

Cuando la percepción terrenal regresó, la realidad cansada del ahora lentamente capturaba su atención y se dio cuenta que él había estado vagando lejos del pueblo. Su mente se vio anclada en el presente cuando observó a un joven deslizar un cuerpo de una camioneta. El viejo chamán se percató que estaba en presencia de un crimen. El cuerpo fue rápidamente arrojado en los arbustos y el joven arrastró por el suelo un bello féretro muy viejo de madera. El curandero creyó haberlo reconocido y eso lo paralizó. Tal vez era la medicina del hongo, o tal vez estaba imaginando cosas.

Parpadeó y se restregó los ojos, todavía a medias en el otro universo. Miró de nuevo el ataúd, esperando que estuviese equivocado, pero no. Cuando él era joven hacia cincuenta años, había visto ese féretro y había conocido el Kulkulkán ondulante, de esmalte rojo, la serpiente emplumada de los ancianos, en una conmemoración al que sólo los antiguos tenían acceso, cercanos al conocimiento infinito.

La historia que todos conocían era la de un gran rey tolteca que dejó el mundo después de avergonzarse a sí mismo y que prometió regresar algún día. ¿Por qué tuvieron los antiguos que ausentarse del mundo dejando a su gente a merced de gente hedionda barbada, que venía del otro lado del mar?

Él recordó a Miguel Carranza contando la historia de su familia, los guardianes del Hombre Sagrado, el hombre santo que nunca murió y que de quién es el cuerpo que no se descompuso ni volvió a ser polvo. El féretro fue el sitio de descanso del hombre que permaneció en el presente y simultáneamente en el mundo espiritual. Él era un milagro inexplicable, lo que tantos esperaban que algún día fuera el retorno de Kulkulkán.

Cuando el guardián del Hombre Sagrado le mostró el féretro y su contenido, él se sintió conectado con el anciano, se acopló por un destino desconocido y una afinidad espiritual que él no podía describir.

Balám perdió el rastro de Miguel cuando la guerra civil irrumpió en Guatemala y la gran necesidad de sus hermanos mayas quichés en las tierras altas robó su vida. El terror y la represión del gobierno títere en la Ciudad de Guatemala, sostenido por hombres blancos ricos del norte, fueron su constante compañía. Probablemente el Hombre Sagrado estaba tratando de intervenir.

Balám observó al joven desnudar el cuerpo y colocarlo en el suelo. Cuando el profanador rodeó el féretro, Balám deliberadamente movió su pie y rompió una ramita.

El joven se encontraba parado, corrió hacia la camioneta, y agarró un arma. Rápidamente reviso el área, llamando a voces por alguien, mientras buscaba. Cuando el profanador regresó, guardó el arma y usó su navaja para cortar con la hoja un mechón de pelo del Hombre de Sagrado.

Con la percepción de Balám de un universo distorsionado. Se quedó sin aliento, como si este hubiera sido hurtado de sus pulmones. El profanador jaló al Hombre Sagrado hacia los arbustos, hizo una pausa, y corrió de regreso a la camioneta. Se lanzó al asiento del conductor, dio un portazo y echó a andar el motor, haciendo un mal viraje en U antes de conducir hacia la carretera principal.

El chamán permaneció quieto, ordenando sus pensamientos y atrapando su aliento. Su mente clara, pero él todavía debía ser precavido. ¿Se había ido el conductor con su camioneta verdaderamente? El viaje espiritual de Balám, había empezado bien, fue sesgándose poco después de tomarse la medicina. Normalmente, el vuelo de su alma en el éter era una experiencia inspiracional, transcendental, pero la jornada de ese día se volvió sin sentido. El éter permaneció turbio y deforme. Cada viaje con la medicina era diferente, y él tuvo que aceptar qué este fluyó en otro universo del que él había entrado, sin embargo una gran tristeza se apoderó de él.

Caminando silenciosamente por el camino rojo de tierra, miró hacia la carretera principal, escuchando atentamente antes de sentirse confiado que el transgresor y asesino hubiera huido llevándose su aura maléfica con él. Recitando una oración para protegerse de espíritus malignos, Balám ignoró el primer cuerpo y siguió el rastro de los pasos del profanador hacia donde el Hombre Sagrado yacía.

La piel desnuda expuesta en la maleza. Era el Hombre Sagrado. Colocó las extremidades del hombre en una posición más cómoda y se volvió caminando por el féretro recostado a su lado. Kulkulkán, la serpiente emplumada, estaba representado allí, un hombre elaboradamente condecorado en atavío maya, su cuerpo más bajo transformado en el cuerpo que se contorsiona de una serpiente envuelta sinuosamente alrededor del féretro.

Con el ataúd inclinado, Kulkulkán parecía clavar los ojos en el cielo con la boca abierta, pidiendo a gritos auxilio. El chamán lo rodeó antes de agacharse y calcular su peso. Se sentía pesado, pero no excesivamente. Moviéndolo de acá para allá, trató de regresarlo a la posición vertical.

En el segundo empujón, el piso dentro del féretro se torció y se resbalo, casi desprendiéndose y una copa vieja de cerámica rodó hacia afuera. Él se agachó a recogerla volteándola en sus manos, sin embargo no tenía nada de extraordinario. Él podría usar una copa, aunque fuera vieja, así es que la dejó a un lado.

Con sus manos y sus rodillas, movió a un lado la tabla casi suelta y vio un cuero abultado, un bulto rectangular envuelto en cuero y atado con mecate. También vio la ropa de tela algodonada y tres cilindros de madera. Él asumió que eran cosas sin valor, trastos viejos, recuerdos del difunto, pero vio que los cilindros estaban decorados con pictografías de escrituras antiguas.

Desconcertado, él frunció la boca y reflexionó sobre lo que él podría tener. Los rollos se veían muy viejos. Tal vez él los abriría más tarde. Los colocó en su morral junto con la copa. El cuero tieso y lanudo de animal se había deteriorado en algunas partes, la tela se deshacía. Posiblemente sería mejor dejar eso. Había muchos artículos antiguos esparcidos a todo lo largo de Méjico. Hasta donde a Balám le concernía, la mayor parte de eso eran tiliches viejos sin valor. A pesar de eso, él los metió a su morral para decidir más tarde que hacer con ellos.

Regresando al féretro, aspiró profundamente y lo balanceó varias veces, rodándolo de su lado encima de su espalda. Él entró en la maleza y asió los brazos del cadáver, jalándolo y poniéndolo en una posición sentada. El hombre estaba demasiado pesado y flojo para cargarlo, Balám apretó los dientes y arrastró al Hombre Sagrado de regreso a su sitio de descanso. El cuerpo entró en la caja con un brazo primero, entonces el torso y después las piernas.

Jadeando por el esfuerzo, Balám se detuvo para apoyarse contra el féretro. Era muy pesado para poder moverlo. Él tendría que regresar a Chamula tan rápido como fuera posible para buscar ayuda. Aunque el féretro y el cuerpo no fueran su responsabilidad, él se sentía comprometido para hacerlo. Sabía que era importante. El cuerpo debía ser recuperado para ocultarlo en un lugar seguro antes de que los sacerdotes y los ladinos viniesen a profanarlo. Lo estudiarían y encontrarían la manera de ganar dinero hasta degradarlo. No tenían compasión de los viejos, además de lo que leen en libros. Eran tan arrogantes como ignorantes y el curandero se sintió seguro que fue por la medicina del hongo que tuvo un viaje tan inquietante, guiándolo a ese lugar y su destino.

Él recorrió la mirada por la maleza en donde el otro cuerpo yacía, pero no tenía razón para inmiscuirse. Debía apresurarse. Las autoridades podrían relacionar algunas cosas con el hombre asesinado, pero el santo debía estar protegido. Los milicianos rebeldes que eran simplemente lugareños y campesinos ayudarían a transportar el cuerpo para su seguridad. Él tendría asuntos que tratar esa noche con sus hermanos zapatistas, pero tendría que encargarse primero del féretro y el cuerpo.

Él buscó un bastón. Viendo a un candidato probable, lo recogió, lo midió con la vista y lo colocó sobre su muslo a la longitud correcta. Entró en el bosque, con su espalda doblada por la edad pero todavía fuerte. En cada paso, su bastón provisional golpeaba la tierra.

Él volvió por donde había llegado, con su profesión médica, el morral colgando de su hombro. Fue un día arduo para recorrer el mundo espiritual y era hora de encontrar una nueva casa para el santo.

* * *

Evan miró por el espejo retrovisor pero no vio nada alarmante. Una salida limpia del sitio de crimen, pensó.

Él se sentía mejor con una camioneta vacía. Dos cadáveres, eso le daba escalofríos. Aun a esa altitud, él sudaba, haciendo que la camisa se pegara a su cuerpo. Fue un trabajo de locos, pero él lo pudo hacer. Debía permanecer en calma.

Se rió un poco nervioso consigo mismo. ¿Qué probabilidades había de que lo hubieran enviado a la misma misión en Méjico dos jefes diferentes, La Iglesia de los Últimos Días y la CIA? No había ninguna probabilidad. Era imposible. Él no tenía ni idea cómo o por qué algo tan extraño como un viejo cadáver en unas ruinas de una iglesia en Méjico le interesara con tanta preocupación a dos instituciones tan distintas.

Como parte del acuerdo con la corporación él tenía que informarle todas sus actividades diarias a su supervisor.

"Todo," dijo el hombre, "no importa cuántas veces al día usted tenga que defecar mierda." Él se rió. "Capturamos información, así es que todo es importante."

Él enviaría un mensaje del texto a su supervisor por su teléfono celular en cuatro horas más, cuando llegara a Palenque, entonces él se transportaría por lancha río arriba y entregaría los cilindros y las ropas a los otros en el lado de Guatemala. John le llamó por teléfono anoche y le dio los detalles del plan. La vuelta a Guatemala fue una sorpresa, pero después de que Evan lo escuchó, entendió que era lo más factible.

Méjico estaba al rojo vivo por el momento. Los agentes de la DEA, la policía federal y el ejército estaban en todo lugar, combatiendo a los carteles de droga. Todo el mundo intentaba rastrear a todos los demás. Era imposible enviar algo del norte por medio de la carretera panamericana.

Guatemala no se encontraba tan caliente y estaba cerca. Tenía sentido sacar todo fuera del país, aunque dieran la apariencia de ser trastes viejos sin sentido. Evan ya había logrado realizar tareas más difíciles que transportar ropas y objetos de recuerdo en las regiones remotas de Méjico para entregarlas a alguien más.

Él le decía a su control de la CIA que Julio había abierto una gran brecha entre los dos en San Marcos y no necesito dar más explicaciones de su plan más allá de ese punto. El cuerpo y el féretro había sido el trabajo de Julio. Evan era un soldado al que se le dio el escalón más bajo. Ningún subalterno le compartió el análisis de la situación desde sus diferentes perspectivas. A él se le adiestró para ser un buen soldado que acatara las órdenes que su control le diera. Él cumplió con su trabajo, no hizo preguntas, y se calló la boca. Su única preocupación era su humilde misión.

Con suerte, nadie encontraría el cuerpo de Julio en los siguientes días o semanas y con buena fortuna, un animal se lo comería y eliminaría la prueba.

El empleo en la CIA se presentó por sí mismo inesperadamente hacía tres años, y Evan se apresuró a aceptar la oportunidad. El entrenamiento en Langley duró noventa días, en ese entonces él pasó tres semanas en Guadalajara, presentándose como uno de los agentes de la institución con entrenamiento de campo. El pago era muy bueno. La persona con conexiones tenía oportunidades y opciones que no tenía la persona común. Sin contactos era un don nadie, como víctimas que no podrían controlar su futuro, siempre teniendo que comportarse servilmente, sin aspiraciones y dependiente de la buena fe y la competencia de las de más arriba de la cadena de alimenticia que puede o no puede tener un interés en esos de más abajo. Valía más jugar en ambos lados.

Después de dos años de estar haciendo trabajos pequeños y clandestinos, en su mayor parte rastreando drogas y las personas que traficaban con ellas, Evan aprendió el camino alrededor del sistema y apostó porque nadie podría señalarlo como el autor material del crimen. Lo que los amigos en Langley podrían deducir era desconocido para él, pero no veía cómo lo podrían ligar con Julio y la desaparición del cuerpo. Él no tenía motivo o algo que ganar saboteando y tomando por la fuerza un transporte.

Él no comprendía el alboroto por un cadáver y sus ropas. El hermano John fue muy específico acerca de dejar el cilindro sin abrir e intacto. Si John y la CIA lo querían, eso quería decir que era muy valioso.

Evan se rió en voz baja, recordando cómo mintió cuando le llamó a John. Él antes había sacado del féretro un cilindro. Jacobo no estuvo de acuerdo, pero Evan insistió. Lo tenía en una de las gavetas de su cómoda en el dormitorio en la casa de la misión. Podría ser su boleto para algo muy grande. ¿Tenían los cilindros realmente un significado religioso desconocido? Él dudó de eso.

Él no sabía por qué John lo quería, pero el anciano mormónico le prometió a Evan un puesto desconocido con un sueldo sustancial en Salt Lake City. Tener a un patrocinador con jerarquía en Los Santos de los Últimos Días era un enorme beneficio. Los Santos de Los Últimos Días tenían enormes recursos financieros y Evan pensó utilizar al viejo John y todas sus pertenencias. Él iba a lucrar con esto para adueñarse de una jubilación que le daría el respeto y la riqueza que se merecía cuando regresara a casa.

Su fe nunca había sido fuerte. Creció en una familia devota con sus dos hermanas, rápidamente vio que la iglesia mormónica era un trampolín de oportunidad si él hacia las cosas correctamente. Temía terminar como su padre, un buen hombre pero con menos capacidad de la esperada, burócrata mediocre enlodado en la mágica fórmula de la fe mormona, viviendo cercano a la pobreza en una casa rodante fuera de Provo. Evan nunca aceptaría vivir la vida de su padre.

Él puso a un lado todas las dudas y especulaciones. El féretro era riesgoso, demasiado problema y él esperaba que las ropas y el rollo llegaran a buen puerto en los Estados Unidos, así el decrépito John mantendría sus promesas.

* * *

Media hora más tarde, Evan se acercó a la región montañosa, al pueblo colonial de San Cristóbal de las Casas, donde el tráfico era pesado. Una brisa fría, enérgica acarició los árboles, sacudiendo ruidosamente sus hojas, mientras las nubes gruesas, oscuras de los cúmulos cabalgaban como vientos caprichosos que formaban alfombras onduladas en contra de un cielo de cobalto. Un camión Dina transportaba mangos y bananos, sus costados de redilas de madera esforzándose para no quebrarse, luchaban sopesadamente a lo largo de la vía. Equipado con una máquina que bramaba y tubo de escape negro de diésel que empañaba la carretera principal, avanzaba con dificultad hacia arriba a las altas tierras arboladas.

La vía estrecha, serpenteante no tenía acotamiento de seguridad, haciendo casi imposible rebasar los vehículos más lentos. Tenía que conducir cuidadosamente para no salirse fuera del camino y caer a una profundidad de trescientos metros y seguramente encontrar la muerte. Él se alegró que iba en subida y no en bajada donde veía el abismo rocoso por el borde de la carretera, sintió un cosquilleo en la columna vertebral.

En las afueras de San Cristóbal, dio un rodeo por el pueblo, conduciendo después de la nueva gasolinera Pemex y las docenas de pequeñas tiendas que vendían cosas esenciales diarias como azúcar, tortillas, cigarrillos, bebidas gaseosas y papitas fritas. Los bosques altos de pino cubrían las faldas de una montaña y el aire se sentía más fino, olía más limpio una vez que salió del camino principal.

Las aberturas aparecieron en el bosque, rastros de caminos yendo hacia arriba a los pueblos indígenas de la región montañosa. Los mayas creían que mientras más alto estaba uno, más cerca estaría uno de Dios o de los dioses, dependiendo de cómo se interpretan sus absurdas creencias católicas. Evan en su capacidad como director de la misión en Chiapas, intentó varias veces aunque sin éxito hacer proselitismo e introducirse en esas pequeñas comunidades homogéneas. Algunos de los indígenas más pobres se unieron a sectas evangélicas como los Adventistas del séptimo día y la Asamblea de Dios en las décadas de los ochenta y noventa, pero la mayoría desechó a la de los Santos de Los Últimos Días la nueva modalidad del cristianismo, manteniendo un frente xenofóbico unánime hacia alguien que invadiera su espacio.

La fe mormónica no tuvo eco con los indígenas. Inicialmente, sólo el pueblo de Mayapán había sido exitosamente infiltrado por grupos de pentecostalismo, pero eso había sido veinte años antes. Un pequeño bando de esos mayas pentecostales había alborotado lo suficiente como para ser expulsado por agitador y se vio forzado a establecerse de nuevo abajo de la montaña cerca de San Cristóbal, donde formaron un pueblo nuevo llamado Betania. Ese incidente sirvió de advertencia para otros pueblos mayas, así es que se volvieron más intolerantes y resueltos a unirse a su propia versión del catolicismo mezclado con creencias tradicionales.

Tengo que permanecer concentrado, él se dijo a sí mismo. Necesito tanta distancia como sea posible entre esos dos cuerpos y yo.

Evitar San Cristóbal, lo cuál era la principal trampa turística, fue la mejor decisión. Aunque muchos europeos hacían este difícil viaje cada año para experimentar los deleites del viejo mundo colonial, era también un nido de intrigas. Socialistas inconformes, comunistas ambiciosos, narcotraficantes, y miles de indígenas, muchos de ellos simpatizantes zapatistas, moviéndose adentro y afuera del área siguiendo sus listas de tareas personales, mientras las fuerzas armadas y la policía federal intentaban rastrearles.

Eso hacía la CIA y esa fue la razón por la que contrataron a Evan. La información es poder. Sin eso, nadie podría tomar buenas decisiones. Él planeaba tomar el viejo camino hacia el este acercándose a la casi intransitable sierra, atravesando una de las carreteras más espectaculares y peligrosas en el mundo a través de la región montañosa pesadamente boscosa de la selva lacandona antes de descender a las tierras bajas y al pueblo de Palenque, denominado así por su cercanía con las ruinas mayas de Palenque del periodo clásico.

Ese no era su destino final. Él continuaría de ahí hacia el sur, manejando más allá de las ruinas de Bonampak y Piedras Negras para llegar al río Usumacinta, la frontera entre Méjico y Guatemala. En ese lugar él rentó una lancha de fibra de vidrio de cinco metros de largo, este bote muy maniobrable era también usado para transportar a los turistas a las ruinas de Yaxchilán. Él iría río arriba hacia las ruinas pero atracaría en el lado totalmente opuesto, en la parte de Guatemala, donde el viejo John supuestamente había hecho los arreglos para que alguien, probablemente otros misioneros mormones, recibieran los artículos que Evan le había quitado al cuerpo. Especuló que esos artículos serían llevados a Utah, aunque él no sabía cómo.

Él abandonaría la camioneta con sus llaves cerca de un pueblo pequeño a una distancia que se podía recorrer a pie de Palenque. El hermano John insistió que Evan hiciera los arreglos para rentar un auto de alquiler allí. Él debería regresar a Tuxtla Gutiérrez la noche siguiente.

Todos los pueblos en el área eran comunidades indígenas. La mayoría sino todas, eran zapatistas o simpatizantes. Podrían tomar la camioneta. Él se rió para sí, pensando que la CIA estaría siguiéndole la pista a una camioneta incautada por los zapatistas. Tal vez serían los responsables del asesinato de Julio. Aun podrían ser culpados del féretro y del extraño cadáver. Era una buena idea y él sabía que podría surtir efecto.

Necesitaba orinar, pero él no veía un buen lugar para detener el carro a la orilla. Condujo otros treinta minutos, repasó su plan por cualquier omisión, revisando cada etapa para no tener contingencias.

Evan brincó de sorpresa cuándo recordó el mechón de pelo en el bolsillo de su camisa. Él tenía que incluir eso con los otros artículos.

¿Para qué lo quieren? Se preguntó. ¿Revisar su ADN? Ni en sueños.

Sus labios se fruncieron con repugnancia. Era probablemente un recuerdo para alguien. El viejo John fue categórico en que el mechón de pelo fuera enviado con la ropa y algunos otros artículos encontrados con el cuerpo, incluyendo todas las imágenes que Evan había tomado.

Él metió su mano en el bolsillo para asegurarse que el mechón de pelo estaba todavía allí. ¡Sí! Se dijo cuándo lo tocó. Bien, me salvé.

Con su vejiga cerca de explotarle, encontró un claro en el borde del camino y desaceleró para salir. Era una brecha, excesivamente llena de baches, con una densidad que traspasaba los límites de la vegetación. Él podía conducir adelante sólo treinta metros, pero eso era suficiente.

Detuvo el coche fuera de la vista. Tomando la bolsa de plástico con los artículos que había tomado del féretro y el cadáver, aventó el mechón de pelo dentro de la bolsa tomando su pequeña cámara Canon de la guantera y poniéndola ahí antes de sellar la bolsa.

La colocó en el asiento, salió de la camioneta, y bajó la cremallera de su pantalón.

"Ah," él gimió, como aliviado. "Uno de los pocos placeres gratis de la vida."

Un crujido en la maleza llamó su atención. ¿Había algo allí? Él vio un movimiento. Parecían dos o más gatos pequeños. Los helechos ornamentales, las enredaderas y los exuberantes arbustos de hojas anchas los escondieron de su vista.

¿Crías de gatos? Se preguntó. Eso no puede ser bueno. Es hora de salir de aquí.

Casi había terminado, se sacudió el miembro dos veces y lo introdujo en los pantalones antes de cerrar la cremallera. Cuando volteó hacia el vehículo y trató de alcanzar la manija de la puerta, algo pesado lo azotó contra la camioneta.

Los dientes y las garras se abalanzaron sobre él. Aullando de dolor, él intentó ver a su atacante, pero su grito terminó cuando los colmillos del jaguar desgarraron su garganta.

Respiró fuertemente y con dificultad, tratando poderosamente de luchar, colocando sus manos y empujando en contra de la cabeza del impetuoso y liso felino negro. Las garras y las mandíbulas como prensas se mantuvieron apretando el cuerpo convulsionado de Evan. Un momento después, su cuerpo se aflojó y cayó al piso del bosque.

Ésta era una grandiosa hembra negra con manchas circulares apenas perceptibles en su pelaje, mordía y agitaba su cuerpo. Sacudiendo con fuerza su erguida cabeza de nuevo. De repente ella oyó a otro intruso en el bosque. Rugió como alertando a sus cachorros, agachó la cabeza y el lomo y se quedó con la mirada fija. Expresando con un gruñido una advertencia, dobló su cabeza y hombros e impulsándose con sus poderosas patas encorvadas se escabulló en la maleza. Los tres cachorros le siguieron.

CAPÍTULO SEIS

El viejo John, yaciendo en la cama del hotel con la espalda recargada con almohadas en la cabecera de la cama, recorrió con la mirada por arriba del borde de su computadora portátil para poder ver la televisión. El sonido se había ido, pero Glenn Beck lloraba otra vez en su programa informal de entrevistas. Él amaba a Glenn Beck, pero sus peroratas acaloradas sollozantes y emocionales eran vergonzosas. Incluso John conocía al tal Beck, aun siendo mormón, era un charlatán. Sus gráficas tontas y teorías de conspiración hacían que fuera un buen entretenimiento a pesar de todo.

Los apestosos liberales lo merecían. Beck no había sido tampoco un estudiante serio de religión. Su advertencia de que los cristianos debían de correr horrorizados de sus iglesias si sus pastores hablasen de justicia social era ignorancia pura. ¿No había leído este hombre ningún libro en su vida? ¿Había leído alguna vez los Evangelios?

John contemplaba entre sus piernas donde su erección le falló otra vez. Él no podía culpar a Beck de la cachetada recibida por la pequeña promiscua que él había invitado a su cuarto de hotel para hablar de la posible pérdida de la beca y que no había aparecido y aún peor, los sitios de porno de John no estaban tampoco haciendo bien su trabajo. ¿No habían colocado alguna vez material nuevo en esos sitios tan sucios? No había imaginación. Todos estaban teniendo sexo y mamando con las mismas putas de vista cansada que no podían ni fingir una sonrisa, mucho menos un orgasmo. Él debía cancelar su suscripción y buscar nuevos sitios. A su edad, él necesitaba inspiración. Las jovencitas eran más convenientes, pero en caso necesario, con un buen video porno podría lograr una erección por algo de tiempo, lo suficiente como para llegar al clímax.

Él cerró de golpe la pantalla de la computadora portátil y la lanzó a la otra orilla de la cama. Estaba todavía ensimismado por ese cuerpo en Méjico. Le volvía loco. Él odiaba no tener el control y aquí se encontraba en un cuarto de un motel económico con el miembro en su mano esperando una llamada de un joven supervisor misionero que él no conocía.

Si el espectacular descubrimiento del joven saliese bien, su futuro estaría hecho para toda la eternidad. Él ascendería para el Quórum de Doce Apóstoles, tal vez eventualmente la presidencia de tres hombres, con su descubrimiento. El reino de los cielos comenzaría mientras él todavía estuviera en la tierra.

El Libro de Mormón claramente dice que los indios americanos eran los lamanitas, descendientes de la tribu israelí perdida de Lehi. El Ángel Moroni reveló eso a Joseph Smith, su fundador. Alrededor de 600 años AC, los hijos de

Lehi se dividieron en facciones que pelearon entre sí, los nefitas blancos y los lamanitas morenos. En el año 500   A.C. los lamanitas morenos victoriosos mataron a todos los nefitas blancos, dejando a los lamanitas morenos continuar con su vida como nativos americanos. Sólo podrían blanquearse o aclararse una vez que se convirtieran al mormonismo.

Por muchísimo tiempo, la improbable aseveración había sido una historia bochornosa, pero fue un tema central enseñado a los niños mormónicos. Por largos años, la Universidad Bringham Young había estado realizando pruebas genéticas en miles de "voluntarios" en Israel y entre diversos miembros de tribus aborígenes en las islas del Pacífico y Sudamérica. Aunque los resultados de la investigación no se habían dado a conocer, el hermano John había oído que los datos con que contaban aún no podrían verificar tal afirmación tan importante de la doctrina mormona.

Él no era un biólogo, pero sospechaba que eso era porque el ADN de los nativos americanos se había degenerado por los españoles u otros europeos hasta el punto en que era incomprobable. El cuerpo del que Evan le había hablado, si fuera tan viejo como decía, cambiaria eso. John intuía que el hombre muerto en Méjico le daría vuelta a las cabezas de las comunidades eclesiásticas y científicas. La Iglesia de Los Santos De Los Últimos Días ya no sería el hazmerreír de las religiones Abrahámicas y podría esparcir la palabra "el culto." La iglesia mormónica tendría credibilidad instantánea, permanente, la categoría que sólo la ciencia otorgaba, lo cual era muy raro en el mundo de la religión.

Él miró su reloj. Evan no llamaría hasta dentro de unas horas y John necesitaba comunicarse con Dean Amos. Él quería poner al joven en contacto con este investigador clave del departamento que condujo el proyecto de investigación lamanita. Cuando Evan acudiera con el mechón de pelo del cuerpo, el hermano John lo celebraría comprando un traje nuevo y encontraría a una jovencita con quien hacer el amor. Él tenía la certeza que estaba en lo correcto acerca del cuerpo y que los santos estaban trabajando a través de él.

Era hora de ir al trabajo. Él trató de alcanzar el control remoto de la televisión. Glenn Beck lloriqueaba acerca de los nazis y señalaba su tablero. Esos eran suficientes disparates para un día.

Apagó la televisión y se paró, levantando su ropa interior y sus pantalones flojos antes de ponerse su camisa y caminar hacia el espejo del cuarto de baño. La pequeña mujerzuela rubia había sido un fiasco, pero él decidiría qué hacer con ella al día siguiente. Si tuviese una buena excusa le podría ofrecer otra oportunidad. Si no, ella lamentaría que su decisión no sirviera para discutir los beneficios de su beca procedente de sus amigos especiales.

CAPÍTULO SIETE

Los brasas de carbón ardían con un rojo parpadeante en un fogón al aire libre, mientras los insectos nocturnos latían y chirriaban en el follaje. La luna brillaba como madreperla conforme recorría a la deriva a través del cielo de la noche ante una cortina intermitente de destellos de gemas. Alexandra regresó con dos rebozos pintorescos, como sudarios hechos por los indígenas, dándole uno a Karen y poniéndose al otro alrededor de sus hombros para mitigar el frío de la Sierra Madre sureña.

David, sin embargo, daba la apariencia de ser indiferente al frío y tenía problemas para seguir la conversación. Su esposa trataba de involucrarlo al tema varias veces, pero su mente se había quedado en las copias de los pergaminos que él le había enviado temprano por fax a su colega, Yusuf Bin Saud, en la Universidad Americana de Líbano en Beirut. David no podía traducir los documentos por sí solo, aunque él había reconocido la escritura, no había dudado en enviarle las copias y una nota personal a su colega que se había especializado en los lenguajes antiguos del otro lado del mundo.

La inconsistencia de viejos escritos del viejo mundo en un sitio arqueológico en el Nuevo Mundo quería decir que tenía que ser un fraude. Era ridículo, pero el dilema debía resolverse. Lo más razonable era hacer una verificación que calificara o descalificara su credibilidad.

¿Cuánto tiempo tendría que esperar para tener noticias? Era una lástima que él no tuviera el número de teléfono de Yusuf o él le habría llamado primero, pero eso no había sido posible.

Cuando Alexandra se levantó y dijo su nombre, David se percató que su mente estaba a miles de kilómetros de distancia otra vez. Ella señaló su plato y los platos sucios de sus invitados apilados en la mesa del patio.

David se levantó y la ayudó a llevarlos del patio a la cocina de la casa. Karen y el padre Salvador López se quedaron conversando en el patio, los dos aparentemente en el mismo canal, conectándose como espíritus afines. En la tarde fría, clara, el humo del brasero flotó en el aire hacia arriba en el bosque de gran altura alfombrando las montañas a cada lado del rancho. La Vía Láctea se recostó suavemente contra un cielo oscuro de terciopelo, por momentos oscilaba un cinturón deslumbrante como de lentejuelas de luciérnagas divinas.

"Es como si no estuviéramos aquí," dijo David, riéndose ahogadamente, "y es nuestra casa." Él colocó una pila de platos sucios en el fregadero. "Me preocupé de que ellos no se llevaran bien pero me equivoqué."

Alexandra sonrió. "A tu amigo el padre Salvador parece que ella le gusta, David. Desde hace mucho tiempo que no veía a un sacerdote ponerle tanta atención a una hembra atractiva, por lo menos esa clase de atención." Torció la boca con desaprobación. "Es un poco inquietante, en verdad." Ella volteó a mirarlo con atención sobre sus anteojos.

"Si, bueno, realmente no sé qué decir. Estoy sorprendido también, pero viéndolo bien tal vez no lo estoy. Vienen muchas cosas inesperadas con Sally…que quiero decir, con el padre López." Él recorrió la mirada fuera de la ventana sobre el fregadero viendo a la pareja en la terraza. "Bien, en verdad…lo invité a pasar un tiempo con nosotros."

"¿Realmente? Eso será agradable, me imagino. ¿Cuánto tiempo? ¿Qué clase de cosas inesperadas quieres decir, David?" Ella se acercó a él, apoyó sus brazos sobre sus hombros y trató de encontrar sus ojos.

Él la recorrió con la mirada antes de apartar la vista. Con un suspiro, él empezó a mirarla fijamente. Casi le explicaba la situación de Sally, pero se interrumpió a sí mismo preguntando, "¿Dónde está Marcos? ¿Tú sabes por qué no está aquí?"

"Pienso que ella se deshizo de él, pero no cambies el tema, querido."

"No. ¿Realmente?"

"Suenas como sorprendido."

"Comenzaba a pensar que estaban conectados en la pelvis."

"¡David!" Ella colocó sus manos en sus caderas y le dio una sonrisa de advertencia. "No sé los detalles, pero él nunca está por ahí cuando ella quiere que él esté, y todo el mundo sabe de su donjuanismo."

"Me gusta Marcos."

"También a las señoras. A todo el mundo le gusta él, excepto al presidente, al gobernador de Chiapas y al ejército. Tú evitas mis preguntas. ¿Cuál es la situación de nuestro nuevo huésped? No vi ningún equipaje."

David aspiró profundamente. "Él piensa colgar los hábitos. Tiene problemas de fe."

"¿Estás bromeando, verdad? Los sacerdotes no quebrantan sus votos en Méjico o cualquier otra parte. ¿El obispo sabe que él está aquí? Pensé que enviaban a los sacerdotes como él a un lugar especial para la terapia de dialogo. ¿Cómo te envolviste en este enredo, este desorden?"

"Él es un antiguo alumno. No sé lo que el obispo sepa, pero estoy bastante seguro que Sally no está interesado en cualquier terapia encauzada por la Iglesia." Él usó el dedo índice de cada mano para añadirle énfasis a la terapia de dialogo.

"No hay ninguna necesidad para comentarios sarcásticos, David."

"Lo siento. No fue mi intención. Estoy seguro que él estará más que feliz de hablar contigo…con nosotros acerca de eso en otro momento." Viendo rápidamente por la ventana, él miró a Sally sentándose en la silla al lado de Karen, no en frente. Ella se volvió hacia él, sonriente y pendiente de sus palabras.

David negó con la cabeza antes de voltear a ver a Alexandra. "Me asombró también. Supe que él tenía algunos asuntos cociendo a fuego lento. Le platicó algo de lo que había pasado ese día en la ruina, pero no esperaba esto. Si está ocurriendo realmente algo…digo, ¿quién sabe qué está pasando allí afuera?" Él gesticuló con su cabeza. "Estoy seguro que es todo muy inocente," él masculló, sumando, "quizá nosotros deberíamos salir allá y…"

"No. Eso es exactamente lo que no vamos a hacer."

Él la miró listo para protestar, pero ella levantó su mano.

"Mantente apartado de eso", ella le aconsejó. "Dales su espacio. Son invitados, y ambos son adultos. Vendrán adentro cuando terminen de hablar." Tomando su mano, ella lo condujo al área de estar y de la televisión.

"Se suponía que hablaríamos de las excavaciones en la caverna Xibalbá esta noche," dijo David. "Ella respondió que tenía muchas cosas que discutir."

"Tú te quejas, amor. Olvídate de ello. ¿No puedes prescindir de tu trabajo por algunas horas ocasionalmente?"

"Está bien. Estoy disponible. Es decisión de ella."

Alexandra se dejó caer pesadamente en el sofá, mientras David se dobló en la mecedora emitiendo un gemido.

"Ella quería hablar de Marcos, David," dijo Alexandra. "Estaba prácticamente llorando cuando llegó esta tarde. Ha sido difícil para ella, con la excavación, su relación con Marcos, los zapatistas, y el ejército federal entrando y saliendo del área constantemente."

"Me gusta Marcos."

"También a un gran número de personas, muchas de ellas mujeres jóvenes en Chiapas."

"¿Y eso es un problema?"

"Eres tan insidioso y afinado para las mujeres."

"¿Y estoy siendo sarcástico?"

Ella soplando le envió un beso. "Si ella quiere discutir sobre la excavación, estoy seguro que lo traerá arriba antes de que se vaya." Alexandra entró en la cocina y regresó con dos copitas medio llenas de brandy. Sonriendo, le dio una a David. "¿Crees que a nuestro invitado le gustaría una copa?"

"Se veían lo suficientemente ebrios, fue lo último que vi. Intentemos atraparlos." Le dio un sorbo a su copa, también Alexandra, quien hizo una mueca conforme el brandy se deslizó por su garganta.

Él miró perdidamente hacia el líquido ámbar formando remolinos en su copa. "¿Cómo te caería un masaje esta noche?"

"Tuve uno la noche de miércoles, ¿recuerdas?"

"¿Me estas racionando?" Él sonrió, atrapando su mirada.

"Oh, David, no te hagas el tonto." Ella le aplastó el pie amablemente. "Tenemos invitados y con el brandy será más fácil. Ya veremos incluso si tú te despiertas más tarde."

Él vio hacia arriba como Sally y Karen entraban en la sala de estar. Karen sonreía con su mirada fija en el piso. Sally se veía decididamente aprensivo e incómodo.

"Salvador bondadosamente ha pedido llevarme de regreso al hotel, y acepté su oferta." Ella no miraba hacia arriba, aunque recorrió con la mirada a David con la orilla de sus ojos, tan tímida y traviesa como una jovencita.

"Er...sí, bien," Salvador comenzó, "digo, será sólo por media hora más o menos. Por lo que veo, no está distante el pueblo y bien. ¿Me puede prestar su coche por ese corto tiempo, David?" Él fijó con la mirada la cara del profesor para medir su respuesta, entonces dando media vuelta miró alrededor del cuarto como si buscara un lugar para esconderse.

"Por supuesto," dijo Alexandra. "Las llaves están colgando en el perchero cerca de la puerta trasera."

David, sintiéndose incómodo, rápidamente le dio vuelta a la conversación hacia su asunto. "Pensaba que usted tenía una lista de cosas que quería discutir sobre la excavación. Todavía tenemos tiempo esta noche. Podríamos cubrir algunas cosas ahora y podremos ocuparnos del descanso mañana. No tenía usted planeado estar uno o dos días fuera del sitio ¿no es así?"

Karen hizo un gesto y levantó su cuello. "Bien, en verdad, necesito hablar de algunos asuntos personales y tal vez éste no es el momento correcto." Ella recorrió rápidamente con la mirada a Sally. "¿Puede esperar para mañana?"

"Usted ordena, Karen." David alzó sus manos con las palmas al frente. "Estoy disponible. Simplemente hágamelo saber. Lo más temprano en el día, sería lo mejor."

Alexandra regresó de la cocina. "Tengo planes para ti mañana por la mañana, David. Por la tarde estaría bien."

"¿Tienes planes?" Él volteo hacia ella con una mirada inquisitiva, pero ella no hizo caso a su mirada fija. "No recuerdo nada...."

"Aquí están las llaves, padre...Salvador. La llave de la puerta es ésta." Ella lo atajó. "Si las luces están apagadas cuando usted regrese, siéntase en su casa. Ya estamos viejos y ahora siempre nos vamos a la cama más temprano que ustedes los jóvenes."

David confundido, estuvo parado y mordió su labio inferior. Quizá era uno de esos momentos cuando él debería pensar antes de hablar.

"Está decidido," Alexandra dijo. "Le traeré su bolso y su portafolios, Karen."

David le observó a ella caminar hacia el dormitorio, en ese entonces él recurrió a Sally. "Tenga cuidado con el ganado en la carretera, especialmente en las curvas. Usted sabe cómo es eso. "

"Por supuesto. Tendré cuidado, David. Usted me conoce."   Le sonrió pálidamente.

David le miró, después a Karen. Él reconoció su expresión, pero él no estaba seguro de conocer del todo a Salvador luego de los acontecimientos del día. "Sí, bien, ustedes diviértanse. Hablamos mañana."

Alexandra regresó con el bolso y los portafolios de Karen. "Hablaremos, ¿está bien?" Ella le guiñó el ojo a la joven mujer.

David hizo un gesto. ¿Ella acaba de guiñarle el ojo a Karen como si compartieran una conspiración? Su habilidad para comprender la comunicación de mujeres era sutil en el mejor de los casos. En ese momento, le falló completamente, así es que sonrió y no habló. Karen les agradeció amablemente y caminó hacia la puerta principal, claro Salvador ayudando le abrió la puerta.

"Regreso pronto, David." Sally intentó una sonrisa.

"Seguro, Sally. Cuando sea." Él estaba de pie sobre el patio con Alexandra, observando la parte trasera del Ford Explorer, sus luces oscilaban y tambaleaban por el camino de grava que daba acceso a la carretera de asfalto enfrente de la casa del pequeño rancho.

Cuando el Explorer se perdió de vista, David y Alexandra permanecieron parados silenciosamente, mirando con atención en la calma majestuosa. Las colinas pesadamente boscosas y las montañas distantes surgieron amenazadoramente en la oscuridad inaccesible. San Cristóbal de las Casas, que se sitúa en una cuenca al pie de las montañas, estaba distante desparramando su halo oscuro hasta las colinas de las tierras altas. La Vía Láctea arriba como salpicando adornos brillantes de seda precipitándose a través del cielo, mientras el rugido del motor del coche se desvanecía.

Los insectos chirriaban y las luciérnagas destellaban ocasionalmente en corrientes de aire suavemente tibias. David apretó la mano de su esposa. "¿Cómo estuve?"

"Estuviste genial, amorcito." Ella se apoyó contra su brazo, descansando su hombro. "Algunas veces tienes que recordar que no todo el mundo es de tu edad o comparte tus preocupaciones. Los jóvenes actúan como jóvenes ya sea que nos guste o no."

"Bien, Ale, supongo que así es," él intentó dar la apariencia de ser comprensivo, "pero él es sacerdote, y ella tiene mucho trabajo que hacer. Pienso que él está confundido. Ella no es la respuesta. De hecho."

"David, tú me prometiste un masaje."

"¿Eh?"

"Tú me prometiste frotarme los pies y darme un masaje." Ella le apretó la mano, mirándolo impacientemente.

Él suspiró y le dio a ella una sonrisa cansada. "Me estás manipulando, ¿verdad?"

"No, Amor. Estás siendo recompensado por ser un buen hombre. ¿Debería ir a ordenar el fregadero?"

"Estaré allí en cinco minutos. Déjame cepillarme los dientes y cerrar algunas ventanas. Se pone un poco frío en esta época del año."

CAPÍTULO OCHO

El Hombre Hueso despertó por el sonido de una conversación y el lloriqueo tenue de un niño. Estaba obscuro, era temprano por la mañana, casi de madrugada, la misma hora en que él se levantaba cada día de su vida. Su cabaña, con el piso de tierra y sus paredes de tablas del pino, muchas resecas y podridas derrumbándose que permitían ver las chispas de las brasas de afuera, así como también se percibía el aroma delicioso de tortillas cosiéndose en tapas de barril de lámina improvisando la cubierta de la parrilla. El olor a la fruta demasiada madura, la carne de cerdo friéndose, la orina y el humo de las minas de carbón de los charcoleros, fabricantes de carbón vegetal, saturaba el aire.

Él había tenido la experiencia de una poderosa visión mientras dormía esa noche. Algunas veces, uno no podía diferenciar un sueño de una visión al poco tiempo de haber tomado la medicina del hongo. A veces afectaba el sueño de una persona por días enteros. La visión de la noche anterior había sido definitivamente un regalo del mundo espiritual. Él se recostó en su hamaca, reflexionando sobre la fantasía de su sueño, cuidando poco a poco sus adoloridas articulaciones y recordando los acontecimientos del día previo.

Había estado en el pueblo de Mohuichil dos días, casi todo el tiempo administrando esas medicinas y remedios caseros empleados en su oficio como curandero y chamán. La mayor parte de su trabajo se ocupaba de tratar enfermedades de rutina, como los dolores de oídos, la artritis y los dolores en las coyunturas, los cólicos menstruales y ocasionalmente los casos de impotencia, propia de los hombres. Todas las infecciones serias eran canalizadas a la medicina de los ladinos.

A diferencia de algunos de sus colegas practicantes, Balám aprendió temprano que había cosas que la medicina de los blancos podía tratar mejor, como las mordeduras de serpiente y las infecciones serias.

Él también trató dos casos de la enfermedad del alma en el pueblo, una cuestión muy seria y algunas veces letal que no podría ser diagnosticada o podía curarse con la medicina blanca. Los ladinos eran muy estúpidos o demasiado inconscientes para creer en la enfermedad del alma, ¿Cómo podrían tratar algo que no creían que existiera?

Todos los mayas tradicionales creían en la dualidad del alma acompañada por el espíritu de un animal, como un tlacuache, una ardilla voladora o un ciervo. Cualquiera de las criaturas de Dios podría hospedarse en el alma y hacerle compañía estando inseparablemente vinculado desde el nacimiento hasta la muerte. Toda la vida en el planeta está entrelazada. Eso era fundamental para comprender la naturaleza de Dios. Cómo lo es el alma que lo acompaña a uno en su viaje durante la vida, directamente impactará en su salud.

Si el alma acompañante estuviera sana, la persona seria saludable. Si él no tuviera buena salud, estuviera dañado, o hubiera escogido un camino desviado de su prójimo, tan afectada estaría el alma del animal como la de quien compartía esa unión. La salud espiritual y el bienestar físico eran inseparables para el maya. Aunque esto era desconocido para las personas blancas, era sentido común y ampliamente aceptado por los indígenas.

Su nombre, Balám Reyes, quería decir jaguar. No sería una sorpresa que el espíritu de su animal fuese el gato feroz que inspiró temor y miedo a todo aquel que se aventuró en la selva. El hombre viejo gimió y se enderezó en su hamaca, lanzando sus piernas por el borde para sentarse y orientarse.

Él recordó al jaguar en su sueño, en ese momento se acordó del joven gringo criminal en el bosque. ¿Tenía el feroz jaguar negro, quizá el alma del compañero atacado y asesinado por el mal hombre blanco que robó al Hombre Sagrado? Si esto había ocurrido en la vida real así como también en su visión, el Hombre no lo sabía. Algunas veces sus visiones se convertían en realidad y él sabía que Dios castigaba la maldad para mantener el equilibrio del universo.

En su sueño, se acordó de que había recolectado los hongos medicinales del estiércol de vaca y se había comido cuatro de ellos después de que sus tallos se volvieron morados. Completamente sumergido en el mundo espiritual, él se sentó en el tronco de un árbol en el bosque.

La premura del ataque del jaguar atrapó su aliento y momentáneamente lo impulsó a la mente brillante de la bestia vengadora que casi separó la cabeza del hombre blanco de su cuello con un mordisco de sus poderosas mandíbulas. En ese entonces el hombre regresaba a su cuerpo cuando el jaguar volteó y buscó su mirada fija. ¿Estaba en busca de la afirmación o el reconocimiento de su acto? La medicina del hongo frecuentemente aportaba aventuras inolvidables y entendimientos profundos así como ridículos o inspiradores. Por eso fue qué él escogió una vida espiritual en lugar de la de un trabajador común y ser todos los días un padre de familia. Él tomaría el regalo del jaguar hasta su tumba.

Balám suspiró. Tenía que encontrar un refugio para el Hombre Sagrado ese día, en ese momento tenía que decidir qué hacer con el féretro y los artículos que había encontrado con el cuerpo. Él se acordó que poseía un costal lleno de viejos artefactos que él había acumulado en los últimos años como regalos de algunos lugareños. Les daba poco uso y suponía que serían mal utilizados si fueran desechados o dejados esparcidos por ahí.

Él pensó dejarlos en la casa de ahua Wolf, el arqueólogo y su patrón ocasional. Balám confiaba en muy pocos ladinos, pero el profesor era un buen hombre para ser un amigo blanco. Cuando Balám ocasionalmente necesitaba dinero, lo cual era raro en él, el profesor le daba trabajo temporal. Sus caminos se cruzaban a veces en la selvática lacandona o cerca del sitio de excavación de Xibalbá

En los últimos años, sin embargo, ahua Wolf parecía evitarle, probablemente por su participación con el ejercito zapatista y por el cuchillazo que el profesor recibió tras ir siguiendo a esa ridícula hembra arqueóloga en la selva.

¿Cómo podría su hijo, Marcos, estar tan enamorado de ella? ¿Qué futuro podría tener su hijo con semejante mujer? Aparte de sus piernas largas y sus pechos grandes, ella no tenía nada más que ofrecer. A Balám le parecía como una niña desobediente cuando le daba la gana y aparentaba no tener interés en amamantar a ningún bebé en su pecho. Ella probablemente ni siquiera cocinaba. Si fuera una de sus esposas, él le pondría un interruptor entre sus piernas y su trasero, entonces se la encamaría.

Refunfuñando se deslizó a toda prisa sobre el borde de la hamaca encima del piso. Él había vagado por las selvas y los pueblos aislados de Guatemala y Chiapas por tanto tiempo, algunas personas asumieron que él siempre había sido joven. Hasta hacia algunos años él había mantenido su rara vitalidad y una actividad que habría agotado a un hombre joven. Él no sabía por qué había disfrutado de un vigor tan notable toda su vida, pero así era.

Cumpliendo la vieja tradición, se casó y mantenía a varias esposas en diferentes pueblos en todo lo largo de Chiapas y Guatemala y ya había enterrado a varias de ellas. Según su cálculo, él tenía noventa y cuatro años de edad. Sin embargo, en los últimos dos años, achaques y dolores que nunca habían sido parte de su vida llegaron para quedarse y ninguno de sus remedios caseros lo aliviaban.

Él se estiró un poco, soltó un gas y gruñó con satisfacción. Encorvado, ató las correas de unos huaraches desgastados en sus pies llenos de callos y de cicatrices. La viuda de Ortega le había prometido un desayuno de frijoles, tortillas y sopa caliente de pollo y su boca se hizo agua con sólo pensarlo. Había mucho qué hacer, pero él podía con una sola a la vez. Una barriga llena aclaraba la mente de un hombre para tomar importantes decisiones.

Él se encontraría con ahua Wolf y la chusma de su ejército zapatista este día pero más tarde. El concejo de mayores había tomado una decisión muy importante que afectaría la vida de todos por mucho tiempo. Los zapatistas tenían que hacer un pronunciamiento serio otra vez, no fuera ser que el mundo olvidara la pobreza excesiva en Chiapas y otras comunidades nativas en Méjico, quienes seguirían siendo parias condenados por la absoluta pobreza y la negligencia.

El viejo John se sentó frente a su escritorio de la oficina, con el auricular del teléfono presionado en contra de su oreja. Cuando llamó a la residencia de la misión mormona esa mañana, un muchacho llamado Jacobo, que Evan había mencionado el día anterior, contestó y dijo, "No he visto al padre de la misión desde el mediodía de hace dos días, cuando estábamos en la ruina de la iglesia. Ahora hay personas de aspecto sospechoso vigilando la residencia de la Misión. Uno está sentado en una camioneta al otro lado de la calle sin intentar pasar desapercibido y observa a todo él que entra y sale.

"¿Qué debería hacer?" Jacobo preguntó nerviosamente. "¿Debo llamar a la policía? ¿Le debería preguntar al amigo de la camioneta que está haciendo?"

"De ninguna manera," dijo John. "¿Cuántos misioneros tenemos en Tuxtla?"

"Estoy completamente seguro que hay siete de nosotros, señor."

"Quiero que todo el mundo se abstenga de ir afuera y que por ninguna razón ande circulando en el área por ahora. Y nada de actividades de la Misión, ¿entendido?"

¿"Usted quiere que nosotros nos quedemos adentro?"

"Exactamente. Quiero que Evan me llame inmediatamente cuando regrese. ¿Está claro?"

"Sí, señor." Jacobo hizo una pausa. "¿Está bien si llamo a mis padres?"

"Por supuesto que no, al menos por uno o dos días. Todo estará bien. Nos permitirá dejar que Evan nos ponga en orden ciertas cosas cuando regrese, ¿está bien? Usted podrá llamar pronto a sus padres."

Un silencio incómodo siguió. Claramente a Jacobo no le gustaban sus instrucciones.

"Mire, Jacobo, si Evan no ha regresado al anochecer, devuélvame la llamada. Usted tiene el número. Entonces puede llamar a sus padres. Sólo quiero que tenga contacto primero conmigo para saber que está pasando. ¿De acuerdo?"

"De acuerdo," Jacobo dijo taciturno.

John, echando pestes silenciosamente, colgó de un golpe el teléfono. ¿Qué demonios está pasando allá abajo? El director de la misión está perdido, gentes extrañas andan a escondidas alrededor de la residencia de la Misión y nadie a cargo.

Nada iba bien. Evan había fallado en encontrarse y darle los artículos al contacto de John en Guatemala al lado del Usumacinta cerca de las ruinas de Yaxchilán. Él no había llamado por teléfono la noche anterior cuando dijo que tendría el trabajo terminado. ¿Qué había sucedido con el cuerpo, la muestra de pelo, los pergaminos y Evan? ¿Se había ahogado en el Usumacinta? ¿Había sido arrestado por los federales? Era mucho para apostar.

John tenía que planear y actuar rápidamente si Evan no lo llamara al anochecer. Él mismo tendría que visitar Chiapas para recobrar el control de la situación. Su futuro en la jerarquía de Los Santos de Los Últimos Días estaba en riesgo, apoyándose en las manos de jóvenes inexpertos que podrían ser timados.

¿Por qué estaban esas personas extrañas observando la residencia de la Misión? ¿Estaba Jacobo simplemente siendo paranoico? ¿Qué debería hacer John?

Deliberando brevemente, él se decidió. Él contaba con recursos, el dinero, el personal, y el poder. Era hora de flexionar sus músculos. Él jaló el directorio de teléfonos de la Universidad Bringham Young de una gaveta y marcó al profesor Jackson del departamento de Ciencias de la Vida. John necesitaba respuestas del director del proyecto de investigación del ADN lamanita antes de sacar el cuello un poco más allá.

CAPÍTULO NUEVE

El padre Sean Gregory, cansado pero relajado, se encontraba sentado en una silla acolchonada grande que hacia juego con el sofá igualmente lujoso sobre su derecha. Diversos cuadros y pinturas con temas religiosos colgaban a todo lo largo de la sala de la rectoría en Tuxtla Gutiérrez. Las bellas y coloridas cortinas tejidas con temas indígenas colgaban sobre un conjunto de persianas de las ventanas en la pared del lado oriente. Enfrente, una gran puerta corrediza de vidrio abierta encima de un patio de mármol ocupando el centro una fuente de piedras calizas y árboles de aguacate plantados en macetas. Un carnaval de buganvilias rojas y púrpuras, haciendo como erupción en un balcón por encima del patio, caía en cascada hacia el piso. El sol brillaba intensamente más temprano, pero descendió en el cielo occidental, dejando en el patio y en el techo de teja roja la sombra circundante de árboles de selvas de altura imponente.

Azorado, el obispo escapó hacia su oficina y al teléfono después de haber liberado su remordimiento. Él le había pedido seriamente al padre Sánchez que le permitiera acompañarle, sin duda expresaba su inconformidad, mientras tanto pensaba en cierta forma, como rescatar la catástrofe que él creía que esta tarde sería. El padre Gregory, sin embargo, no estaba tan seguro que las actividades del día fueran un desastre. A pesar de que él estaba decepcionado que el joven Padre López no hubiera estado disponible, el padre Gregory dejó el sitio muy intrigado y más que curioso.

"Gracias." Él sonrió y aceptó un vaso de fría y blanca horchata, del ama de llaves. Lo bebió rápidamente, vaciando casi la mitad del vaso, lo que le hizo a ella sonreír y ofrecerle más, pero él no aceptó.

El padre Gregory era sacerdote adjunto en la Congregación para la Protección de la Fe, anteriormente conocido como la Santa Inquisición. Su título oficial era Inquisidor Papal, pero él pensó que sonaba excesivamente intimidatorio y no reflejaba lo que realmente era su trabajo el cual investigaba las circunstancias extrañas de fenómenos naturales y explicaba fácilmente los milagros de la Iglesia católica. No era que él no creyera en milagros, pero él era también un arqueólogo y un científico calificado.

Como un católico de cuna, él abordó su educación religiosa con el mismo fervor y aceptación como sus padres y Kate, su hermana. A diferencia de Kate, cuya lectura favorita era Vidas de los Santos, desde niño él se metió de lleno en historias de aventura y misterio antes de seguir con la revista Nacional de Geografía y Naturaleza. Su fascinación por la vida lo condujo a una determinación para comprender la naturaleza del hombre en el universo. Dios le dio al género humano la habilidad para razonar y no sólo limitándolo a sí mismo a los catecismos y la teología se arraigó en la moralidad. Sí, él dotó al género humano de intuición y de fe, dos ciencias que no se pueden medir. Esas son esenciales para proveer entendimiento profundo y dirección cuando el análisis y la lógica fallan, pero la excesiva creencia sentimental, crédula sin sentido común no clarificó las complejidades de Dios y Su creación.

Era desafortunado que la creencia religiosa fuese asociada con ignorancia y la ciencia con ateísmo. El padre Gregory creía eso aunque parecieran polos opuestos, la razón y la fe existen como una dualidad, porque no se puede entender una cosa sin la otra. Él estaba seguro que era parte del plan de Dios.

Así él decidió unirse al sacerdocio. Esto llegó a la mitad de su vida, cuando él tenía treinta años escandalizó a más de unos cuantos de sus colegas en el liberal Colegio Westerols, una pequeña institución de arte de cuatro años de carrera en Iowa. Como un hombre heterosexual, intentó varias veces tener una relación seria con una mujer. El sexo tenía grandes cosas, la mayoría de veces mejores que la arqueología, pero nunca encontró a su alma gemela. Una relación fallida al final con una compañera de la facultad en su último año en el departamento de ciencias naturales, lo condujo a tomar un enfoque serio en la vocación que él una vez consideró desechada. Las razones por su anterior rechazo parecieron menos importantes, especialmente la primera de ellas, el sexo.

Él empezó a tener entrevistas rigurosas y un tiempo de profunda introspección, lo cual condujo a su aceptación en el seminario. Con un posgrado en antropología y un año de seminario que había cursado anteriormente, se le abrió rápidamente el camino, lo jaló la escuela y lo envió a Roma. Dos años más tarde, él se ordenó. Después de hacer una breve visita a su familia en Omaha, fue asignado a su trabajo actual.

Cuando un milagro religioso ocurre, un acontecimiento que promete esperanza o un cambio para los miserables en el mundo, la Congregación para la Protección de la Fe es convocada y los especialistas como el padre Gregory son enviados para hacer las investigaciones. Muchos de los lugares a los que le habían enviado difícilmente podían ser encontrados en cualquier mapa impreso. En los últimos tres meses él había investigado una imagen llorona de María en los Andes peruanos, una estatua sangrante de Jesús en una aldea impronunciable 600 millas arriba de la Amazona y una misteriosa fuente musical que siempre empezaba a sonar alrededor de las 3:00 a.m. en una pequeña capilla de un pueblo a 150 millas al suroeste de Porto Belo en Brasil.

En los últimos cuatro años, él había estado hospitalizado con fiebre ósea y malaria y dos veces con infecciones por parásitos intestinales. Él fue escupido por extremistas Islámicos en Luxor, Egipto, su vida amenazada en el pequeño país africano de Benin y él fue ofrecido sexualmente a una pandilla de prostitutas cerca del Monte Palatino en la Vieja Roma. La vida nunca habría sido tan interesante en Omaha o en el campus Westerols en Iowa.

Todas las obras de Dios estaban llenas de dificultades, pero algunas más que otras. Aprendió que la paciencia era la primera cualidad que él debía adquirir para poder realizar su trabajo. Su famoso antecesor, Murphy, estaba en lo correcto cuando dijo, "Cualquier cosa que pueda salir mal, saldrá mal." El presente caso era un buen ejemplo.

Su Eminencia el Obispo Álvarez de Tuxtla Gutiérrez perteneciente a la Diócesis de Chiapas solicitó dos semanas antes realizar una investigación de una extraña historia acerca de un cuerpo que supuestamente se rehusaba a descomponerse y que posiblemente estaba asociado con las antiguas escrituras. El padre Gregory llegó a Chiapas y encontró a su eminencia funcionando pero apenas manteniendo la furia después de descubrir que el testigo o foco principal en la investigación, el padre Salvador López, estaba desaparecido. El errante sacerdote había llamado más temprano esa mañana dejando un mensaje ambiguo con el ama de llaves que lo dejó un poco confundido y como ido durante un rato.

"Dígales que no se preocupen," le dijo a ella. "Me pondré en contacto más tarde cuando el tiempo mejore."

Eso era un extraño comportamiento para un sacerdote católico. El obispo visiblemente apenado confiaba en que el joven sacerdote siempre había sido un reto para guiar y dirigir, pero el abandono y la traición actual a la responsabilidad bajo juramento eran desmedidos. El Vaticano había enviado a un inquisidor a su diócesis y un joven sacerdote hacia fracasar todo este asunto.

El padre Gregory razonó que el obispo lo veía como un ataque personal de un subordinado. Eso seguramente arruinaría la carrera del padre López siempre y cuando volviera.

Su eminencia se esmeró en poner una buena cara mientras trabajaba desesperadamente entre bastidores para poner en marcha la investigación en la dirección correcta. Él localizó al padre Sánchez, un amigo del extraviado padre López o Sally, como le decían, otro sacerdote en quien él confiaba y quien le había acompañado una vez a la misteriosa ruina con el cuerpo. El padre Sánchez había estado de acuerdo en conducirlos a la ubicación de la ruina.

El padre Gregory no tenía expectativa en cualquier excavación seria o interferir en esa área. Eso sería prematuro y apresurado. Después de leer el informe y la petición enviada por el obispo, intentó sin éxito encontrar el nombre de la misión en ruinas en el registro de iglesias del Vaticano. El obispo le dijo que la razón por la que no se encontraba enumeradas fue que, antes de la revolución, la Iglesia católica poseía el 50 % de todas las propiedades en Méjico. Después de la guerra, la Iglesia se rehusó a alinearse al nuevo gobierno, lo cual dio como resultado la confiscación de miles de parcelas de tierra de la iglesia y todas sus edificaciones que se redistribuyeron entre los pobres en los años de 1920. La antigua misión fue una de tantas por mencionar alguna que fue expropiada durante la ruptura con la Iglesia. El obispo creía que la misión fácilmente podría tener 400 años de antigüedad, aunque probablemente había sido destruida por un terremoto 150 años atrás, lo que quedó de la devastación fue abandonada por el gobierno federal debido a la falta de fondos y se convirtió en una misión y capilla que sólo los indígenas usaban.

En el asunto el padre Gregory tomó la situación como ellos se la habían presentado e hizo lo mejor que se pudo. Era probable que el padre López apareciera muy pronto disculpándose lo suficiente. Entretanto, usando una actitud más condescendiente, el padre Gregory comenzó a organizarse dispuesto a visitar el sitio. Sin duda él encontraría una explicación más simple. Probablemente fue simplemente un engaño.

Él necesitaba algunos artículos básicos, incluyendo lámparas de batería, una cuerda de poliéster, bolsas de plástico, cinta adhesiva, una cinta de medir y una maleta en caso de que el decidiera llevarse algo adicional para examinarlo. Un año atrás él había adquirido una cámara digital nueva y estaba fascinado por su habilidad y su versatilidad. Podría tomar videos y también fotografías. También una computadora Macintosh en la cual podía procesar videos. Ocasionalmente, cuando él tenía acceso a Internet, enviaba fotos a sus superiores en Roma.

La arruinada iglesia era más intrigante de lo que él predijo. Los cuerpos se descomponían a menos que estuvieran preparados especialmente como en Egipto o estuvieran abandonados en grandes altitudes muy áridas, frías, como en Perú. Chiapas se extendía desde la selva baja hasta la elevada Sierra Madre, toda dotada de una abundante estación de lluvias. Era improbable que él encontrase cuerpos que después de veinticuatro horas de muertos no hubieran comenzado a descomponerse. Cualquier organismo que no estuviera descompuesto era una señal de santidad y un aspecto importante para que la Iglesia autentificara su carácter sagrado. Él creía que los lugareños estaban equivocados y él esperaba que tuviera paciencia que guiarlos hasta el final por algún acontecimiento causado por fenómenos naturales o al descubrimiento de un engaño.

El problema era que el ataúd, el cuerpo, y las escrituras que el obispo cuidadosamente había descrito estaban perdidos. La cripta cubierta de piedra debajo de las ruinas de la iglesia era obviamente mucho más vieja que la capilla y la misión que estaban por encima. Eso se prestaba para crear la idea que la

Iglesia deliberadamente seleccionó y edificó sobre un sitio más antiguo que tenía importancia religiosa para los indígenas.

Era también obvio que había habido actividad reciente. Algo grande, quizá el féretro que el obispo y el sacerdote describieron, había sido arrastrado de la cámara mortuoria a través de un saliente pasillo de piedra a la intemperie, donde se veían varias huellas de llantas que se dirigían hacia arriba del camino lleno de baches que daba acceso al sitio. Las rodadas de llantas y las huellas de zapatos de tamaños diversos estaban en todo el lugar.

El obispo explicó que el cuerpo no había sido movido a la cancillería a insistencia del padre López, quien afirmaba que era esencial tener el cuerpo para examinarlo sin alterar las circunstancias de su entierro. Aunque eso normalmente estaba en lo correcto, el cuerpo no estaba y todo lo que el inquisidor podría examinar eran las enmugrecidas y deterioradas paredes de yeso pintadas con escenas de mayas haciendo cosas desconocidas.

Sus linternas revelaron lo que parecía ser un importante personaje sacerdote maya con el cuerpo con un ropaje de gala lleno de ornamentos. En la parte de abajo del féretro, una serpiente entrelazada con el árbol sagrado de los mayas, sus raíces agarradas firmemente en el inframundo y sus ramas subiendo a los cielos. El sacerdote, rey, o quienquiera que él fuese estaba de pie ofreciendo una copa a varias personas arrodilladas en actitud reverente durante un ritual. El padre Gregory asumió que la copa contenía cerveza, maíz, chocolate o si no cualquier otra cosa. Fácilmente podría ser algo aparte de una copa, quizá un símbolo ceremonial, un regalo, o hasta un arma.

Aunque él estaba entrenado como un arqueólogo y había estudiado el maya en la escuela universitaria de posgraduados, él no se consideraba un experto. Antes de dejar la bóveda, fotografió las paredes de estuco agrietadas, descoloridas y las pinturas, también del exterior de las ruinas. Si él necesitase de un experto maya, había muchos disponibles.

Él se preguntaba que había sucedió con el cuerpo, el féretro y el contenido. Su ausencia era extraña, más aun, sospechosa. Si él esperaba una decisión e investigación rápida que le permitiera algunos días para disfrutar de la belleza mítica de Chiapas, sus esperanzas habrían fracasado. Él tenía que encontrar los artículos perdidos, especialmente el cuerpo. Sin un cadáver, no habría prueba de nada. Los supuestos símbolos judíos y cristianos se habían ido, también.

Como sacerdote y científico, él no podía escribir un informe y enviárselo a sus superiores en Roma sin haber visto los artículos y el cuerpo y sin presentar las pruebas. Él tendría que quedarse hasta que tomara una decisión que satisficiera a todos los involucrados, a él, al obispo Álvarez, al padre López, y a sus superiores en el Vaticano.

El padre Gregory bebió su horchata. ¿Quién querría el cuerpo? ¿Tendría algún valor? Si así era, ¿Qué podría ser? El obispo Álvarez estaba hablando por teléfono a la policía federal o cualquier otro que pudiera auxiliarlos en la localización del cuerpo y conocer la razón para su desaparición. Él llamó a varias personas con quienes el padre López tenía amistad pero no tuvo éxito.

También llamó al obispo Ruiz de San Cristóbal, pero él estaba fuera, visitaba de nuevo a los indígenas en sus pueblos, algo que en gran medida desconcertaba al obispo Álvarez. El obispo Ruiz era muy amado por varios centenares de miles de campesinos mayas en su diócesis, en las tierras altas alrededor de San Cristóbal. Él hablaba dos o tres de sus dialectos y mostraba su apoyo al levantamiento zapatista, eso comenzó en 1994.

El padre Gregory sabía que la mayoría de obispos raras veces se aventurarían lejos de los eventos y ceremonias oficiales de la Iglesia, pero el obispo Samuel Ruiz, su nombre era bien conocido en Roma por su simpatía e inclinaciones izquierdistas por los indígenas pobres de Chiapas. Aunque era sumamente difícil que el obispo Ruiz estuviese involucrado en la desaparición del cuerpo, lo que era entendible era que él pudiese tener información de que a quién el obispo de Tuxtla podría contactar para que les colaborara.

Si el asunto del cuerpo perdido no se resolviese por sí solo al mediodía del día siguiente, el padre Gregory se vería forzado a llamar a Roma para pedir ayuda. Esa fue su última elección, porque él no quería ofender a su anfitrión, pero él no podría holgazanear en espera de que alguien apareciera y proporcionara las respuestas. Él debía anticiparse. Los acontecimientos estaban en movimiento eso debía de comprenderse y debían ser controlados por la Iglesia Católica. Era su deber y su responsabilidad.

Si hubiese cualquier cosa que la Ciudad Eterna conociera eran las conexiones con personas poderosas e importantes en todo el mundo. Si el obispo de Tuxtla Gutiérrez no pudiese hacer que las cosas ocurrieran, muchos en Roma lo podrían hacer. Esa era la verdadera naturaleza de Roma, de la Iglesia en Méjico, y en cualquier otro país católico.

CAPÍTULO DIEZ

(Dos días después)

El padre López se reclinó en una silla de mimbre del salón en el balcón de Karen mientras ella se daba una ducha. El delicioso olor de tortillas cosidas de una tortillería cercana competía con el olor ácido del tubo de escape del coche y el hedor de basura del borde de la acera. La vista al este en las tierras altas de la lacandona comenzaba con un mosaico de mil tejados, una cierta cantidad con tejas rojas, otros multicolores con decrecientes cuerdas para tender ropa que se agitaban como estandartes, tanques de agua oxidados, las antenas quebradas de teles, un montón de diminutos artículos baratos, una pila de juguetes y algunos muebles arruinados. Las azoteas muchas veces servían como patios o cuartos adicionales para los pobres, especialmente si tenían niños y ningún lugar para que ellos pudieran jugar.

Las colinas café rojizas con impresionantes espacios rocosos reducidos le cedían el terreno a los campos terraplenados de bananos, maíz y frijoles. Finalmente, las parcelas cuidadosamente se mezclaban con bosques de pinos y densos bosques de madera ahogándose entre helechos, enredaderas, flores silvestres y todas las plantas tropicales imaginables, algunas de las cuales todavía no habían sido catalogadas.

Habían pasado doce años desde que él había estado con una mujer. No era porque él no hubiera querido o le diera miedo la experiencia, sino porque él había aceptado los votos del sacerdocio y recordaba la atracción y la adicción maravillosa a las hembras, al sexo y su mística dada por Dios. El misterio de Karen había sido todo lo que él recordaba y había sido mejor que lo que él esperó. Él debía sentirse perturbado y debería haberse sentido de antemano tan culpable que no debería haberse involucrado del todo, pero él no lo había hecho así. Al contrario, él se sentía cubierto con una capa de satisfacción, cómodo con el hecho de haber quebrantado sus votos definitivamente.

Qué personalidad y mente tan maravillosa la que ella tenía, pensó. Qué cuerpo tan bello.

Su vulnerabilidad era igual de divertida como su conversación y sus formas mundanas. Él sentía que estaba todavía cautivado por la euforia emocional, pero eso realmente no le hacía a ella menos. El sexo era un impulso biológico y uno podía librarse de su condición humana mientras tuviera su envoltura corpórea.

Antes de entrar en el seminario, él había conocido sólo dos mujeres y sólo una fue una relación seria. Lo suprimió de su memoria y se dedicó a la causa y la creencia, aunque él nunca la olvidó. No era el primer o último hombre que actuaba biológicamente.

¿Fue lo que compartimos algo singular y noble, o algo se forjó significativamente, o era simplemente biológico? Se preguntaba.

No era un dilema personal o para aquellos con vocación católica, sino que era para todos los hombres y todas las mujeres.

Karen golpeó ligeramente la puerta de vidrio corrediza antes de cruzar el umbral encima del balcón. Ella le ofreció uno de los dos vasos de vino tinto inclinándose para besarle. La parte superior de su bata de baño resbaló a un lado, exponiendo un agraciado seno. Ella se enderezó y sonrió, mientras él acarició su pierna a través del algodón grueso, suave.

"Salud, Sally." Ella alzó su vaso.

"Salud, Karen." Él chocó su vaso con el de ella.

"¿Todavía somos buenos?"

"Somos todavía buenos."

"¿Estás seguro? ¿No me condenarás como una ramera e irás corriendo de regreso con tu confesor a decirle que soy una bruja que debería de quemarse en la hoguera?"

Él se rio del chiste. "Tú eres una bella joven con la cabeza bien plantada en tus hombros y que también tiene un saludable apetito sexual. A ti también aparentemente te gusta desviarte del camino."

"¿Qué quiere decir eso?"

"Siéntate, por favor." Él sonrió. "Nada más estaba bromeando. Por favor no te ofendas. Simplemente me refería a mí mismo como un sacerdote y posiblemente a tu amigo Marcos, el revolucionario."

Ella estaba actualmente recuperándose del distanciamiento en su relación con el líder famoso, sino notorio de los Zapatistas. Él sabía que ella había tenido experiencia con muchos hombres y había estado casada una vez durante poco tiempo.

Ella se sentó pesadamente encima del sillón adyacente del salón. "Sólo podría ser ofendida si quiero," dijo malhumoradamente. "No esperaba esa clase de comentario. ¿Cómo entró Marcos en esta conversación? Esperaba algo más como... lo maravillosa que soy o también que soy muy sexy, o cómo...no sé. ¿Elegiste desviar el rumbo? Suena como que soy una prostituta."

"Karen, por favor."

"¿Por favor qué? ¿Son todos los sacerdotes así de estúpidos y torpes?"

Alarmado, se levantó y se arrodilló al lado de ella. "Lo siento. No quise decir nada malicioso. Quería como hacer una broma de mal gusto acerca de mí. Por favor olvídalo. Sí, supongo que la mayoría de sacerdotes son torpes como yo o más. No he tenido mucha practica en esto."

"Tú seguramente sabes cómo echar a perder un buen estado de ánimo." Echando chispas, ella cerró su bata.

"Karen, yo soy un idiota. Por favor, permitámonos comenzar de nuevo." Él acarició su brazo.

Ella sonrió pálidamente. "Dime algunas cosas bonitas como las que me dijiste hace una hora, Sally o te aventaré por el balcón."

"Sólo una mujer tan bella e inteligente como tú podría ser tan comprensiva en lo que se refiere a perdonar mis torpes intentos de humor."

"Eso no suena mal." Ella frunció su boca y asintió con la cabeza. "Es en serio, también. Continúa tratando, demonio elocuente."

"Tu trabajo como arqueóloga le provee el gran conocimiento y significado al mundo. Tú estás singularmente calificada para trabajar en el sitio de excavación Xibalbá, y David Wolf debería apreciar tus esfuerzos más de lo que él hace."

Una sonrisa auténtica jaló su boca. Ella se quitó un molesto cabello de su cara y viéndolo le dijo. "¿Tú sólo vas a decir eso?"

Él sostuvo la palma de su mano en alto hacia afuera. "Palabra de honor. Tú eres la mujer más especial que he conocido. Es difícil que yo crea que otros no han reconocido tu trabajo y ese hombre no vendrá a golpear a tu puerta para estar contigo."

Ella se rió holgadamente, divertida. "Estás perdonado." Él tomó de su vaso, ella apretó su mano. "Está bien. Somos adultos, así es que dime adonde podría ir esta relación. Sobra qué tú me gustes, pero eres un sacerdote. ¿Son justamente esta diversión y estos juegos, una breve ocasión de pecado para ti? Yo no me siento mal acerca de lo que hicimos, pero necesito saber tus intenciones antes de que yo en realidad me permita mover por mí misma un poco más allá en esta relación." Ella le miró directamente a los ojos.

Él estaba sentado sobre el borde del sillón del jardín. "Mis sentimientos para ti me llevan más allá del sexo, lo cual a propósito fue absolutamente fabuloso." Él acarició su brazo. "Pero tengo problemas. Algunos son problemas de fe, mientras los otros son asuntos con mi vocación. Tú has tenido buen corazón para oír y hablar conmigo acerca de ellos. Tú entiendes mi situación tanto como una mujer puede y yo necesito rodearme de las personas con ese mismo entendimiento."

"Espero que no se suponga que eso suene como una declaración de amor."

"Te amo entrañablemente, Karen, pero debes entender, por si tú no lo sabes, no tengo ni idea de qué quiero. Ahora mismo estoy hecho una calamidad."

¿"Así es que tú no estás buscando una relación permanente?"

"No soy una persona deshonesta. La verdad es que considero para mí mismo un riesgo extremadamente desafortunado cualquier clase de relación con una mujer o con Dios."

Ella suspiró y tomó un poco de vino. "Y los hombres dicen que las mujeres son complicadas."

Él silenciosamente miró el piso, después a ella, diciéndole "Lo siento."

"Entonces…" Ella señaló con un gesto hacia arriba de la cama, ¿"Fue qué? ¿Simplemente la pasión, simplemente el sexo?"

"Eso fue amor, pasión, sexo, compartido como nunca lo había experimentado." Su cabeza se movió hacia abajo por un momento, entonces la levantó otra vez para ver sus ojos.

Ella sonrió a pesar de sí misma. "Tú eres realmente bueno, Sally. La mayoría de los hombres no pueden decir que esas cosas les gustan sin pena."

"He estado pensando…"

"Acabo de comenzar a pensar que tú no eres como otros hombres."

Él ignoró su comentario sarcástico. "Estaba pensando que me gustaría ir contigo cuando regreses a la excavación en la lacandona."

"De ninguna manera," ella dijo rotundamente. "Es además, bueno, tú eres…"

"¿Es además de difícil que soy demasiado delicado?"

"Sally, tú eres genial. No quiero lastimar tus sentimientos, pero no pienso que tú hayas tenido que vivir como lo hacemos en una excavación. Pasamos la noche en hamacas o en petates. No hay refrigeración o cañería, ningún inodoro. Tú nada más te agachas y defecas."

"Ciertamente, encorvarse y cagar. Te da una clara imagen."

"Es la realidad, mi ansioso amante. Hay demasiado trabajo extenuante. Dependiendo de la estación, es caliente y húmedo durante el día, fresco y húmedo por la noche. Hay más insectos picadores que los que tú te pudieras imaginar, con una cantidad de mosquitos por minuto que no podrías contar. Los lugareños y trabajadores de planta, son inestables y se van por días enteros sin permiso a sus pueblos. Cuando regresan, quieren recuperar sus puestos de trabajo.

"Hay federales machistas que siempre llegan inconvenientemente y hacen preguntas estúpidas. Los paramilitares protestantes se quejan y protestan de todo y protegen a los narcotraficantes. Entonces allí están los zapatistas." Ella agitaba su mano como si se preguntara qué decir acerca de ellos.

"Necesito hacer esto, Karen, contigo."

"Tú estás chiflado, Sally. Por qué piensas que me escondo aquí, ¿fuera de David Wolf?"

"Pienso que podemos ayudarnos el uno al otro."

Ella suspiró. "Sólo de pensar en regresar al sitio me hace sentir cansada."

"Simplemente el pensar acerca de eso me emociona."

"Eso es porque tú no conoces."

"Karen, dame una oportunidad. Éste es el proyecto más importante que alguna vez tendrás. Esta excavación y las publicaciones sobre eso harán tu carrera. No durará para siempre."

"Tiene la apariencia de eso desde aquí." Su cara se volvió sombría. "Tú no eres el único con una crisis de fe. Tengo treinta y cinco años de edad y no tengo marido, niños ni vida sexual. Tal parece ser que nuestra relación no tiene ruedas para llevarme a dónde sea."

Sally volteó hacia el dormitorio. "¿Qué fue eso? Karen, quiero estar contigo. Quiero ir a la caverna Xibalbá y conocer a las personas que trabajan para ti, saber más acerca de sus vidas."

"Tú te escondes del obispo. Quieres jugar alrededor de mi petate y apostarle al trabajador social con los indígenas."

Él sostuvo en alto sus manos con las palmas hacia arriba. "Sí, me gusta compartir tu amor y tu cama. Me gusta trabajar entre los indígenas, pero pienso que allí hay más para mí y para nosotros. No te lo puedo explicar. Es como que tengo lo correcto enfrente de mí, es claro como un cristal. Tengo que hacer esto." Se sentó sobre el piso al lado de su silla, tomó su mano y le quitó la copa vacía.

"¿Dame un mes al menos?" Él preguntó. "¿Por favor?" Acariciando su mano, él la contempló.

Karen tomó un mechón de pelo que estorbaba en su cara, colocándolo detrás de su oreja. "Tú imploras verdaderamente bien para ser un hombre." Ella atrapó sus ojos. "Supongo que ya veremos si somos almas gemelas. ¿Cómo describirías nuestra relación? ¿Muy buenos amigos con beneficios?, ¿O los amantes no comprometidos sumergidos en el jolgorio hormonal?"

"Probablemente lo último," él dijo con arrepentimiento.

Ella hizo una pausa. "Me lo figuraba. Te daré una semana en la caverna para ver si eres apto para el trabajo."

"Es un comienzo." Él sonrió y jaló su brazo, instándola a levantarse y seguirle. "Entremos y disfrutemos de nuestros beneficios."

"Está bien." Ella suspiró y añadió, "Pero tomará muchísima más conversación esta vez."

CAPÍTULO ONCE

"Siéntase en libertad para conocer San Cristóbal, profesor Jackson," el hermano John lo alentaba, colocando su tenedor en el plato al lado de los restos de su desayuno. La comida tradicional de huevos con frijoles y salchicha de chorizo, habían sido servidos en el hotel Santa Clara por una pequeña matrona maya que lucía una perpetua sonrisa. "Es maravilloso, muy viejo y lleno de iglesias católicas sucias y sus ídolos paganos."

John sorbió su café y cuidadosamente centró la taza en el platito. "Debería oír algo hoy de los jóvenes en la casa de la Misión. Buscan por todas partes a nuestro director perdido en ese sitio."

"Llámeme catedrático, por favor," le contestó el profesor mormón Carl Jackson, Doctorado en tecnología de ADN y un especialista en identificación racial. "Nos hemos conocido desde la escuela secundaria." Él miró hacia arriba de su comida. "Tengo la impresión bien definida que las cosas no están como usted esperaba en Méjico." Empujándose de la mesa, cruzó las piernas. "En verdad, me pregunto por qué usted me pidió a mí que le acompañara. ¿Por qué me invitó usted?"

"Su currículo indicaba que usted habla español y...usted debe tener fe. Usted debe entender que yo...nosotros...estamos en la cúspide de un descubrimiento grande. Es algo que podría hacer su carrera y podría traer su investigación la atención del Quórum de los Doce, inclusive hasta de la Presidencia."

"Si usted lo dice, pero no he visto mucho hasta ahora, y mi español es muy malo. Usted debería de haberlo sabido. Cuando fui a la policía ayer a indagar acerca de Evan, un federal empezó a hacerme preguntas. ¿Es una buena idea ir a la policía en este país? Todo el mundo sabe que son corruptos y ahora están sospechando de nosotros y probablemente nos estén vigilando."

"Sin duda, pero tenía que hacerse y yo no hablo español."

"Espero que usted no se involucre en algo malo aquí. Tengo un sentimiento negativo acerca de este asunto. ¿Cuándo tendré acceso al cuerpo que usted ha mencionado? No me había percatado que clase de conexiones necesitaríamos en Méjico para un proyecto de investigación."

John suspiró. "Catedrático, probablemente usted está usando el adjetivo equivocado para describirlo. El proyecto de investigación podría ser un nombre inapropiado. Lo que necesito es que usted le haga pruebas a una muestra tomada. Los datos que usted obtenga no podrán ser cuestionados en publicaciones científicas o por religiones falsas."

El profesor Jackson refunfuñando frunció el ceño. "Eso no es factible si no contamos con el misterioso cuerpo." Él estiró su pierna y se reclinó en su silla, preocupado con su tenedor por las migajas en su plato.

"Sí, entiendo. Sabré más esta tarde. He contratado un talento local que habla inglés y varios de los lenguajes nativos para ver de qué puede enterarse que nos sirva. Los jóvenes de la Misión lo consultarán conmigo más tarde y sabremos algo más. Esos muchachos se pasan tocando las puertas todos los días. Conocen cada rincón y cada grieta de cada callejón y cada bache en la ciudad. Algo aparecerá.

"Hay un mercado tradicional por aquí en alguna parte. Vaya a comprar a sus mujeres de la ciudad de Colorado, algo agradable para llevarles cuando regrese a casa."

El académico frunció el ceño. "Mi situación personal, mis mujeres no le importan a nadie. No pienso que usted debería ser…"

"No se preocupe, profesor. No interferiré con su vida personal o le daré el pitazo a Brigham Young, aunque estoy seguro usted tiene por entendido que la poligamia está sancionada por el derecho civil y oficialmente es mal visto por la Iglesia de Los Santos de Los Últimos Días. Es parte de nuestro pasado, no de nuestro futuro. Mantener a un grupo familiar polígamo es definitivamente algo que podría salirse de la ruta principal o podría acabar con la carrera de uno."

El viejo profesor se vio consternado. "¿Qué demonios es esto, John? ¿Me amenaza usted? Siempre he hecho lo que usted me ha pedido. He sido honesto y franco. Incluso le ayudé con ese enredo de una jovencita de Ogden. Tengo siempre…"

El hermano John alzó una mano. "No se queje, catedrático. Estoy justamente tratando de recordarle que el riesgo es muy alto. No importa que usted no sepa por qué. No se preocupe por esa parte. Todo corre por mi cuenta." Él golpeó ligeramente su pecho con un dedo. "Simplemente haga lo que le digo, ¿está bien? Sea parte de la solución, no del problema. Vaya como si fuera un turista y consúltelo conmigo esta tarde."

John le obsequió a su colega una sonrisa cansada antes de levantarse de su silla. Sacando un montón de pesos de su bolsillo, él contó varios billetes y los lanzó sobre la mesa. Con una mirada en su reloj dijo, "En Verdad, tengo que ver qué puedo hacer para mí mismo." Con mirada lasciva. "Revisaré la fauna local."

CAPÍTULO DOCE

Karen se desperezó y bostezó sentándose en la silla de invitados en la oficina de David. Había pasado los últimos días recientes con Sally disfrutando de su amistad y sus beneficios acogiendo con beneplácito un sentimiento raro de satisfacción. Examinó la mesa de trabajo de David donde ella había depositado los cuadernos llenos de apuntes con sus datos transcritos. Casi se perdían entre las fotos viejas y los dibujos de glifos y paredes de la caverna.

Ella sabía que sus traducciones serían cuestionadas. Así trabajaban los académicos. Las traducciones de los glifos eran el resultado de incontables horas en el campamento de Xibalbá en una tienda de campaña que era caliente durante el día y moderadamente fría por la noche. Ella los había analizado a luz de la linterna, cuando era posible, porque su significado era conocido. Muy a menudo, sin embargo, los glifos eran desconocidos, así es que ella gastaba las horas esmeradamente, frustrándose en busca de acomodarlos dentro del contexto, esperando facilitar comprensión y la cronología de la historia del sitio. Ella amaba su trabajo y lo ejercía con fuerza. De otra manera, ella se encontraría volviendo a frecuentar aspectos nada agradables de su vida.

Ella y David discutieron dos horas asuntos sobre la excavación. A ella todavía le faltaba contarle sobre un descubrimiento nuevo. Habían localizado un cuarto adyacente fuera del área principal. Allí, ella encontró un cuadro extraño acompañado de glifos de un hombre, probablemente un sacerdote o un noble, sujetando un artículo de valor obvio, quizás una copa, en lo alto por encima de las cabezas en una línea de acólitos arrodillados. Esto le dio un tono de familiaridad, pero ella no podía recordar cualquier cosa similar en las obras traducidas por otros arqueólogos en otros sitios.

Para su desacuerdo, la conversación no había ido más allá del charloteo de los trabajos de rutina. David preguntó cuántos trabajadores estaban todavía en el sitio, si ella necesitaba más, que si había tenido encuentros con los lugareños, los zapatistas, o los paramilitares o ya fuera que ella hubiese visto cualquier actividad sospechosa que pudiera tratarse de narcotraficantes.

Hacia algunos minutos, que él se había ido a contestar el teléfono, después él hablaba con Sally en la sala. Karen se impacientaba y deseaba que él regresara para ella comentarle sobre el cuarto nuevo y sus glifos.

Los arrebatamientos de conversación se oían desde el otro cuarto.

"Sally, usted sabe que pasar el tiempo con Karen no ayudará en nada."

Eso impulsó a ella para levantarse e ir caminando del vestíbulo a la sala de estar. A la mitad de ahí, David preguntó, "¿Usted es qué...? Usted debe estar bromeando."

La garganta de Karen se secó. Ella redondeó la esquina e intentó sonreír, el profesor y su amante la contemplaban.

"Nunca dijo que tenía la intención de llevar a Sally con usted," la cuestionó David.

"David, pensé decirle, pero...no encontraba el momento oportuno."

"¿Qué tal ahora? Estaría bien, ¿y eso?" Arrugó la frente con disgusto, él señaló hacia el sofá dónde Sally se sentó. "Siéntense, ambos, por favor."

Él los observó mirarse antes de que Karen accediera. David se sentó en el sillón lujoso frente a ellos. Sally la miró, pero ella examinaba lo que daba la apariencia de ser una mancha en su zapato.

"Miren," David comenzó, "reconozco que los dos son adultos, y no estoy tratando de entrometerme en su relación, pero suena como una broma. Karen, no sé qué tanto le haya dicho Sally, pero él encontró algo muy extraño. Se trata de un cuerpo humano incorrupto y algunos artículos funerarios. Y todo se esfumó. Ahora la oficina del obispo se la pasa llamándome y hay un inquisidor papal buscando a Sally. Esto sumado al problema de sus votos y..."

"Eso es algo que trataré a con usted, David," Sally interpuso. "Al menos no ahora mismo. Usted y Alexandra han sido muy amables y pacientes de aguantarme a mí y mis disparates. Siempre estaré agradecido, pero no estoy listo para someterme al inquisidor papal o a ese arrogante obispo Álvarez. Necesito un tiempo fuera de la iglesia y conocer sus demandas para considerar lo que haré. No tengo idea de lo que sucedió con el cuerpo. Este tema no me importa. Usted tiene las escrituras de los pergaminos. Usted puede seguir con sus propios fines o ver si quiere negociar con la Iglesia."

"¿Qué escrituras?" Karen preguntó, mirando a David y también a Sally. "¿De qué hablan ustedes dos? ¿Qué es lo que no me han dicho?"

David agitó su mano. "Éste es su problema, Sally, sí es que usted le dice a ella. El obispo y el Vaticano no lo consentirían. Allí hay mucho en juego."

David se levantó para salir pero se detuvo y regresó. "Revisaré algunos datos de Karen antes de que ustedes se vayan, eso si usted todavía está decidido a hacerlo. Sigo creyendo que es un error, Sally."

Él miró a Karen. "Usted es una persona adulta. Eso no sería de mi incumbencia, excepto que finalmente yo soy el responsable de lo que ocurre en la excavación."

Cuando Karen se movió y trató de interrumpir, él alzó una mano. "Probablemente lo peor que podría ocurrir es que la compañía de Sally causara una mayor distracción a su investigación y la terminara atrasando. Podría traer otras complicaciones. Usted sabe bien acerca de lo que hablo."

Karen mordió su labio de abajo antes de voltear hacia Salvador. Sus ojos se encontraron y David vio que los dos habían comprendido la implicación. Alexandra le dijo a David que Karen estaba harta con los coqueteos y la intransigencia de Marcos. David también sabía que no era el primer alejamiento de la pareja. A él no le habría importado, a no ser porque él verdaderamente se preocupaba por el bienestar de Karen y también estaba personalmente involucrado como responsable de la excavación del sitio Xibalbá.

Como David esperaba, Karen movió un mechón de su pelo detrás de su oreja. Mirando directamente a los ojos de Sally, ella dijo, "Estaremos bien. Si no resulta, haremos lo que se tenga que hacer. "

"Usted puede contar con eso, David," dijo Sally antes de dar vuelta hacia David. "No tengo intención de crearle complicaciones a usted o a su excavación. Sólo necesito tiempo para tomar alguna decisión y..." Él vaciló, su mirada regresando a Karen. "...Para ver si allí tendríamos más oportunidad de continuar nuestra relación al siguiente nivel de compromiso." Él tomó su mano.

Luego de un momento, Karen preguntó, "Por qué no ve usted el material que dejé en su mesa, ¿David? Salvador y yo necesitamos ponernos en camino para el mediodía o tendremos que esperar otro día."

A David se le ocurrió darles más recomendaciones, pero se acordó de que ésta podría ser una de esas ocasiones cuando él debería saber que no era su consejero, hasta que se lo pidieran.

"Sí. Por supuesto." Él caminó hacia su estudio. Antes de dar la vuelta en la esquina oyó a Karen preguntar, "¿Qué escrituras, Sally? ¿Qué cuerpo? ¿De qué hablaba él? ¿Por qué anda un inquisidor papal buscándote?"

CAPÍTULO TRECE

John estaba parado en La Morgue de San Cristóbal, usando en sus manos un pañuelo desechable para cubrir su nariz al estudiar los restos de su joven director de la Misión, aparentemente atacado por un animal salvaje en alguna parte de las tierras altas lacandonas. La situación era una catástrofe. El cuerpo daba la apariencia de ser de Evan, al menos lo que quedaba de la cara y el cuello.

El médico forense dijo que los animales más pequeños y las aves probablemente se habían alimentado del cuerpo por un día o dos antes de que fuera descubierto en el fondo de una barranca fuera de un camino de la selva. Evan, la camioneta que él había estado conduciendo, y sus contenidos habían sido recuperados y estaban también en San Cristóbal así es que la policía federal podría orientar su investigación. La licencia de conducir y otra identificación en la cartera revelaron que el difunto era un gringo que se había enrolado en Tuxtla en la misión mormónica. Era un caso importante en muchos aspectos, especialmente por la pistola Walther PPK, la cual, como todas las pistolas en Méjico, estaban estrictamente prohibidas para la gente común.

El hermano John puso su máximo empeño para mantener la calma. Una hora antes el inspector Leyeva había aparecido. Aunque su acento era atroz, él hablaba un inglés pasable, lo cual era bueno porque el poco español que John comprendía lo había olvidado. Lo que John entendía es que éste era el tiempo más desagradable de su vida. Él estaba en un lugar inhóspito, viendo construcciones primitivas de un edificio de paredes blancas opacas, luces fluorescentes, pisos de adoquín y muy gastados, apenas funcionando el equipo con el hedor de cuerpos podridos, mientras el inspector le cuestionaba.

¿A dónde iba el difunto? ¿Cuándo habló usted por última vez con él? ¿Estaba él dirigiendo algún negocio para la iglesia mormona antes del inconveniente accidente? Si es así, ¿de qué se trataba?

¿Por qué andaba conduciendo el hombre una camioneta que no estaba registrada a su nombre? ¿Por qué llevaba el muerto un arma de fuego? Todo el mundo sabe que las armas de fuego, especialmente las pistolas, están prohibidas en Méjico. Seguramente John y el difunto conocían las leyes en Méjico antes de abrir una misión allí.

El arma parecía haber sido disparada recientemente y había un olor muy sospechoso en el vehículo, tal vez de sangre o salpicaduras de tejido. ¿Usted no estaría de acuerdo que eso sería sospechoso? ¿Para qué necesitaba un mormón un arma? ¿Estaba el difunto relacionado con drogas? El edificio de la Misión estaba en Tuxtla Gutiérrez. ¿Qué estaba usted haciendo en San Cristóbal? ¿Usted vino para reunirse con el difunto? Si es así, ¿cuál era el motivo de la reunión?

El intenso interrogatorio y las atentas negativas, los encogimientos de hombros del hombre y las afirmaciones vagas como, "Simplemente no sé, inspector," y "es un misterio para mí, también," siguió por una hora. Él en realidad no conocía completamente la situación y ciertamente no podría admitir lo que sabía. Evan había recibido simplemente una misión para fotografiar y transportar artículos de un féretro, junto con algo de pelo, para el hermano John en Estados Unidos como parte del proyecto de investigación lamanita.

Evan probablemente estaba en el trayecto para encontrarse con el mensajero de John en el río Usumacinta del lado de Guatemala. ¿Por qué se había apartado tanto de la orilla de una carretera secundaria en la selva de la región montañosa? Según el inspector, no había señales de robo. ¿Por qué Evan portaba un arma?

John sabía que Méjico no había sido siempre un lugar seguro, especialmente con la incursión reciente de narcotraficantes y la loca situación con los zapatistas y los paramilitares que parecían abundar localmente.

¿Un misionero mormónico con un arma compacta? John se preguntó. ¿La sangre en la camioneta? ¿De quién era la sangre?

Él quería saber la respuesta de todo eso, pero los restos en la mesa de examinar no revelaban más detalles. Incluso no hubo nada después de que le practicaron la autopsia.

Justamente cuando John pensó que podría sufrir un colapso por las preguntas implacables, el inspector fue llamado para responder a una llamada telefónica. John recorrió con la vista los restos de Evan, entonces apartó la mirada con una mueca de disgusto. La situación se hizo un enredo y él no sabía qué hacer.

Hasta donde él podía percibir, él no era cómplice o responsable, excepto de tener que responsabilizarse de las actividades de la Misión. El descubrimiento del cuerpo de Evan, el arma, y la sangre eran una sorpresa y podrían perjudicar la Misión de Los Santos De Los Últimos Días en el sur de Méjico. Era muy pronto para decir.

 John oyó voces y un traqueteo estridente en el vestíbulo. Chocando ruidosamente y acercándose, dos personas llevaban trajes blancos manchados y rodaban una camilla con ruedas. Iban empujando un cadáver hacia el cuarto de autopsia. Uno lo saludó alzando una mano y John le sonrió contestando el saludo. Estuvieron parados momentáneamente, todo el mundo sintiéndose torpe, entonces uno le hizo señales al otro con la cabeza y dejaron el cuarto en vez de entablar una conversación con el gringo.

John les observó salir, sus ojos se posaron sobre una mesa que se encontraba a diez metros de distancia. Su corazón saltó palpitando aceleradamente cuando él reconoció los efectos personales de Evan. Con la vista en la puerta, caminó velozmente para la mesa. Una rápida evaluación le aseguró que eran de Evan, excepto por algunas cosas que obviamente no eran de él.

Deben ser del féretro. Él veía una envoltura mohosa o túnica gruesa hecha de pelo de animal amontonada con un par de sandalias arcaicas ya gastadas. La ropa de Evan, los pantalones vaqueros incluida la camisa rota ensangrentada, los arañazos y los zapatos tenis puestos al revés.

La atención de John fue atrapada por los artículos en la mitad de la mesa. Un collar estrujado con lo que parecía ser una estrella de David y el bastón de un pastor colgando de una cadena de plata. Él vio una pistola, probablemente la que había mencionado el inspector, la cartera de Evan, dos cámaras, y una pequeña bolsa plástica con...

John se quedó sin aliento cuando vio un mechón de pelo en la bolsa. Él la trató de alcanzar, pero sacudiendo su mano con fuerza la regresó cuando oyó voces. Rápidamente recorrió con la mirada la puerta, entonces volvió a la bolsa con el pelo. Él sólo la debería tomar. Nunca extrañarían un artículo tan pequeño. Eso era por lo que él había venido, lo que él necesitaba para el proyecto de investigación lamanita.

Las voces de afuera se oían más fuerte y las puertas del cuarto de autopsia se abrieron a todo lo ancho, el inspector regresaba.

Él vio dónde John estaba parado, mirando las evidencias. "Por favor no toque nada." Él agitó su mano como tratando de ahuyentar al mormón hacia fuera. "No hemos terminado con nuestras investigaciones."

John se movió adonde él le indicó. "Pensé que podría tomar la ropa de Evan y sus pertenencias conmigo. A su familia en los Estados Unidos le gustaría tenerlas."

"No. Claro que no. Al menos, todavía no." El federal le indicó por señas a John que se mantuviera más lejos de la mesa. "Es infortunado que usted no haya podido ser de mucha ayuda en este caso, señor." Él tomó sus anteojos del puente de su nariz y pulió los lentes mientras estudiaba fijamente a John.

"Tenemos otro cuerpo, una persona que recibió disparos, probablemente fue asesinado," él continuó, indicando con sus anteojos hacia la camilla de ruedas recién llegada. "Esto es muy sospechoso. Parece que le dispararon hace tres o cuatro días. La autopsia nos dirá. Qué extraña coincidencia, ¿no cree usted?"

Él sujetó los anteojos y se los puso, con la mirada fija nunca dejando de ver al líder mormónico.

"Tenemos dos cuerpos, como usted puede ver y uno tiene una pistola, mientras el otro recibió disparos a corta distancia. ¿Cree usted en coincidencias? Mire, estas cosas son inusuales." Él señaló al centro de la mesa. "Esta ropa es muy vieja, y el collar ciertamente no es de Méjico. Por lo menos, estos temas están fuera de lugar, ¿usted no está de acuerdo?"

"No sabría," dijo John, fingiendo una falta de interés. "Me parecería apropiado devolverle los restos del joven y las pertenencias a su familia."

"No lo es, al menos no hasta que nuestras investigaciones hayan concluido completamente. Francamente, señor, yo estoy seguro que necesitaremos entrevistarle otra vez muy pronto, quizás mañana. Es posible que su memoria haya mejorado o usted se decida a compartir algo con nosotros que usted no diría a…a quién no fuera un mormón como usted." Él dijo la palabra como si escupiera algo viciado de la boca.

"Uno de mis hombres lo está esperando en el recepción para acompañarle a su hotel, donde usted le enseñará su pasaporte. Usted todavía podrá andar de aquí para allá por la ciudad con su visa, pero no me aventuraría de ir más lejos. Aparecen por allí personas malvadas en este país."

CAPÍTULO CATORCE

Alexandra tocó dos veces en la puerta de la oficina del profesor. "David, te llaman por teléfono."

Él se sentó frente a su escritorio, viendo las páginas del informe más reciente de Karen. La joven arqueóloga había hecho un buen trabajo. Ella tenía un estilo de escritura muy legible, el estilo escueto que a él le gustaba. No había paja, información simplemente narrativa y presentada en un formato lógico.

Ella abrió la puerta, estando segura que él oiría. Su cabeza giró hacia ella.

"¿Quién es?" Él preguntó.

"El inspector Leyeva de la policía federal." Sus ojos se abrían conforme levantaba su cabeza, insinuando que él necesitaba compartir más información con ella.

"¿La policía?" Él sostuvo en alto una mano como tratando de defenderse. "No tengo ni idea de qué se trate. No es probablemente nada. Podría tener algo que ver con las investigaciones de Karen, pero no sé."

Ciertamente no era su primer contacto con la policía o las fuerzas armadas. Había realizado numerosas llamadas, cartas, y una súplica personal ocasionalmente para poner en marcha la excavación en Xibalbá. El área, difícil para llegar a pie, no era accesible del todo por vehículo. Se ubicaba a sesenta y cinco kilómetros al sur de una nueva base militar construida después de la rebelión de 1994, justamente al oeste del enorme Parque Natural de Montes Azules y al norte de varios pueblos que fueron semilleros de la actividad zapatista. Fue un área de pocos o ningún camino, habitada por pueblos de indios mayas tan remotos que eran virtualmente ajenos al mundo exterior.

El hecho que David y Karen pudieran trabajar relativamente sin obstrucciones y exitosamente los últimos tres años era gracias a su relación con Marcos, el líder zapatista, así como también a las conexiones del cuñado de David, Joaquín, el Cónsul Honorario de Chiapas. El cónsul parecía conocer a todo el mundo en Chiapas y Guatemala, especialmente esos que le deseaban algún mal o la muerte. La intervención ocasional del fastidioso chamán Balám Reyes en particular había sido especialmente decisiva. A David algunas veces le preocupaba de que la influencia de este rústico, grosero e intransigente hombre fuera más importante que todas las demás juntas. Él prefería evitarlo pues lo encontraba exasperante.

David se levantó y siguió a Alexandra a la sala de estar, se tiró en su asiento reclinable y tomó el teléfono que ella le ofrecía.

La conversación duró sólo noventa segundos pero dejó al profesor temblando. "Ya que usted insiste, inspector, nos esmeraremos en atender a las visitas importantes." Él colgó el teléfono y frunció el ceño.

"¡Carajo!" Él chasqueó.

"¿Qué es eso, David?" Ella preguntó. "¿Esto es sobre el funeral en el que estuviste hace unos cuantos días?"

"Un inquisidor papal y un par de desagradables federales estarán aquí dentro de una hora."

¿"Un inquisidor papal? ¿La Iglesia envió a alguien? Estás bromeando, ¿No es así? ¿Qué pasa, David?"

Él veía el teléfono antes de mirarla. "¿La versión corta o la larga?"

"Comencemos con la breve." Ella se sentó al lado de él en el sofá.

"Hace tres o cuatro días, Sally me llevó a las ruinas de una vieja misión en las colinas al pie de una montaña. Las ruinas fueron destruidas por el terremoto de hace aproximadamente dos siglos. Es una propiedad que fue expropiada a la Iglesia para reasignarla a los pobres después de la revolución, pero no se hizo nada. El suelo es rocoso con mucha arcilla, pero no sé mucho del lugar.

"De cualquier manera, Sally encontró a un grupo de gente en el sitio hace cerca de un año que reclamaba ser los que estaban a cargo de cuidar la cámara mortuoria con el cuerpo que yacía debajo de la ruina. Parece ser que es un sitio sagrado para los indígenas que la Iglesia deliberadamente fortaleció más para inducirlos a adoptar la Cristiandad."

"Extraña historia, David." Ella tiró de su dobladillo de la falda y ajustó el cinturón del pequeño pedazo de tela en su cintura, antes de agitar su mano en él. "¿Por qué está involucrada la Iglesia en esto?"

Él esparció sus manos antes de colocarlas en sus rodillas. "Está bien. Verás. Sally dice que una persona vieja, la última persona que se encargaba del cuerpo, le dijo que el cadáver no se había descompuesto. Él afirmaba que había sido un santo. Sacaban el cuerpo cada cincuenta y dos años para realizar rituales asociados con él. No sabían por qué. Era lo que su padre, su abuelo y todos sus antepasados siempre habían hecho. Según Sally, no sabían leer y escribir y no conocían nada acerca de la arqueología o la religión maya."

Ella sonrió. "Parece una historia interesante y es..."

"Imposible. Sí, excepto que vi el cuerpo. Parecía estar en perfecto estado. La cámara y el féretro en la cual fue depositado eran muy antiguos y daban la apariencia de ser mayas. Había gran cantidad de pinturas, glifos y otras cosas fascinantes."

Ella hizo una mueca y entonces revisó sus uñas por un momento. "Una historia loca, realmente." Vaciló por un momento. "¿Por qué no me dijiste? ¿Por qué la policía federal y un inquisidor papal vienen en camino para acá?"

David aspiró profundamente. "Bien, había algunas escrituras antiguas. Tú sabes, los libros, los pergaminos y…"

¿"Los pergaminos?"

"Sí, y algunas otras cosas. Parece que todo desapareció."

¿"Los pergaminos?"

Él vaciló. "Sí, y el cuerpo, féretro, todo."

¿"El cuerpo desapareció?"

"Me parece que sí."

Ella gimió. "¿Quién roba un cuerpo viejo David? ¿Por qué no me contaste sobre esto?"

Él señaló hacia el teléfono. "Acabo de saber eso."

Levantó sus cejas. "Tú sabes lo que quiero decir."

Él se encogió de hombros y estiró sus manos. "Quise decírtelo, de verdad yo quería. Es que fue justamente cuando se me cargó el trabajo, después Karen y Sally salieron hacia el sitio y no he tenido noticias del profesor Bin Saud de Líbano y…."

"¿Quién? ¿De dónde?"

"Un colega que es un especialista en lenguajes antiguos. Fotocopié tres de los pergaminos y se los envié a él por fax. Puedo leer algo de eso, pero es demasiado largo y no tengo ningún libro de consulta aquí."

Mordiendo su labio de abajo, ella pensó por un momento. "¿Debería yo de llamar a Joaquín?"

"Por favor no lo hagas." Su espalda se tensó y endureció el gesto. La sugerencia le erizó los pelos del cuello. A él le desagradaba extremadamente su cuñado. Aunque había tenido que recurrir al diplomático, David difícilmente podía soportar su presencia, escuchando sus pronunciamientos desvergonzados sobre la economía, el gobierno y la profesión escogida de David, la cual él descalificaba abiertamente.

"Sólo ponme algo de café, si no te importa. Yo lo tomaré. El caso es que, pues bien, desearía que Sally estuviera aquí para que aclarara cuál es su participación en esto. Él prometió llamar a su obispo en Tuxtla."

La situación no se veía nada bien. Había un cadáver incorrupto perdido y un sacerdote peregrino desaparecido. ¿Había llamado Sally a su obispo?

David consultó su reloj. Sally y Karen habían salido ayer por la mañana para Toniná, unas ruinas mayas cerca de la ciudad de Ocosingo. De Toniná, recorrerían al sur por miserables caminos de tierra a través de muchas pequeñas comunidades indígenas, incluyendo Taniperlas, Perla de Acapulco, y finalmente Calvario, que era el final del camino y la civilización.

De Calvario cargaban suministros y equipo encima de motocicletas de todo terreno para introducirse en una vasta área remota de selvas y montañas, avanzando lentamente por sinuosos senderos de ganado y veredas en la selva lacandona para llegar a la excavación Xibalbá. David había el hecho el viaje muchas veces en estos últimos años y él recordaba el terreno desafiante, mosquitos voraces y el verdadero miedo a los bandidos que se escondían en las sombras y para sorprender los ingenuos viajeros.

Nadie entraba en ese lugar de la selva lacandona, porque era intransitable por la densa vegetación, las escarpadas faldas de la montaña, y los animales salvajes. No había caminos o pueblos. Era un área del estado de Chiapas donde la civilización nunca llegó. Incluso los mayas lo evitaron. Si nada saliese mal y Karen y Sally no se habían demorado, arribarían al sitio en unas horas.

Maldición con estos chicos, él pensó. Esto no se ve bien. ¿Por qué está la policía repentinamente involucrada en un asunto de la iglesia?

El sonido del fax interrumpió su meditación. Él se levantó y regresó a su oficina. En Líbano estaban a nueve horas adelantadas de diferencia. Tal vez el doctor Bin Saud se tomaba su tiempo para examinar el archivo que David le había enviado el día anterior.

Él recorrió con la mirada su reloj. Su amigo habría pasado sin dormir toda la noche estudiando el material, si él respondiese ya a esta hora tan tarde. Tendría que ser de alguien más.

La máquina del fax imprimió un documento, pero una luz le parpadeó, indicaba que la bandeja de papel estaba vacía. Él tomó varias hojas para depositarlas, la cerró y obtuvo las dos primeras impresiones, una hoja de la cubierta y una carta.

Mi Amigo, David

¿Qué me ha enviado usted? No hemos hablado en varios años, y ahora usted me envía esto tan inesperadamente. ¿Dónde encontró esto? ¿Del primer siglo arameo? Es muy, pero muy raro.

Espero que esto no sea una broma. Casi lo tiro en la basura hasta que vi que venía de usted. Estoy muy alterado y no puedo dormir, pero le envié lo que completé hasta ahora. Insisto que usted me conteste por escrito hoy.

¿Dónde encontró usted esto? Si no es una falsificación, es 200 años más antiguo que la versión griega del Evangelio Agnóstico de Tomás. Debemos hablar pronto. Mejor aún, ¿tal vez deba ir a Méjico?

Envíeme su número de teléfono. Estaremos en contacto.

Yusuf Bin Saud, PhD.
Departamento De Historia del Medio Oriente.
Universidad Americana de Líbano, Beirut.

¡Increible! David pensó, sintiendo un hormigueo por el incremento de adrenalina que siempre le acompañaba en un descubrimiento. Comenzó a leer la traducción.

Mi nombre es Tomás y yo y otros estábamos en la compañía de Jesús de Nazaret hasta que los fariseos le condenaron y los romanos le crucificaron. Conocer a Jesús es conocer a sus maestros y así es que me he esmerado en viajar a través de los mismos caminos que Jesús cuando era joven.

Viví seis meses con los esenios en el desierto fuera de Jerusalén y estudié las escrituras del Maestro de Rectitud, como lo hizo Jesús. También viajé para Susa en Persia y para Damasco, entonces a través del gran espacio de tierra controlada por los grandes kanes y al este sobre las montañas áridas en India, tal como Jesús. Ahora que conozco al Jesús hombre quiero que ustedes le conozcan también.

David, dándose cuenta de que le estaba faltando aliento, rápidamente tragó aire antes de releer el texto. Sintiéndose ligero, se apartó y se apoyó pesadamente en el borde de su escritorio.

Oh, Dios mío, él pensó. Oh, Dios mío.

Alexandra llamó por teléfono de la cocina, "¡Ya están aquí, David! Ven a darles la bienvenida. Son dos personas. ¿Por qué viajan siempre en pares?"

No ahora, él pensó, desesperadamente intentando recobrar la compostura. Responder preguntas y discutir con los policías federales era lo último que él necesitaba en ese momento. Volteó a ver en su escritorio el fax del doctor Bin Saud. ¿Qué había encontrado él? ¿Era eso un disparate o un descubrimiento increíble? ¿Cómo había llegado el arameo antiguo a Méjico?

Tenía que ser un engaño, un fraude novato. El funeral, él creía, era un truco artificial, pero quién haría tal cosa, ¿y por qué?

"¿David?" Alexandra llamó de la cocina. "¿Dónde estás? Tú debes atender a estas personas."

Él estaba todavía sumergido en el pensamiento cuándo oyó un golpe fuerte resonado a todo lo largo de la casa. Alexandra apareció, viéndose preocupada. Recargaba una mano en su cadera, mientras los nudillos de su otra mano estaban ya blancos de apretar un pañuelo.

"David, presta atención y atiende la puerta," le dijo ella severamente. "Llamaré a Joaquín quieras o no."

96

CAPÍTULO QUINCE

El federal trataba de ser atento, pero David veía que esa no era su naturaleza. Él era pequeño y regordete, con calvicie progresiva en forma de asiento del inodoro por arriba de sus orejas y portaba un bigote de estilo típico mejicano sin recortar los bordes. Él estaba impaciente, insinuante y agresivo y David adivinó, que estaba también tratando de impresionar al hombre del Vaticano. El inquisidor papal, sin embargo, se veía calmado y calculador, sus emociones completamente bajo control. Él era caucásico, alto y obviamente estadounidense, David encontraba todo inusual. Él esperaba un pomposo impertinente de aspecto italiano.

El inquisidor escuchaba cuidadosamente las preguntas del federal y de David las respuestas. David observaba como se alzaban las cejas del comisionado y su boca se convertía en una línea fina y sombría. Era claro que él había oído mucho de lo que se estaba discutiendo por primera vez.

Alexandra escuchó cuidadosamente las preguntas del federal a su marido en la sala, en ese momento él se excusó y entró en la cocina fingiendo hacer café. David la recorrió con la mirada cuando ella salía, su boca estirada, su mano agarrando un trapo para limpiar.

El inesperado interrogatorio continuó.

¿Cuál fue su motivación para involucrarse en este asunto y por qué usted piensa que tiene autoridad para venir y pasar por encima de una propiedad del estado y entrometerse sin permiso? ¿Qué día acompañó usted al padre López a la misión? ¿Cuántas veces fue usted a la ruina?

¿Puede describir usted el escenario en el cual usted encontró el cuerpo en el féretro? ¿Qué contenía? ¿Sacó del ataúd algunos artículos? ¿Lo hizo usted? ¿Dónde están? Deben ser devueltos inmediatamente.

¿Sabía usted que el ataúd y el cuerpo desaparecieron? ¿Sabe quién los tomó? ¿Cómo sabían tantas personas de este hombre misterioso y el féretro? ¿Cuándo vio usted por primera vez a los misioneros mormones en la ruina, y qué estaban haciendo ellos? ¿Cree usted que indebidamente movieron el cuerpo en la caja? ¿Les habló a los mormones en el lugar? Si no, ¿por qué? ¿Dónde estaba el padre López y cuál es la naturaleza de su relación con él?

David, sintiéndose a la defensiva y en desventaja, intentaba ser honesto y darle respuestas precisas sin decir mucho. Él se quedó sorprendido cuando oyó sobre el cuerpo y el féretro desaparecidos. ¿Qué tenían que ver los mormones en todo esto?

El cuestionamiento siguió, David sintió que se enfocaba sigilosamente hacia el inquietante fax de Líbano. Su instinto era de cooperar completamente con las autoridades, pero allí estaba el fax para considerarlo. Él tuvo que leer sólo algunos momentos para considerar las implicaciones que tendría la traducción de su amigo antes de pactar con sus visitas. Él sabía que probablemente había más, porque al fax se le había agotado el papel.

La partida de Karen y Sally hacia el sitio de Xibalbá le alteraba y a esto sumar, la falla de Sally en dar suficiente información acerca de sus planes y problemas personales cuando él llamó al obispo en Tuxtla. Esto había sido irresponsable y egoísta. Su comportamiento inmaduro era el causante de todo el desorden. Él había involucrado a David y había desaparecido y ahora el cuerpo y el féretro se habían esfumado, también. ¿Existía una conexión?

Aunque David fue voluntariamente a la misión en ruinas con él y decidió tomar algunos de los artículos del ataúd para sus investigaciones, él nunca podía haber predicho que él pasaría a formar parte de una investigación de robo de objetos religiosos involucrando a los mormones, el Vaticano y los policías federales. El robo de antigüedades era un crimen serio en Méjico.

Él miraba su comportamiento tan práctico e inocente, comprometido sin nada más que la búsqueda del conocimiento académico. No perseguía ganancia o ventaja personal. Él simplemente actuaba por la curiosidad, pero obviamente se había convertido en un jugador central en un incidente no deseado intrigante y posiblemente peligroso de importancia religiosa e histórica sin precedente político, quizá.

David deseaba que él finalizara con el interrogatorio, pero eso no iba a ocurrir. Él debía soportar a ese autócrata presumido mientras trataba de aparecer lo más honesto y gentil que podía.

Cuando el federal tomó una pausa para garabatear más notas, el inquisidor papal continuó cuestionando a David, destilando calma e inteligencia. Por momentos, David veía que el padre Gregory era un hombre serio que no aceptaría explicaciones nebulosas faltas de detalle. David, peor tenía la clara percepción de que estaba siendo juzgado, no sólo en lo que él había dicho, sino más bien en lo que el sacerdote deliberadamente podía haber omitido. David sospechó que él podría llegar a conocer mejor al padre Sean Gregory dejando que la situación se esclareciera por si sola.

"Dígame, profesor," dijo el padre Gregory. "Usted parece ser un hombre honesto. ¿Es usted cristiano?" Él sonrió, mostrando sus dientes blancos, perfectos. Viendo la turbación de David, añadió, "Yo soy un arqueólogo, también. Comprendo estas cosas. Sé que muchos en nuestro campo se han llenado de dudas e indecisión en torno a la fe. ¿Cómo describiría usted sus creencias?"

David, asombrado por la franqueza y la falta de tacto del hombre, titubeaba. La pregunta era muy personal, pero eso sería significativo para el sacerdote. Se convertiría en un filtro a través del cual todo lo que David dijera sería examinado como una insinuación o un matiz, de su agenda personal secreta.

La respuesta de David determinaría el camino de los acontecimientos por venir. "No pienso que mis creencias religiosas tengan importancia de ningún modo sobre este punto, padre Gregory."

La cabeza y los ojos del federal ascendieron lentamente de su cuaderno de apuntes. "¿Usted no es cristiano?" Una sonrisa de asombro vino a su cara y miró al padre Gregory, después a David. "¿Cómo podría un hombre criado en Méjico no ser cristiano, señor? ¿Usted desea parecer más listo que todos los demás? ¿Usted quiere irse al infierno?" Él gesticuló con su pluma para dar énfasis, sus ojos abiertos y llenos de incredulidad.

"Por favor, inspector, yo me haré cargo de esto." El pesquisidor papal ya no sonreía. Él alzó su palma de la mano hacia afuera para calmar al federal. "Tengo algunas preguntas que son académicas en naturaleza." Con una expresión cuidadosamente neutral, añadió, "Quizá éste sería un buen momento para echar un vistazo alrededor, afuera. Tengo algunas preguntas para el buen profesor, una conversación toda aburrida acerca de historia y lenguajes. Podemos comenzar de nuevo una vez que usted haya terminado de ver los alrededores, ¿está bien?"

Fue más que una sugerencia, pero expresada amablemente como una orden para que el federal no pudiera negarse. Él estaba claramente esclavizado al representante del vaticano y él también era un hombre religioso, lo que David y otros llamaban un católico de cuna, quien creía y actuaba sin cuestionar los temas de una representación de la Iglesia católica, definitivamente un sacerdote. David sabía que el federal diferiría con el clérigo en todo caso.

"Por supuesto." Él sonrió. "Echaré un vistazo alrededor y estaré de regreso dentro de, ¿quince minutos?" Era una afirmación más que una pregunta.

El padre Gregory sonrió de acuerdo. "Perfecto. Gracias, inspector." Él dio la vuelta hacia David. "¿Tiene usted una oficina aquí, profesor?"

"Por supuesto," David contestó honestamente. "Usted sabe que la tengo."

"¿Me la podría mostrar, por favor?" No era una petición. "Soy un académico, también. Disfruto estar alrededor de la oficina de un hombre instruido. Me dice muchas cosas de él, que de otra manera no sabría."

"Por aquí," David dijo a regañadientes, señalando abajo del vestíbulo. "Está hecha una calamidad ahora."

David encendió las luces y señaló la silla delante de su escritorio, pero el cura lo ignoró. Él examinó los cuadros en el cuarto, las mesas con escritos, mapas y libros esparcidos y tazas de café, como evaluando, con lo que él se podía forjar una imagen mental del profesor. Dio un paso detrás del escritorio para observar atentamente un estante de libros y enseguida los artículos en el escritorio.

El sacerdote alto sonrió, aproximándose a un libro abierto en el escritorio, entonces recurrió a David. "Usted es un especialista precolombino con una especialidad en glifos mayas."

"Entre otras cosas."

"Sí. Está también interesado en el griego antiguo y quizá, el arameo." Él recuperó el libro abierto en el escritorio. "Sólo puedo asumir que su interés ha sido despertado de nuevo por los acontecimientos de los últimos días."

David se estaba impacientando con la conducta del eclesiástico y su inclinación para hacer acusaciones vagas. "No veo lo que mis estudios y mis intereses tengan que ver con su investigación, padre Gregory. He contestado sinceramente todo lo que usted me ha preguntado, todo de lo que no tengo conocimiento."

"No. Usted mintió a través de la omisión, profesor Wolf," el sacerdote desplego una sonrisa insípida apenas perceptible. "Usted omitió, no diciendo todo lo que sabe. Usted le ha proporcionado la mínima cantidad de información posible a las preguntas al inspector." Él sostuvo en alto el libro, vio el título en el lomo de éste, y lo devolvió al escritorio. "Usted hizo todo esto porque es enemigo de la cristiandad."

David arrugó la frente, comenzando a perder la paciencia. "Usted asume demasiado y sabe aún menos. Me estoy cansando de este juego y sus preguntas."

"Oh, no es juego, se lo aseguro." Sosteniendo en alto una mano, la palma hacia afuera, detuvo a David. "Déjeme a mí compartir con usted lo que sucedió. Vine a Méjico a instancia del obispo de Tuxtla para investigar lo que probablemente era un cuerpo muy inusual, uno que supuestamente no se pudrió ni se descompuso. La mayoría le llama a eso un milagro.

"Como usted, soy un arqueólogo y tengo mi doctorado. Enseñé durante quince años en los Estados Unidos antes de encontrar mi vocación actual. Yo también soy un científico, pero no creo que todo pueda ser explicado por la ciencia, por accidente o por una ocurrencia. Tuve a un maestro que una vez me dijo, 'Un milagro es un fenómeno antinatural que ha ocurrido naturalmente.' Eso inicialmente me alejó como un científico, pero más tarde, se volvió algo muy significativo."

David intentó hablar, pero el cura interrumpió.

"Sígame la corriente, profesor, por favor." Él lentamente se paseaba alrededor del cuarto como meditando retrospectivamente sobre la situación, recorría con la mirada a David ocasionalmente para asegurarse que él le escuchaba. "Hay muchas cosas acerca de la Iglesia católica antigua que no conocemos, como su historia, escrituras y acontecimientos involucrando a los primeros fundadores. Las herejías agnósticas, los ebionitas, los marcionistas. ¿Usted sabe la historia? Todo es un poco confuso durante los primeros 300 años. Hubo muchas versiones diferentes del cristianismo que fueron practicados alrededor del Mediterráneo. Es también cierto que poseemos documentos que imparten una gran cantidad de conocimiento en áreas que tienen mucha importancia si no son comúnmente conocidos y compartidos es porque son distractores de las verdades esenciales."

Él hizo una pausa para crear un efecto. "Los resultados de la mayor parte de mis investigaciones de milagros," él alzó sus dedos índices para el énfasis, "son fácilmente explicables como fenómenos naturales. Estas ocurrencias en las cuales no puedo discernir la relación de causa y efecto, en la mayoría de los casos, son simplemente no relevantes para el tema central, de cualquier manera. Les remito mis descubrimientos a otros que son más doctos e instruidos que yo.

¿"A dónde voy con esto? Se le digo porque confío y tengo fe."

David estaba exasperado. "Oh, por favor. Ahórrese el sermón, padre. Sé que usted y sus hermanos en el Vaticano se sienten amenazados por la ciencia y de los académicos como yo. Sí, soy un agnóstico científico. ¿Es lo que usted quería que yo dijera? Soy la peor clase de persona en la tierra, alguien que pertenece a ninguna religión organizada. Yo…"

"Por favor déjeme continuar, David." Él levantó su mano otra vez. "Debo decir esto para que no confunda mi propósito en venir aquí hoy con el policía federal. Tomo demasiado en serio este caso y tengo el apoyo total del gobierno mejicano para hacer cualquier cosa para investigar y solucionar este acertijo de perder cuerpos y libros antiguos que en cierta forma se han extraviado en el lado equivocado del mundo." Él señaló con el dedo a David para enfatizar.

"Éste no es su asunto. No, no interrumpa otra vez." Él agitó su mano molesta. "Esa propiedad, la misión cerca de Tuxtla, le pertenece al gobierno federal y antes a la Iglesia católica. Usted no tiene permiso y tampoco ese ridículo padre López, dondequiera que él esté, no tiene autoridad para concederle acceso. Usted debería de haberlo hecho a través de los canales correspondientes, pero usted no lo hizo."

"El cuerpo, los pergaminos, todo falta y usted, profesor, parece estar en medio de todo eso. Todo el mundo está aparentemente fascinado por este cuerpo milagroso y sus libros, si no ¿dónde están?, ¿Perdidos o quizá robados?, a la Iglesia católica, que tiene el derecho, se le ha concedido autoridad sobre este punto y ha sido ignorada y se han excedido en su contra. Tenemos a un sacerdote errante, un hombre desilusionado que piensa que él canalizará a Jesús para los campesinos, pero él viola su voto con Dios y la Iglesia y se ha escapado para vivir en pecado con una mujer sin el beneficio del sagrado matrimonio.

"Tenemos un cuerpo milagroso perdido. Tenemos a los mormones que suspicazmente se arrastran alrededor. También lo tenemos a usted, un agnóstico científico que no demuestra respeto ni admite los derechos de la entidad más importante en la materia, la Iglesia católica."

Él dio vuelta e hizo una pausa, señalando a David acusadoramente. "Sé que usted tomó esas escrituras, esos cilindros con los papiros, doctor Wolf. Usted no puede ayudarse a sí mismo. Su tipo de persona sólo puede substituir el conocimiento por la fe. Usted los tomó y quiero saber dónde están ahora, antes de que le pida al inspector federal que le encarcele por sus crímenes."

David temblaba tanto de inquietud como de coraje. Él estaba siendo acusado y con razón o por lo menos esto es lo que parecía. Él había tomado del féretro tres documentos. Dónde estaban el sarcófago, el cuerpo, y las reliquias, él no tenía la menor idea.

"¿Dónde están?" El padre Gregory preguntó. "Veo que ha consultado sus libros." Él señaló un volumen grueso titulado, Elementos Esenciales de Arameo y Griego Antiguo que se encontraba en la parte superior de su escritorio.

David, alimentado con el drama y las acusaciones, se suavizó. "Está bien. Tomé tres de ellos. Estaban en el fondo de la caja. No sé cuántos más había allí o si hubiese algunos otros. No tengo ni idea de lo que sucedió con ese cuerpo. Estoy tan asombrado como usted de que se encuentre extraviado. Tal vez fueron los mormones, ¿pero quién sabe? De cualquier manera, los tengo, pero no pienso que sea correcto entregárselos a usted. Estarán vedados al público, guardados escondidamente en algún archivo del Vaticano como protección," El utilizó los dedos índices para añadir paréntesis como énfasis. "Las personas que llevan la verdad nacida de sus propios sentidos y poseen habilidades para razonar. A usted le infunde temor lo que podrían decir. Por eso es que usted me amenaza."

"Usted los compartió con otros ya, ¿verdad? ¿A quién le ha hablado usted sobre esto? ¿Qué ha hecho? ¿Necesito llamar al inspector?"

"A un conocido, en Líbano. Eso es todo. Un académico en la Universidad de Líbano que se especializa en..."

"Arameo...antiguo. Oh, Dios mío, doctor Wolf. Su presunción, su orgullo y su arrogancia me asombran."

"Encuentro sus acusaciones y amenazas completamente descabelladas, especialmente si vienen de alguien que se llama cristiano."

La sonrisa del comisionado desapareció. Sus ojos se estrecharon hasta parecer rendijas y sus dientes blancos se apretaron con fuerza detrás de los labios. El comportamiento eclesiástico desapareció, él miró a David listo para golpearlo. "Ahora, doctor Wolf," le dijo con una voz intolerante, ¿"dónde están?"

"Oh, por el bien de Cristo," David contestando bruscamente. "Están en la caja fuerte."

"Ábrala y démelos, profesor. Mi paciencia se está acabando." Él dio un paso hacia atrás de la mesa y se apoyó contra un gabinete cerca del fax. Él lo recorrió con la mirada y vio la luz roja. Las hojas recientemente impresas almacenadas en la charola del papel.

Cuando el padre Gregory trató de alcanzar el documento, David se congeló, sabía que la traducción causaría un gran problema que no ayudaría a su situación.

"Eso es privado."

El padre Gregory, tomando la hoja, la agitó y comenzó a leer. Después de terminar la hoja de la cubierta, volteó a ver a David, claramente furioso.

"Puedo explicarlo."

El inquisidor levantó su mano para acallarlo y leyó la otra hoja. Cuando terminó, él miró a David y la volvió a leer. Viendo la luz roja intermitente en la máquina, él dijo, "Su máquina no tiene papel." Él localizó un paquete abierto de papel y rápidamente lo introdujo en el fax, el cual inmediatamente zumbó indicando que estaba listo.

"Veamos qué más tiene que decirnos su amigo, ¿está bien?" Él apretó el botón de inicio y la máquina imprimió seis páginas más. Él las leyó brevemente, doblándolas y las metió en el bolsillo de sus pantalones.

Él recorrió a David con una expresión ilegible, su conducta cautivadora se había ido. "Necesito hablar con el inspector Leyeva." Señalando la caja fuerte, dijo. "Abra eso y devuélvame lo que es de mi propiedad. Ahora, doctor Wolf."

Él caminó a grandes pasos el cuarto.

Golpeado, David no supo qué decir. Él había hecho poco para defenderse y estaba enojado porque no había dado más pelea. ¡Al carajo todo! pensó. ¡Al carajo los católicos! ¡A la mierda Salvador López! ¿Cómo me enredé en esto? No hay derecho. ¿Puede tomar él solamente la traducción e irse? ¡No tuve la posibilidad de leerlos! Y ahora tengo que darle los pergaminos. ¡Maldita sea!

Alexandra apareció por la puerta. "Contacté a Joaquín, David. Tú necesitas llamarle. Él no entiende. Pienso que no le expliqué lo suficientemente claro. Él quiere hablar contigo."

"Un momento, Alexandra. Tengo que terminar con estas personas primero. Es todo un desorden. Estaré afuera en un segundo." Él dio vuelta y se hincó para sincronizar la combinación de la caja fuerte. "Odio esto," él masculló. "En realidad detesto todo esto."

Él sacó de la caja fuerte los tres cilindros y los llevó afuera, buscando al indagador papal y al federal. Era el descubrimiento más grande de su vida e iba desapareciendo. Él estaba a punto de entregarlo voluntariamente a la Iglesia católica. Si él tuviese una lista de los grupos o las personas que el más despreciaba con quien trabajar, ellos estarían entre los primeros cinco.

"Por acá," el padre Gregory le hizo señas.

David dejó el patio, pasando en medio del portón y a lo largo de una senda de adoquín hacia un huerto pequeño de árboles de aguacate, donde estaba un cobertizo de piedra para herramientas con un techo de lámina oxidada. Un cielo gris pizarra con soplos inclinados de algodón blanco ocultaba el sol, la lluvia amenazadora producía un efecto deprimente en los campos terraceados y las colinas pobladas de árboles al pie de una montaña.

Al acercarse David al sacerdote y al federal, se sintió alarmado. La puerta del cobertizo estaba abierta de par en par y muchas cosas de uso doméstico y herramientas de jardín estaban desparramadas. El inspector sujetaba un morral de tela por su cordel, no era familiar, pero cuando David miró al inquiridor papal, quedó pasmado.

El cura sujetaba algo como un cilindro del ataúd. Era difícil de ver claramente, porque éste lo tenía a un lado, pero parecía como que él trataba de componer la parte final de un cilindro.

¿Es ése el cuarto rollo? ¿Hay más en el costal? David se preguntaba. ¿De dónde vinieron?

El sello estaba despegado. El eclesial veía hacia adentro, empezó a girarlo muy lentamente volteando a ver a David con una mirada sombría agitando el tubo varias veces hasta que el contenido se deslizó a medias hacia afuera.

David se percató que era definitivamente otro pergamino, pero él no sabía cómo había venido a parar a su cobertizo. El sacerdote extrajo otro cilindro del morral de tela que el federal sujetaba, viendo a David de reojo.

Un sentimiento como de presagio se aferró a David. Él recorrió con la mirada los rollos en su mano, después a los dos que el cura Gregory sujetaba. ¿Había más? Quien los había colocado en su cobertizo. ¿Había sido Sally? Si fuera así, ¿por qué lo había hecho sin decirle?

"Estoy realmente seguro usted me dijo que había tomado sólo tres del féretro, doctor Wolf." El sacerdote le miró acusadoramente.

"No tengo ni idea cómo llegaron a estar esos en mi cobertizo, padre. Usted me debe creer. Yo tomé sólo tres."

"Es lo que usted dice. Veamos. Tres y tres son, creo, seis. ¿Podría haber aún más? De usted es difícil tener una verdadera historia. Usted no es simplemente un hombre sin fe, doctor Wolf. Su corazón está lleno de mentiras y engaño."

El inquisidor papal tomó los cilindros de David y los colocó en el costal que el federal todavía sujetaba. El padre Gregory miró perdidamente hacia los ojos de David con la mirada fija implacable de un enemigo que haría cualquier cosa para conseguir el fin deseado.

"Inspector Leyeva," él dijo con una voz fría, sin pasión, "éste es un asunto muy serio. Parece que este hombre nos ha mentido y le ha robado algunos documentos religiosos importantes a la Iglesia católica."

¿"Qué?" David preguntó. "Ésta es una conversación de locos. A usted no le pertenecen más que a mí. Es como usted dijo. El gobierno federal expropió esa propiedad. Confiscaron eso y miles de otras hectáreas de tierra de la Iglesia después de la revolución. Eso estuvo abandonado y sin desarrollo por años después del terremoto. Si alguien tiene una queja o autoridad sobre este asunto, no es usted o el Vaticano."

"Le aconsejaría que usted arreste a este saqueador de tumbas y le meta en la cárcel para que pueda ser interrogado. Quizás pudiéramos averiguar más. Es probable que él sepa algo del mormón muerto o de la otra víctima encontrada en el bosque. Tal vez su memoria mejorará una vez que él esté en una celda de la cárcel."

¿"Arrestarme?" ¿Está usted loco? No soy criminal."

El inspector Leyeva, con una sonrisa cruel en su cara, buscó dentro de su chaqueta y sacó un par de esposas. "Dé la vuelta y ponga sus manos por detrás, señor ateo."

"Seguro que no. Tengo derechos. Usted está equivocado. No puede hacer esto."

El federal le enseñó su arma. "Ahora, señor Wolf. Lo digo en serio." Agitando el arma bajo la nariz de David, él recorrió con la mirada al sacerdote como buscando apoyo.

Con sus ojos en el arma, David oyó un susurro y volteó la mirada para ver a Alexandra en el portón, intentando mantener su equilibrio, sus ojos espantados, con una mano agarrando firmemente un pañuelo arrugado.

Regresa adentro, Alexandra," David dijo fuerte. "Por favor vuelve a llamar a tu hermano, el cónsul de Chiapas en San Cristóbal."

Él dio la vuelta lentamente y colocó sus manos por la espalda. Con voz firme y clara, le dijo a ella, "Dile al cónsul que he sido arrestado por unos tontos y fanáticos religiosos que quieren crucificarme."

***

Seis horas más tarde, Alexandra parada en el patio contemplaba los oscuros y turbulentos cielos. Truenos enfurecidos hacían ebullición en el firmamento y las líneas de los relámpagos se entrecruzaban intermitentes sobre el cielo al este de las colinas al pie de unas montañas, amenazando con un aguacero en lugar del roció y la lluvia ligera de recientes semanas.

Joaquín, su hermano menor, acababa de salir, haciendo un pequeño esfuerzo para disimular su cólera y frustración con David. A él nunca le había gustado David y creía que Alexandra se había casado con alguien que estaba por debajo de su posición social muy pronto después de la muerte prematura de su primer marido, pero Joaquín estaba equivocado. David tenía todo lo que ella esperaba encontrar en un hombre, la clase e inteligencia, un gran sentido del humor y muy atento en el dormitorio. Sus ingresos eran tan sólo los de un profesor universitario, pero el dinero no era un problema. Ella y su hermano provenían de familias desde la Conquista. El equivalente de sangre azul en Méjico, estaban demasiado bien parados económicamente.

Joaquín tenía una visión muy apagada de los académicos, especialmente de los antropólogos y creía que las únicas ocupaciones honorables para los hombres eran los negocios o el gobierno. Todo lo demás tenía poco prestigio y era denigrante por las pretensiones de la clase media.

Pero, ella sabía que él la ayudaría. Él no tenía alternativa. Si no lo hiciera afrontaría su furia, no era poca cosa. Ella era la hermana mayor, aunque ella también sabía que él estaba indignado y avergonzado porque un miembro de su familia había sido arrestado y encarcelado.

El diplomático se enfureció cuando él escuchó el cuento de Alexandra y vio su aflicción, con David, con el sacerdote y el federal que habían cometido tal insensatez. El arresto de un miembro de la familia era tan aborrecible que él regresó furioso y humillado a San Cristóbal, dispuesto a corregir esa afrenta y exigir la liberación de su cuñado. Le había prometido a su hermana que sus cabezas rodarían, estas personas serían despedidas y la reputación sería salvada de tal ofensa.

Su cólera cedió, sin embargo él la cuestionó ampliamente antes de salir. Este clérigo no era simplemente otro curita. Él era un inquisidor papal asignado desde el Vaticano para investigar un cuerpo y algunos escritos con los cuales David estaría involucrado. No era común para Joaquín tener diferencias con el Vaticano o uno de sus representantes. Una jornada diaria típica para un diplomático implicaba problemas de inmigración, carteles de droga, pasaporte y asuntos de la visa y alguna empresa criminal ocasional que había sido eventualmente mencionada por los policías federales. ¿Qué estaba haciendo un investigador

106

papal en Chiapas? ¿Por qué no había contactado el obispo con el Consulado en San Cristóbal para darle cuenta de su llegada y su propósito, así hubiera podido implementar el protocolo correcto y podría ofrecer las buenas costumbres esperadas para alguien de su categoría?

¿Qué hacía exactamente un inquisidor papal?

* * *

Para cuando Joaquín llegó al Zócalo, el centro de San Cristóbal y el lugar de casi todas las oficinas importantes del gobierno de la ciudad, sus niveles de testosterona habían bajado de intensidad. Aunque estaba preparado para exigir y amenazar para obtener la liberación de su cuñado, primero quería determinar si él metería su propio cuello en la soga. La preparación era la mitad de la batalla en una confrontación. Su cuñado era su familiar, pero Joaquín no le tenía amor ni un poco de respeto, especialmente después que ese polizonte ignorante amigo de David, el inspector Álvarez de Chihuahua, quien lo había visitado varios años antes, en cierta forma había involucrado a Joaquín en un plan para permitirle a los narcotraficantes el paso sin restricciones a través de áreas de Chiapas controladas por los paramilitares.

Esos pensamientos agriaron su estado de ánimo aún más. Él tosió y escupió la flema en la acera, un acto cometido por una persona vulgar para deshacerse de una humillación y un mal recuerdo. Él debería dejar a David podrirse en un sitio de mierda infestado de pulgas y ratas, pero entonces él tendría que responder ante Alexandra, algo que él había aprendido a evitar desde que era muy joven. ¿Qué pudo ver ella en él? Era un explorador de rocas y se la pasaba siempre excavando en la tierra, uniendo partes de ollas y tarros de arcilla y escribiendo historias aburridas acerca de salvajes analfabetos ignorantes que se odiaban el uno al otro.

Después de conducir alrededor de la plaza varias veces buscando un lugar donde dejar su auto, él se estacionó y dejó su Mercedes S 500 modelo 1997 poniendo poco cuidado en el empedrado de la calle de 400 años de edad que era uno de los encantos de San Cristóbal. Él levantó su manga para checar su Rolex, demorándose momentáneamente para que los que esperaran pudieran comprobar visiblemente su influencia, pero no había nadie a quien le importara o lo notara además de una docena de mujeres mayas vestidas coloridamente con sus niños. Sus mercancías hechas a mano estaban extendidas sobre la acera y en la parte adyacente, incluían blusas y bolsos bordados, pendientes, pulseras, ingeniosos juguetes para niños niños, títeres y mantas de algodón con motivos mayas. Las mujeres le miraron expectantes cuando él pasó, pero él las ignoró manteniendo su cabeza levantada, temiendo que pudieran ser lo suficientemente descaradas para hablarle.

Él iría hasta el final de esta complicación antes de que se esparciera a Tuxtla Gutiérrez o Guadalajara y en cierta forma retirar el castigo a David y los esfuerzos de su hermana. Él no sabía que podría ser, pero sería bueno. Quizás con una disculpa. Nunca había recibido ninguna de su cuñado por todas sus cargas y favores. El arqueólogo tenía un exceso de orgullo para ser un académico sin dinero. A Joaquín le gustaría verlo implorar o arrastrándose o por una sola vez reconocer su superioridad en educación e inteligencia.

Un cielo grisáceo repleto de cúmulos oscuros y relámpagos nerviosos se movían hacia el este del Pacífico deslizándose por una pendiente sobre las sierras boscosas. Ligeras gotas espaciadas, amenazando mantenían a distancia a los compradores del mercado al aire libre. Muchos corrían preparándose para la tormenta inevitable.

Haciendo una pausa, él contempló la jefatura de policía, un edificio cuadrado construido de cemento con acabado de adobe manchado. Un pobre hombre deambulaba en harapos, privado de derechos a propósito y procesado casi por nada, en espera de la versión local del Código Napoleónico que suministraba una justicia inadecuada, desigual para todos sus problemas.

Un grupo de pequeñas mujeres indígenas en su tradicional falda larga negra y blusas coloridas con bordados hechos a mano se acercaron del sur, acarreando costales de plástico amarrados con mercancías para dejar con miembros de familiares encarcelados. Con los hombros doblados y cabeza enfocada al suelo, un aburrido empleado de limpieza en uniforme gris caminaba arrastrando los pies adelante y atrás de una escoba, empujándola a lo largo de un pasillo de concreto que estaba limpio de tantas barridas.

Un indígena borracho, de ojo lagañoso vestido con pantalones de algodón sucios y manchados y una camiseta rota con la imagen del revolucionario Emiliano Zapata se tambaleaba en el piso sosteniéndose recargado en una estatua de uno de los muchos héroes de la revolución de Méjico. Sus huaraches de cuero estaban cubiertos de barro, sus suelas casi lisas de tanto caminar hacia su pueblo en las tierras altas de San Cristóbal sobre los interminables kilómetros de senderos de tierra y caminos miserables, llenos de baches.

La plaza entera necesita un baño, pensó Joaquín desagradablemente, sin mirar a ningún lado, mientras caminaba rápidamente hacia las puertas.

* * *

El hermano John agarró apretadamente el cilindro de madera y otra vez tocó su bolsillo donde guardaba el mechón de pelo, cuando él y el profesor Jackson dejaron la casa de la Misión y caminaron dos calles hasta su coche que estaba estacionado. Turbulentos truenos se movían como caprichosos remolinos de polvo gris y negro haciendo cabriolas en el cielo. Las ráfagas del viento y llovizna, amenazaban con convertirse en una pesada tormenta de verano.

El sol del atardecer desapareció detrás de los nubarrones y las sombras se prolongaron en la oscuridad sobre el bello mármol blanco del templo mormón en la esquina del Paseo De la Roseta precisamente a un lado de la carretera principal a Chicoasen, una avenida de las principales que atraviesa a la próspera ciudad de Tuxtla Gutiérrez. Construido de mármol blanco de Torreón, Méjico y recién consagrado en 1999, presumía de contar con dos cuartos de ordenación y dos cuartos de sello para ceremonias familiares en una superficie de casi 4000 metros cuadrados.

El hombre contratado por John, un pelafustán llamado Raúl, demostraba nuevamente ser inusualmente ingenioso. Con parientes por todo Chiapas, incluyendo dos empleados en la morgue de San Cristóbal, se las ingenió para adquirir una porción de la muestra del mechón de pelo que el hermano John había visto en la mesa de evidencias en la sala de autopsias. Raúl dijo que había sido una tarea sencilla y que había quedado bastante pelo.

Era improbable que alguien supiese que una pequeña porción había sido sustraída o inclusive que alguien pudiera querer un mechón de pelo. Como si eso hubiera sido muy poco para celebrar, una búsqueda rápida en el dormitorio de Evan en la casa de la Misión en el distrito San Martin varias calles al sur del templo sirvió para descubrir lo qué sólo podría ser uno de los rollos con unos pergaminos de papiro adentro. ¡Eso era muy buena suerte!

La casa la de Misión estaba en completo desorden cuando el doctor Jackson y el hermano John llegaron y eso lo lleno de decepción. Con Evan desaparecido se sentía un vacío de liderazgo y como que algo se cocinaba a fuego lento. Era obvio que los jóvenes habían estado discutiendo y muchos padecían de aguda nostalgia por su país de origen. Muchos habían visitado el templo para preguntar lo que ocurría y lo que deberían hacer. Eso hizo que John no se sintiera para nada bien, porque él no quería que los otros ancianos residentes y su personal se entrometieran en sus asuntos. Él no los quería alrededor. Era su descubrimiento y proyecto, tan sin precedente como histórico y podría dar como resultado poder escalar al siguiente peldaño sino un escalón al rango más alto de liderazgo de la Iglesia de Los Santos De Los Últimos Días.

Él calmó a los jóvenes misioneros de Tuxtla, prometiéndoles que podrían llamar a sus padres a la siguiente mañana y también podrían salir de Chiapas si eso era lo que deseaban. Eso trajo grandes sonrisas a las caras de la mitad de jóvenes en el cuarto. Por lo demás, probablemente se requeriría de dos a cuatro semanas para encontrar otro director de la Misión y las actividades se reducirían drásticamente hasta que él llegara.

El hermano John les dijo que él se encargaría de todo y estaría disponible para ellos por teléfono las 24 horas del día los siete días de la semana por si tuvieran preguntas o preocupaciones. Podrían trabajar los que quisieran, visitando sus comunidades previamente asignadas o podrían pasarse el tiempo viendo la televisión por satélite en el comedor del sótano. Él se reconfortó a sí mismo diciéndose que esta había sido otra crisis bien manejada.

En la casa de la Misión, no había señal de la policía o alguna operación de vigilancia como lo había informado uno de los jóvenes, lo cual reconfortó a John. Cuando él llegó a Chicoasen y volvió la mirada atrás calle abajo, vio a dos hombres de traje y uno qué daba la apariencia de vestir la túnica de un sacerdote católico se bajaron de su coche y caminaron hacia la casa de la Misión. Uno de los hombres con traje se parecía al federal que le había ordenado a John que permaneciera en San Cristóbal.

Él agradeció a Dios que había salido de la casa de la Misión a tiempo. No le mencionó de la llegada de los hombres a Jackson, pero lo jaló aparte para una conversación rápida. Los acontecimientos se movían velozmente y hasta ahora, el académico mormón había sido de poca ayuda. Era hora para que él regresara a casa y le dejara a John hacer su propia investigación, independientemente de lo que el federal le había dicho.

El olor acre de tubos de escape de diésel y la basura purulenta captaron su atención. Las ciudades en Méjico eran malolientes a diferencia de las de los Estados Unidos. Las botellas de plástico desechadas, trapos, las llantas viejas y los envases vacíos de comida tirados como basura en las zanjas. Las bolsas de plástico rotas atoradas en una como red de malla ciclónica ondeaban impotentemente al viento conforme la tormenta se acercaba.

"Donald, sé que usted está ansioso por regresar a Salt Lake y a su investigación," le dijo. "Pensé que habría más que hacer aquí para usted, pero no lo he resuelto de ese modo."

Don, con la vista clavada en el cielo oscuro que se veía como poniendo una manta sobre el bello templo blanco mormón a través de la carretera principal, no parecía escuchar.

"Donald, preste atención, por favor. ¿Me oyó usted, digamos que le envío a casa?"

"Gracias a Dios." Él empezó a afrontar al anciano mormónico. "Hasta donde puedo decir, todo esto ha sido un desperdicio." Él recorrió con la mirada el templo otra vez.

John frenó la réplica. A él se le ocurría decirle desafiándolo, que era un ególatra idiota, bueno sólo para follarse a sí mismo, que era un compañero y

110

ayudante sin valor en su misión, pero recapacitó. Lo único que John necesitaba de Donald era todavía factible.

Una lluvia ligera comenzó y el relámpago se vio más remarcado. Él extrajo la pequeña bolsa de plástico de su bolsillo. "Aquí está el mechón de pelo por el que vinimos. Quiero que usted salga mañana, saque su boleto en el primer avión y examine el ADN del pelo para determinar de dónde era el cuerpo o de qué raza. Usted sabe lo que quiero decir. Todavía, yo me quedo por un rato porque tengo cosas que terminar. Raúl está armando un equipo para guiarme a ese sitio arqueológico del que el sacerdote estúpido y su novia escaparon. Siendo positivo sé que ellos saben dónde está el cuerpo o al menos donde el resto de pergaminos. Raúl dice que él conoce a los amigos que nos pueden ayudar. Nuestros jóvenes de la misión descubrieron el cuerpo primero y no dejaré que los católicos o a nadie que se atribuya el mérito de nuestro descubrimiento."

Donald frunció el ceño. "John, usted sabe bien como yo que también trabajo en la historia de Joseph Smith y las revelaciones que son poco peculiares, aun hasta bochornosas para defenderse hoy en día. Esto probablemente no llegará a ser algo." Él alzó la bolsa de plástico. "Hay judíos alrededor de todo el mundo ahora, incluyendo Méjico. Este pelo no probará nada. Lo que nosotros en realidad necesitamos son las muestras de piel. Sería mejor que tuviéramos todo el cuerpo y sus ropas.

"Acerca de los pergaminos, ¿por qué no me deja usted tomar aquél?" Señalando el cilindro que John sujetaba. "Podría contener algo. Nos podría dar la información que necesitamos."

"De ninguna manera. Lo podría necesitar."

¿"Para qué? Usted está arriesgando mucho teniendo eso en su poder aquí. Tiene a la policía observándolo y está diciéndome que va a ir corriendo a esa maldita selva lacandona con un grupo de amigos que probablemente tengan antecedentes penales."

"Tengo mis razones. Estaré bien. Simplemente haga lo que le pido, ¿está bien?"

"Claro, seguro. Cualquier cosa." Doblando la bolsa de plástico para guardarla en el bolsillo de sus pantalones, él miró hacia el cielo. "Va a llover. Voy al templo antes de irme. Se ve muy bonito. No quisiera haber venido de tan lejos sin haberlo visto."

Él empezaba a caminar, pero John le detuvo.

"Ni una palabra acerca de lo que usted ha estado haciendo aquí, Don, ¿entiende?"

"No se preocupe. Soy simplemente un turista. Sus intrigas y cosas de agentes secretos están seguras conmigo. Sólo quiero ver este lugar. El Méjico que me gusta es el de playas y centros vacacionales. Estos pueblos tienen muchísima gente pobre. Es deprimente."

Él inhalando el aire, miró y volteó para arriba viendo la inminente tormenta y se unió al ajetreo de la gente corriendo a toda prisa para encontrar refugio antes del diluvio. Volvió la mirada atrás hacia John brevemente, asintió con la cabeza y le sonrió ligeramente encaminándose al puente peatonal y el templo mormónico.

"Tonto estúpido," John dijo entre dientes, observando a su colega alejarse. ¿Son todos los científicos tan previsibles y tan poco imaginativos?

Haciendo un gesto, él empezó a buscar su camioneta rentada una pick up Ford F-150. El necio académico podía comerse con los ojos todo lo que quisiera las instalaciones del otro lado de la calle.

El hermano John había abandonado el Holiday Inn un día antes para no dejar huellas y enseguida se había registrado en el muy agradable Camino Real del Boulevard Belisario Domínguez cerca del Parque Nacional del Cañón del Sumidero. Éste contaba con un gran bar llamado el Club Palenque y en él había conocido a una joven mesera de nombre Cuca que también soñaba con ser cantante. Ella hablaba un inglés pasable y le contó que había nacido en la costa del Golfo cerca de Tamaulipas, pero había crecido en Laredo, Tejas.

John se recordó de verla andar a través del cuarto con una bandeja de bebidas, una cosa bastante pequeña con falda corta y trasero extremadamente sensacional. Ella se animó y le cogió cariño cuando él le dio un billete de cinco dólares y le dijo que conocía a personas en Las Vegas. ¿No sueñan todas las meseras en convertirse en actrices o cantantes? Le daría vergüenza visitar Méjico y no haber saboreado el producto local, al menos una vez.

Él tenía que recibir una llamada de Raúl a las seis de la tarde, después visitaría el Club Palenque para ver qué ocurriría. Luego de las buenas noticias del día, él se sintió confiado que el momento había cambiado y él estaba listo para lo que viniera.

El viento soplaba más fuerte cuando él entró en su camioneta dando un portazo pues la lluvia entraba empujada por el viento. Se dio masaje en su entrepierna por algunos momentos para que despertara, entonces él encendió los limpiaparabrisas y revisó su espejo retrovisor. Tenía tiempo para tomar un baño y una botella de cerveza Negra Modelo.

 Se apartó de la cuneta y condujo deliberadamente hacia el oeste evitando la casa de la Misión y sus invitados no deseados. Él reflexionaba sobre si Cuca sería cariñosa y acogedora. Ella se veía terriblemente joven para estar trabajando en un bar. Las chicas menores que trabajaban en esos bares tenían fama de ser atentas con los clientes, ¿o no era así? Él lo averiguaría. Aun si ella no llenara ese perfil, Raúl seguramente le encontraría a alguien.

CAPÍTULO DIECISÉIS

Karen, Salvador y su grupo de seis dejaron la pequeña comunidad Indígena maya de Taniperlas temprano por la mañana. Un mensajero había salido la noche anterior a decirles a los trabajadores en el sitio de excavación que se encontrarían en el camino donde ya era intransitable para las motocicletas todo terreno. Fatigados después de haber conducido cuidadosamente las Kawasakis de 4 llantas cargadas con suministros a través de caminos escabrosos de la selva por casi cuatro horas, abandonaron las motocicletas a treinta kilómetros en la selva en un refugio donde almacenaban gasolina, alimentos enlatados, las piezas de recambio, las tiendas de campaña, utensilios de cocina y una planta eléctrica Honda en caso de que fallara la que había en el sitio.

Se encontraron con cinco indígenas, trabajadores de tiempo completo del sitio Xibalbá y aparte de los once el viaje se hizo difícil por otras tres horas a lo largo de un camino estrecho, rocoso que peleaba para mantener su existencia ya casi perdida en los límites de la tupida selva.

Algunas veces se acercaron pero nunca cruzaron un caudal de agua clara, que se filtraba en un recorrido a través de las tierras bajas que fluían del sur y este a través de la enorme selva nacional llamada Reserva de la Biosfera de Montes Azules. Después el río viajaba serpenteando 100 kilómetros a través de esta Reserva desembocando en el ancho río Usumacinta, una frontera natural entre Méjico y Guatemala para después enfilar hacia el norte por las tierras bajas del Golfo.

El padre López comenzó a fantasear cerca de la corriente y caminaba fatigadamente, sofocándose con el calor del bosque lluvioso debajo del cruel sol de Chiapas. Él se cuidaba de no quejarse, sin embargo. Karen ya le había dicho de los rigores y la incomodidad que él experimentaría cuando la acompañara a la selva y las tierras altas en el centro de Chiapas. Hasta ahora no se lamentaba de haber venido. Estando entre los indígenas pobres, viendo qué tan poco tenían y estudiando verdaderamente las miserables condiciones en las cuales ellos se ganaban a duras penas la vida, en ese ambiente rudo, simplemente reafirmaba sus ideas y creencias.

Los mayas habían sido privados de los derechos universales, esos en el fondo de la cadena alimenticia, económica y política sin alguien que los representara. Se les había despojado de su propiedad 400 años antes, durante la conquista y empujados a tierras remotas, marginales en las cuales era difícil de ganarse la vida. Él dudaba de que cualquier familia entre esas personas pudiera ganar $100 al año. Padecían de enfermedades, malnutrición y el olvido de la sociedad porque se rehusaban a formar parte de la cultura representativa de la mayoría.

El maya, sorprendentemente autónomo, prefirió seguir las creencias y las costumbres de sus antepasados, viviendo en pequeños pueblos homogéneos y teniendo un estilo de vida que ya era antiguo antes de la conquista que empezó al final del siglo XV. Los indígenas de Chiapas practicaban un tipo de catolicismo apenas reconocido por las iglesias representativas de las mayorías alrededor del mundo. Su estilo de vida permaneció notablemente vital e intacto. Él admiraba a esas personas dobladas y las encontró fervorosas, trabajadoras, confiadas y devotas. Se alegró de haber venido y él pensaba planear para ver cómo podía ayudar a empoderarlos exitosamente e introducirlos a una economía de corporaciones multinacionales rapaces, donde se corrompe a los funcionarios públicos y a un mundo de tecnología avanzada que los había dejado atrás desde 100 años antes.

Miró hacia arriba para ver a Karen caminando al frente de la línea, treinta metros delante, hablando con Rafael Méndez, el capataz del sitio de excavación Xibalbá que ella había contratado y que supervisaba a los trabajadores. Todo el personal eran indígenas mayas de muchos pueblos locales, más no demasiado grandes para aparecer en el mapa.

Él admiró cómo interactuaba ella con estos indígenas. Sus expresiones y los movimientos de su cuerpo demostraban que la respetaban, si bien ella era una mujer buscaban su consejo y sus explicaciones. Viéndola como la única fuente de ingreso que la mayor parte de ellos vería por varios años, ella era importante.

Karen hablaba un español fluido y parecía tener una comprensión básica del dialecto maya local, lo cual los indígenas apreciaban. Era una mujer lista y también muy atractiva. Él disfrutaba de sus conversaciones intensamente y su pasión y su intimidad más de lo que él posiblemente alguna vez hubiera pensado. Nada de eso le ayudaba a resolver los conflictos que él tenía en los asuntos de su vida. Sus votos como sacerdote y el camino que él debía seguir permanecían sin resolverse.

Salvador vio que el terreno cambiaba. El rastro estrecho de las últimas horas se ensanchó, su camino angosto limitado por la densa maleza, árboles y ocasionalmente los acantilados a los lados habían desaparecido junto con los bosques verdes llenos de gruesos arbustos, gigantes telas de araña y mosquitos hambrientos. El charloteo de los monos aulladores que gritaban y los amenazaban agitando la cubierta del bosque con su furia se habían ido, también.

El ambiente había cambiado. Aunque se sentía todavía caliente y húmedo, entraban a una tierra de suelos visiblemente descubiertos, rocas filosas y vegetación escasa, donde las iguanas se asoleaban encima de las piedras o en las ramas de los escasos árboles. Se acercaron a la corriente otra vez como si avanzaran en círculos en un área rodeada de pequeños árboles y él se preguntó si se detendrían para un descanso a la sombra. Sin duda alguna estaba junto a la cascada que Karen había descrito. Ella había dicho que era una caminata de dos o tres horas y por su cálculo, ellos habían caminando por lo menos ese tiempo.

Él se detuvo momentáneamente para quitarse la mochila que colgaba de su espalda, porque las correas irritaban sus hombros, cuando estaba listo para caminar de nuevo, vio a Karen apartándose de la primera línea, esperándolo.

"Entonces, cómo está la cosa, ¿Sally?" Ella preguntó.

Él sonrió. "Ninguna queja."

"Bien. No quiero enviarte a casa con una mala nota." Ella trató de alcanzar su mano, pero sólo le dio un apretón antes de soltarlo. "Estamos casi en las cataratas. Creo que las puedo oír." Ella levantó la cabeza, escucha. "¿Las puedes oír tú?"

Deteniéndose, él intentó enfocar su oído. Él pensó que vio una salpicadura distante, etérea dimanando de una muy pronunciada colina al pie de una montaña moteada con pinos que se levantaron en el cielo occidental. Cuando sus ojos se movieron a la izquierda del punto del farallón boscoso, él pensó que había percibido una corriente cercana.

"Sí. ¿Por allí?" Él apuntó.

"Sí. Te enamorarás de eso, Sally. Nos detendremos a descansar antes de trepar sobre la parte superior para bajar al cañón."

Con la sola mención de agua fría y descanso, le dieron ganas de tomarla entre sus brazos, pero ella se horrorizaría por tal muestra de comportamiento delante de los trabajadores. No sabían que él era un sacerdote o cuál era su papel, pero no estaban acostumbrados a ver esas demostraciones públicas de afecto, especialmente de un jefe femenino.

Él y Karen caminaron adelante otra vez. Cuando él miró alrededor, vio a los demás que ya no estaban en fila india. Los miembros del grupo se movían de dos y tres mientras caminaban platicando. Los que se les unieron en el almacén del camino para ayudarlos a transportar los suministros tenían mucha curiosidad de tener noticias de sus comunidades y sus familias. Los mensajes habían sido enviados, junto con paquetes de comidas especiales y los artículos pedidos a los miembros de sus familias para auxiliarlos mientras estaban en el sitio.

El choque estruendoso del agua pronto se volvió audible. En una tarde tan caliente y fatigosa, el sonido era muy atrayente. La corriente perseguía el oeste y el equipo volvió a formar una fila india para seguir el laberinto otros cincuenta metros hasta que viró en una arboleda de pinabetes y colinas erosionadas clavadas en una saliente de roca.

Se movían lentamente pero con firmeza a lo largo de una vereda que se hacía más estrecha, siguiendo la corriente hasta un bosquecito de árboles que se apoyaban en un acantilado en un lado de la montaña. Por en medio de la sombra oscura se proyectaba una bruma fría, estimulante colgada en el aire, creando espíritus y motivando la risa y la conversación.

El sonido creció más fuerte y el camino se fue canalizando a través de una alta y sombreada cubierta vegetal hacia una amplia área abierta alrededor de las cascadas. Sally vio a los demás aligerándose de su carga y les copió.

"¡Estas sonriendo!" Karen gritó en contra del rugido.

"¡Estoy feliz!" Él respondió a gritos, ayudándola con su carga.

"¿Realmente tú me estás diciendo nada más que eso?"

Él recorrió la mirada hacia arriba en la cascada, un pico alto, efusivo de agua que parecía dividir la pared de la montaña, en ese momento fijó su mirada hacia la vegetación y la piscina circundante. Los trabajadores bromearon y algunos se quitaron los zapatos para remojar sus pies. Los helechos con colas anchas, los arbustos y los árboles goteando musgo y vides formaban un aro en el borde. Los lirios acuáticos flotaban por el banco del este. El sonido abrumador del agua al caer en la cascada revigorizó a Sally.

Su fatiga desapareció y él divagó por los helechos, plantas verdes, y banco húmedo cubierto de hierba, la niebla ligera recubriendo su cara. Desde el borde de la orilla, él observaba como el agua formaba remolinos para después moverse hacia afuera de la corriente. Vio que eran casi treinta metros para alcanzar la cresta de la cascada. El agua rociaba una cara del acantilado como poniéndole un velo translúcido, una cortina brillante de cristales que chocaban dentro de un tazón a sus pies.

"Guau." Encantado por la escena, él aspiraba profundamente el fresco y húmedo aire.

Karen caminaba a su lado, entonces él trató de alcanzar su cintura para acercarla, pero ella levantando una mano lo detuvo. Apoyándose cerca de su oreja, le dijo, "Más tarde, cariño. Al anochecer después de que todo esté ordenado."

Él sonrió entendiendo. "Más tarde está bien."

Descansaron por casi una hora. El sol alcanzó la cresta de la cascada y la sombra se apropió con maña del remanso de la cristalina poza donde refrescaba sus pies.

Karen medio cubría sus ojos con una mano y gritó, "Un pie tras otro, Sally. Es otra hora más o menos."

Él se dijo a sí mismo que lo podría hacer. Se levantó, se desperezó y agarró su mochila para colgársela a la espalda, no se había percatado que ése había sido uno de los días más interesantes de su vida.

Guiados por Rafael, treparon a gran altura arriba del agua que caía formando la cascada hasta que pudieron atravesar la montaña en un rastro estrecho que rozaba la pared muy por encima del torrente. Después de cuidadosamente bordear el pasadizo, llegaron a una cornisa mirando desde lo alto un cañón inmenso, repleto de selva. El sonido del agua cayendo disminuyó hasta ser un murmullo.

El valle oval circundado por puros acantilados se prolongaba casi tres kilómetros antes de estrecharse en el final al sur. La mayoría de las cavernas, con entradas pequeñas, dejaban una seña en las paredes del valle. Karen señaló las diversas localizaciones en la cuenca donde se estaban llevando a cabo excavaciones, así como también las tiendas de campaña y las redes de senderos que conectaban el área.

"No hemos visto a los zapatistas desde hace un tiempo, pero un par de paramilitares se movieron apresuradamente. Nadie sabe a dónde iban o donde venían, pero era probable que quisieran aterrorizar a las familias indias que se adueñaron ilegalmente de la reserva."

Sally supo que los paramilitares algunas veces trabajaban como guías y exploradores del ejército mejicano, que involuntariamente facilitaba el endémico tráfico de drogas en Chiapas.

Karen había hecho los arreglos en el pueblo para que un helicóptero arribara en algunos días para recoger barriles vacíos de combustible y traer más diésel, porque era demasiado pesado o grande como para transportarlo a pie. Tenían bastantes provisiones para el trabajo en el sitio por otro mes antes de regresar a San Cristóbal Casas.

Ella le miró de frente, entonces dando media vuelta le dijo. "Tú siempre podrás salir más pronto." Ella levantó su mochila y cuidadosamente empezó a bajar por el rastro construido por los mayas desde 1000 años antes, que corría a lo largo del valle a través del acantilado.

Sally miraba las paredes mientras atravesaban por el camino estrecho. Él veía los jeroglíficos, obviamente mayas esculpidos en las paredes. La mayoría estaban deteriorados y descoloridos, pero unos cuantos estaban en excelente estado con el desgaste de los años y por estar a la intemperie. Pronto, el grupo se movió aún más lentamente, conforme el sendero empezaba en un descenso precipitado. Se resbalaron y se deslizaron en la grava suelta hasta alcanzar el piso del valle.

Cuando Sally se tranquilizó y recobró su aliento después de la caída libre bajando por el camino estrecho, él presenció la más asombrosa entrada de una caverna jamás vista.

Ésta tiene que ser, él se percató. Es la gran caverna de Xibalbá. Veo por qué están tan enamorados de esto.

Era la cueva más impresionante que él hubiera visto alguna vez, con una entrada enorme, edificios derrumbados de cada lado. Una escalera ancha, arruinada por la edad, le permitía pasar del suelo a la entrada de la caverna. Tiendas de campaña, refugios, carretillas, cobertizos y los montones aislados de roca y trincheras dispersos desde la boca de la gruta hasta más allá del piso boscoso del cañón. Él estaba impresionado, y su respeto para Karen se anotó otro punto.

Él le preguntó a ella. "¿Está bien si doy una caminada alrededor?"

"Hasta que te desmayes, galán." Ella le regaló una sonrisa seductora antes de empezar a hablar con Raúl.

Aunque conversaban quedamente, Sally vio a los otros trabajadores que intentaban escuchar a escondidas. La cabeza de Raúl oscilaba de arriba abajo de acuerdo como ella giraba instrucciones y Sally alcanzo a oír un "Sí" ocasional y "Por Supuesto, señora."

Karen dio la vuelta y caminó hacia donde Sally estaba parado en los escalones a la entrada de la caverna.

"¿Esto es todo?" Él preguntó. "¿Éste es el lugar de donde los mayas piensan que vinieron?"

Ella colocó su mano en su hombro pero rápidamente la quitó. "Podría ser. ¿Quién sabe dónde estaba la caverna original? Si hubiese una, ésta es una buena suposición. ¿Tú recuerdas la cosmología maya de la clase de David?"

"Han pasado quince años. Estoy un poco oxidado." Él fingió ignorancia.

"Haré una apuesta. Déjame recordártelo."

"Por favor hazlo Encuentro esto completamente fascinante." Él volteó gesticulando hacia toda el área.

Ella sonrió con beneplácito. "Los mayas creían que sus progenitores, sus antepasados, provenían de Xibalbá. En cierto sentido, es su lugar de nacimiento. Es también una versión del infierno que no es como el nuestro. Realmente no sabemos, porque los españoles quemaron todos los libros que explicaban esos conceptos. Xibalbá era una cueva, la entrada al inframundo Maya y era también la morada de los Nueve Señores de la Oscuridad que intentaron vencer contundentemente a Hunaphú e Ixbalanqué, los ancestrales gemelos heroicos."

Ella hizo una pausa brevemente. "¿Entras? Hemos instalado cable eléctrico a través de la caverna, pero casi no tenemos diésel para el generador. Tenemos muchas lámparas de mano, y le puedes dar una mirada rápida. Es increíble." Ella suspiró. "Hemos encontrado lotes de cosas fantásticas. Algunos de estos están desde el periodo maya preclásico."

"Seguro. Creo que sí. ¿Por qué no? Es seguro, ¿verdad?" Él respiró a fondo, intentando asimilar todo aquello. Las tijeretas de vides y raíces parecen como cortinas de la telaraña. Helechos, líquenes, musgo y arbustos obscurecían la gigantesca abertura. Debajo de los escalones deteriorados, chorreaba una gotera desde las entrañas de la caverna y un cenote pequeño como una piscina de agua subterránea de piedra caliza comúnmente encontrada a través de la península de Yucatán y partes de Chiapas, protegía la entrada.

El cenote de cuarenta metros de diámetro, había sido unido por dentro y por fuera con una membrana de liquen, musgo y maleza. Lo que daba la apariencia de ser altares estropeados de piedra pegada con argamasa cubiertos de glifos colocados en ambos lados al sur del cenote y cerca de los escalones que conducían a la caverna.

El sol estaba detrás de las paredes occidentales del cañón, y sombras ominosas se extendían hacia la profundidad, cubriendo la cañada boscosa en la penumbra.

"Seguro," él dijo, sintiendo una renuencia que él no entendía. "Hagámoslo, pero primero necesito ir al cuarto de baño o cualquier lugar que tú…."

"Por allí." Ella sonrió, apuntando hacia algunas lonas a cincuenta metros al oeste a un lado de la cara del acantilado. "Tú lo olerás antes de que llegues."

"De eso estoy seguro." Él vio varias estructuras muy pequeñas las que daban la apariencia de ser tres letrinas con marco de madera y una regadera solar con lonas de plástico colgadas para la privacidad sobre una línea ensartada entre dos árboles. Al menos diez barriles, algunos acostados en el piso y los otros en posición vertical, se encontraban a unos metros al sur del área de la letrina.

Conforme él caminaba yendo hacia las instalaciones del retrete, él examinaba las laderas distantes y echaba una mirada al sur dentro del valle boscoso. Un sentimiento de presagio cayó sobre él como una toalla mojada. Incuestionablemente era uno de los lugares más inusuales y remotos que él alguna había visitado. Él tenía muy poca experiencia en cuestión de cuevas. Aunque era cauteloso por naturaleza, no padecía claustrofobia, pero él no encontraba la razón de ese sentimiento de temblor que percibía su estado de ánimo. Tal vez debía esperar hasta que fuese de día cuando hubiera más luz solar, aunque se percató que se estaba engañando. La luz artificial se necesitaba en la caverna todo el tiempo.

El olor fétido golpeó su nariz e hizo un gesto de asco conforme se acercaba a las letrinas. ¿Cuál debería usar? ¿Tenía importancia?

Estaban colocadas a tres metros una de otra y él caminó hacia la de en medio. El olor era como rancio. Él dudaba de que alguien pudiera permanecer demasiado tiempo en tal lugar. Respiró lentamente a través de su boca, abrió la puerta, echó un vistazo alrededor rápidamente en la luz mortecina buscando papel higiénico y entró.

* * *

Luis Cruz, un narco traficante descontento originario del norte del estado de Nuevo León, estaba arrodillado en un banco de iglesia en la Catedral de San Marcos. Los pilares del techo abovedado, le daban un soporte impresionante y los vitrales con dibujos coloreados con imágenes de santos y escenas bíblicas ofrecían una sensación de confort familiar. Las candelas votivas lanzaban sombras que se movían revoloteando en las paredes manchadas de humo a los lados del altar. Las estatuas de santos, todo con frentes anchas y las abundantes narices mayas, forraban las paredes a lo largo de los pasillos exteriores.

Él había dejado de asistir a la iglesia durante muchos años después de unírsele a los zetas, pero recientemente había vuelto, junto con muchos de sus hermanos en el crimen. Él y sus compañeros soldados sabían que la muerte podría llegar de un momento a otro, más probablemente cuando menos lo esperaba. Algo semejante era la naturaleza de un combatiente en el cartel.

En un minuto un hombre podía estar bebiendo e irse con las rameras o estar pasando el tiempo con su familia. Al siguiente él podía verse huyendo, escondiéndose, peleando, matando y haciendo de barbaridades algunas veces en contra de sus rivales, les gustaba cortarles las cabezas y lanzarlas al patio del palacio de justicia.

Él se había vuelto muy aguerrido en su trabajo y se endureció en la violencia tanto como cualquier hombre pudiese en su profesión. Era un miembro del cartel que ciertamente ganaba un mejor salario que un campesino, que se rompía la espalda por doce y hasta catorce horas al día, ganando apenas lo suficiente para alimentar a su familia y vestirlos con ropa de segunda o quizás del Wal Mart.

Todavía la culpabilidad algunas veces le asechaba como un demonio vengador. Él había aprendido a hacerle frente a las presiones y los peligros, si bien algunas veces eran insoportables. Necesitaba un poco de calma por el momento. Algunas veces venía a la iglesia para ayudar, pero no lo hacía muy seguido y esta era una de esas veces. Él alcanzó pues la botella pequeña de píldoras en su bolsillo del pecho, extrajo dos Valium amarillos y rápidamente los tragó. Inducido por la droga tuvo un momento de calma de sus preocupaciones, era mejor que no tener nada.

De pelo negro como el ébano Luis era de mediana estatura con hombros musculosos y cuello ancho. Demasiadas peleas a puño limpio enchuecaron su nariz y marcaron sus grandes manos con cicatrices. Su cara estaba picada de cicatrices de acné de su adolescencia, profundamente grabadas las patas de gallo se extendían de cada ojo y su frente estaba surcada de arrugas profundas. Su cara reflejaba una vida dura, la constante ansiedad y miedo.

Antes de dejar su coche y acogerse a la iglesia, ató su chaqueta alrededor de su cintura con las mangas, para esconder la pistola que llevaba para su protección, en una pretina trasera. Claramente visibles en los antebrazos tenía unos tatuajes embellecidos con los santos patrones de los narcotraficantes, La Santa Muerte, El Sagrado Corazón y El Santo Jesús Malverde. Él no quería correr riesgos, así es que él le rezó a los tres pidiendo por su alma y su vida. ¿Quién más que los santos de la muerte comprendían lo que él y otros miembros del cartel padecían a cada instante para ganarse la vida? ¿Quién más les proveía protección y ayuda para sobrevivir en las batallas, asesinatos y mutilaciones?

Luis había sido enviado al Estado Chiapas un año antes como parte de una vanguardia nueva para meterse a la fuerza en un área exclusiva de las fuerzas armadas, para transportar drogas desde Guatemala hasta Los Estados Unidos, donde esos locos ricos cabrones aparentemente no podían obtener lo suficiente de ellos. La vida era despreciable a veces, pero eso era lo que Luis había hecho y lo había hecho bien. Él había ganado bastante dinero y respeto de sus compañeros de trabajo.

Algunas veces, los acontecimientos familiares eran más difíciles que matar a las personas. Su esposa había sido asesinada por una banda rival llamada la familia hacía dos años. Lo había dejado con una hija bonita que tenía dieciséis años de edad y estaba fuera de su control. Ella había crecido por sí misma esos últimos dos años ya que no había sido nada fácil tener a un padre como él. Era una buena chica. Él la quería más que lo que él creía posible. Intentaba ser un buen padre y era un buen proveedor, pero su estilo de vida requería a la vez que se ausentara por semanas.

Como todos los adolescentes, ella quería su independencia. Tomaba su dinero cuando lo necesitaba, entonces hacia rabietas y lo acusaba de terribles cosas que él pudo o no pudo haber hecho. Quería ser cantante y él pensaba que ella tenía una voz fabulosa, y no porque ella fuera su hija. Ella sonaba y se veía un poco como Selena, aunque su hija era más bonita. Cuando le sonreía, lo cual recientemente era raro, su pecho se hinchaba de alegría.

Luis acababa de regresar de Tapachula en la frontera con Guatemala después de encontrar dos mulas nuevas para transportar droga que él había reclutado. Hizo los preparativos para que ellos regresaran a Guatemala y recogieran una carga de metanfetamina para transportarla por cincuenta kilómetros al noreste, a través del río Usumacinta. Luis saldría otra vez en la mañana para Ocosingo, del otro lado de las montañas para encontrarse con sus mulas y asegurar que no fueran atrapados por las fuerzas armadas del nuevo cuartel construido un año antes para intimidar a los muchos simpatizantes zapatistas de los pueblos pequeños a todo lo largo de los bosques y las montañas escabrosas de la selva lacandona.

Luis y su dinero hicieron amigos en varias pequeñas comunidades indígenas protestantes en la selva, las cuales estaban fuera de la esfera de autonomía política que les fue permitida a los zapatistas después de su rebelión en 1994. Algunos de esos protestantes se unieron a los paramilitares locales en contra de los zapatistas católicos y muchos no hacían más que estar dispuestos a requerir del dinero de Luis para actuar como guías, proporcionar inteligencia y asegurar el paso seguro para las mulas de droga a través del Usumacinta y a través de la escabrosa selva lacandona. El dinero que Luis desparramaba rápidamente ganó su atención y su lealtad.

Él relajó sus hombros, sintiendo como la tensión desaparecía conforme el Valium le hacía efecto. Él iba a encender una candela votiva para avisarle a la Santa Muerte que él estaba presente pero decidió lo contrario. Eso sólo atraería la atención.

Él miró alrededor de la iglesia para ver si alguien le observaba. Las personas sabían a quién representaban esos tatuajes en sus brazos y la mayoría de sacerdotes estaban en contra de ellos y las personas que los portaban. Esperaba que nadie en la iglesia fuera lo suficientemente estúpido para hacer comentarios. No buscaba problemas, justo lo contrario, pero sin duda alguna no escaparía. Él estaba seguro que los narco santos le protegían. Había sido un sicario en el cartel por casi ocho años y estaba todavía vivo. ¿Qué más prueba necesitaba?

Fijó la mirada en sus antebrazos y los santos patrones. Él apretó sus puños para flexionar los músculos y animar los tatuajes, en ese momento golpeó cada antebrazo con la mano opuesta para lograr suerte. Entonces colocó sus dedos por mucho tiempo en el esqueleto cubierto con una túnica encapuchada, La Santa Muerte con la hoz antes de hacer la señal de la cruz y posteriormente de levantarse y salir. Ella era su favorita. Todos los sicarios sabían que si sus votos los obligaban a cumplir con ella, ella les aceptaría sin juicio alguno no importando sus crímenes. Las transgresiones de Luis eran muchas y eminentemente malas. Él medio se arrodilló hacia el frente de la iglesia encarando la imagen angustiada del Cristo crucificado colgando del techo. La misa de la noche comenzaría pronto, así es que él necesitaba salir.

Luis llevaba su maleta, nunca permanecía en algún lugar por mucho tiempo. Los enemigos de los carteles rivales rápidamente encontrarían a alguien que permaneciera en un lugar demasiado tiempo. Él decidió registrarse en el Camino

Real, un hotel realmente bonito, para ver a Cuca cantar esa noche. Él odiaba ver a su hija trabajando en un club, aun si fuera uno agradable. En el pasado, si una chica trabajaba en un bar le darían una tunda, ella sería considerada una puta, pero las actitudes hacia las mujeres iban cambiando a paso de tortuga. A pesar de eso parecía que todas estas viejas costumbres y valores no morían del todo. Su madre habría estado furiosa con Luis por permitirlo, pero su hija era casi una adulta. Ella no había escuchado su consejo en dos años y él sabía que ya no tenía demasiado control en ella.

Era hora de ir afuera. Él alcanzó por atrás de su chaquetilla ligera y aseguro su 9 mm Browning automática, la sostenía fuertemente en su sitio. Se paró brevemente en las anchas puertas de roble de la iglesia antes de cautelosamente abrir parcialmente una. Mirando con atención a través de la abertura con una mano en la cacha de la pistola, lentamente abrió la puerta completamente, inspeccionando el área delante de la iglesia.

Se detuvo a estudiar la calle y los autos estacionados de arriba abajo por la avenida, en ese entonces él apresuradamente bajó las ya desgastadas gradas de granito y caminó hacia una Ford Expedición negra con ventanas polarizadas que estaba a media calle de distancia. El cielo encapotado estaba lleno de nubes biliosas agitándose y ondeando en lo alto. El trueno retumbó a lo lejos y el relámpago iluminó los cielos.

Una brisa fría, enérgica sopló del oeste, trayendo lluvia ligera con la amenaza de convertirse en un aguacero. Era el momento oportuno para dejar la iglesia antes de la tormenta. Él aceleró su paso.

Un niño de doce años con una camiseta sucia de Los Carneros de Los Ángeles y los zapatos tenis llenos de rayones estaba parado cerca del coche con un aire de propietario, cuidando que nadie manoseara el coche de Luis.

"Todo está bien." El chamaco sonrió, tranquilizando a Luis, de que alguien hubiera mostrado un inconveniente interés en el coche.

"Bueno." Extrayendo un rollo de billetes de su bolsillo, él tomó dos de veinte pesos para el flacucho y bronceado niño.

"Gracias, señor." Él salió huyendo con su riqueza recién adquirida.

Luis abrió la puerta, echó a andar el motor y se internó en el tráfico hacia el Camino Real. Él esperaba con anticipación ver a Cuca otra vez. Su hija significaba todo para él. Ella era su única familia restante, sentía como una punzada de dolor en su pecho cada vez que pensaba en ella.

La vida era como una montaña rusa emocional cuándo uno tiene hijos. Todo se intensifica cuando estás trabajando en un jale como el suyo.

Oh bien, él pensó, dos copas de brandy y un pequeño tejano aflojarían su estado de ánimo y lo pondrían a tono para una tarde relajadora en el club.

Él recorrió la mirada por el espejo retrovisor para estar seguro que nadie le seguía, entonces dio la vuelta hacia Chicoasen, acelerando rumbo al norte por la autopista libre en dirección al Camino Real.

CAPÍTULO DIECISIETE

Alexandra y Joaquín se sentaron a la mesa en el cuarto de visita familiar de la cárcel San Cristóbal en espera de David así es que le podrían dar malas noticias. Él no iría a casa ese día, ni sería puesto en libertad al día siguiente. Las bombillas fluorescentes oscilantes iluminaban con una luz opaca las paredes envejecidas, coloreadas con el repello estropeado por varios rayones y abolladuras, manchadas por manos sucias y suelas del zapato. El cuarto apestaba a cigarrillos rancios en el aire húmedo, inmóvil.

Alexandra, intentando permanecer serena y mantener su dignidad a pesar de la vuelta increíble de los acontecimientos, todavía sostenía un pañuelo para limpiar sus ojos enrojecidos. Joaquín, con su traje selecto arrugado y despeinado, sentado en su silla esperando, miraba fijamente la tabla de la mesa, su cara y su postura mostraban que él estaba resentido, humillado y enojado.

¿Quién habría pensado que un miembro de su familia podía estar arrestado y podían retenerlo? Peor, ¿quién creería que Joaquín no podría arreglar su liberación? El cónsul de Chiapas estaba en circunstancias y territorio poco familiar. Él esperaba totalmente lograr la libertad de su cuñado y ver a los responsables castigados por abusivos y por haberse tomado atribuciones que no les correspondían para llevar a cabo un caso sin ninguna justificación en contra de una familia poderosa como la de él. Al menos a él lo habían puesto en ridículo, por un homicidio no confirmado. A David le faltaban los cojones para tal acción. Más importante aún, él tenía una sólida coartada bien fundada por el lugar donde se encontraba en el momento en que se llevaron a cabo los supuestos crímenes.

Joaquín nunca antes había estado en contra de la Iglesia Católica. Él sólo podía suponer que el Vaticano y su comisionado habían sobornado exitosamente a las oficinas más altas en el país para salirse con la suya, ¿pero por qué? ¿Qué era tan importante? ¿Qué estaba realmente en peligro? ¿Qué había hecho realmente David?

Joaquín recorrió con la mirada a su hermana de cara adusta. Muy decepcionado, ella evitó sus ojos, mirando estoicamente la pared y el reloj que colgaba encima de la puerta. Ella estaba muy conmocionada al oír que Joaquín no podría arreglar la liberación de su marido. Los González Corzo eran de una casta privilegiada, una familia poderosa, adinerada en Méjico con conexiones. Era una situación inimaginable.

Una luz roja se encendió por encima de la puerta y David entró escoltado por un guardia portando su arma en un uniforme azul. Él llevaba puestas las mismas ropas que cuando fue arrestado, con las manos esposadas. Aunque cansado y desaliñado, le dirigió una sonrisa a Alexandra.

"Joaquín," David dijo inclinando la cabeza.

"David," contestó endureciendo el gesto.

"¿Por qué estoy todavía aquí?," preguntó mirando a su esposa y a su cuñado. "¿Qué está pasando?"

Joaquín, tratando de esconder su desagrado, volteó a ver a su hermana.

Alexandra tocándose ligeramente los ojos le preguntó al carcelero, "¿Podemos tener algunos minutos a solas?"

"No. Recibí instrucciones de estar presente en esta reunión." Viendo el reloj en la pared. "Usted tiene sólo cinco minutos. Esas son las órdenes de inspector Leyeva."

"¡Esto es escandaloso!" Joaquín alardeó. "¡Lo tendré limpiando letrinas en Tuxtla cuando esto se acabe!"

"Como sea. Usted tiene cinco minutos," el guarda contestó serenamente. "Usted está contra el reloj ahora, ¿comprende?" Él había oído muchas amenazas en su ocupación.

David trató de sentarse en una silla, pero el guardia le detuvo.

"Sin sentarse. Son las órdenes del inspector Leyeva."

Los tres miraban encolerizados al guardia, entonces David dijo, "Está bien. No tenemos mucho tiempo. ¿Por qué no pueden sacarme de aquí? ¿Cuáles son los cargos en mi contra?"

Alexandra volteó a ver a su hermano, que hizo un gesto y vio a David con una mirada maligna como si él fuera lo peor del mundo.

"Tú estás acusado de robo, un delito mayor, David," le dijo, "por robarle a la Iglesia católica." Él volteó a ver a su hermana, quien clavó los ojos en una grieta sobre el piso, enseguida volviéndose a mirar a David. "Sería mejor que hubieras asesinado a alguien, mi amigo. Esto da vergüenza. Robarle a una iglesia es el peor de todos los crímenes."

David se rió. "Eso es de locos. Es falso y tú lo sabes. Esa ruina está abandona desde hace 150 años. El gobierno no se involucró ni se preocupó de ella. Solamente recuperaba utensilios para investigación. Yo fui allí a petición de un sacerdote de la diócesis de Tuxtla Gutiérrez, el padre Salvador López. No sé donde puedan estar el féretro y el cuerpo. No tengo la menor idea de lo que haya sucedido con cualquiera de ellos. Tal vez el padre Salvador sepa, pero yo soy inocente."

Joaquín con un ademán detuvo las protestas de David. "No es así, de acuerdo con los puntos de vista del inquisidor papal, que me falta conocer, el padre Sean Gregory y también del obispo de la diócesis de Tuxtla. Para ellos, tú eres un ladrón común y corriente, como un adicto a las drogas que comete un robo para alimentar su hábito."

Él hizo una pausa. "David, intento, créeme. No sé cómo resultará esto, pero tú estás hundido en mierda hasta el cuello, mi amigo. Estoy haciendo todo lo que puedo. No sé lo que tú hayas tomado o en lo que estés involucrado, pero debes cooperar con el hombre del Vaticano o estarás aquí por mucho tiempo. Nunca he visto algo así que atraiga tanta atención en los niveles más altos de nuestro gobierno. Para que conste en acta, David, ésta es una cosa muy vergonzosa en la cual tú has involucrando a mi familia y a mi hermana."

"¡Joaquín!" Alexandra inesperadamente lanzándose de un salto sobre sus pies. "¡Es suficiente!" Ella expresó furiosa. "Tú continúa intentándolo, ¿me oyes? Mantente haciendo llamadas y haciendo todo lo que puedas, ¿entendiste?"

"Alexandra, no hay nada más que pueda hacer. Esto es simplemente escandaloso, esta cosa con David. Da vergüenza. Es..."

Cállate, Joaquín," ella le ordenó, enojada por su falta de clemencia. ¿De qué lado estás?

David sostenía en alto sus manos esposadas e hizo una señal pidiendo calma. Repentinamente, se sintió muy cansado y sus hombros se agacharon. "Ale, él está en lo correcto. Esto es mucho más grande como para alguien que pensamos que lo podría arreglar. Están equivocados. No he hecho nada ilegal, pero no saldré de aquí hasta que tengan lo que quieren. Necesitamos ayuda. Tenemos que llamarles a Sally y Karen para que regresen a San Cristóbal. Ésta es obra de Sally. Él inició este completo desorden. ¿Quién sabe dónde está ese cuerpo? Si Sally se encuentra y habla con el padre Gregory, eso ayudará. Posiblemente, me podrían liberar."

Alexandra, llorando libremente, rodeó la mesa para abrazarle, pero el guarda levantando su mano, la detuvo.

"No se toquen. No se abracen o cualquier otra cosa. Las órdenes son del inspector."

"¡Está bromeando!" Ella le dijo.

"Ya es la hora, también."

Alexandra miró el reloj, después a David y a su hermano. "Dígaselo a él."

"Ale, esto no es necesario," Joaquín protestó. "Ellos lo cuidarán bien. Se está perfilando desde muy arriba este caso para que lo traten como a cualquier criminal. Es muy probable que lo hagan..."

La espalda de ella se puso rígida y su boca se convirtió en una línea delgada. "Ahora, Joaquín."

Él quejándose se levantó de su silla. Dio la vuelta momentáneamente a un lado, sacó algo del bolsillo de sus pantalones y se dirigió al guardia.

"¿Cómo te llamas?" Él le exigió. "¿Quién es tu familia?"

El carcelero de pronto se vio asustado, pero le contestó en un tono hosco, "Pablo Ramírez, señor."

"Quiero que recuerdes que soy Joaquín González Corso, el cónsul de Chiapas. Yo también tengo expectativas y órdenes para ti, Ramírez." Él escondió en la palma de la mano el rollo de billetes que él había sacado del bolsillo de su pantalón y extendiendo su mano como saludando. "Ya le he dado un regalo al coronel Ramos, el director de esta cárcel, para asegurar el bienestar de mi cuñado y su seguridad. Espero que tú hagas lo mismo, dado que tú eres el más cercano a él. Te asegurarás de su seguridad y te ocuparás de sus necesidades, cualquier cosa que sea. Espero que él reciba comida decente y agua y que le sea permitido tener visitas. Te haré responsable personalmente si cualquier cosa le ocurre. ¿Me entiendes?"

El carcelero, completamente familiar con la situación, se habría ofendido si no le hubieran ofrecido ningún soborno. Lo esperaba. Si alguien quisiera contar con seguridad, privilegios y trato humanitario y cualquier cosa que normalmente la prisión no les proveía, se tenía que pagar por eso. Las personas en países con altos ingresos no reconocían el proceso judicial en Méjico, porque estaba basado en el Código Napoleónico. "Un hombre es culpable hasta que no se demuestre lo contrario."

El guardia ansiosamente agitó la mano de Joaquín, agarrando los billetes y deslizándolas en su bolsillo de pantalones. "Sí, señor. Haré todo lo que pueda, pero ésta es… una situación difícil. Hay muchas personas que tienen los ojos puestos en su cuñado. Aun así, haré lo que esté a mi alcance."

"Veo que lo harás." La voz de Joaquín sujetándolo suavemente disfrazaba malicia. "El inspector Leyeva no es el único observándote."

Si, señor." Él intentó dar la apariencia de estar despreocupado. "Es hora de irse. Despídanse, por favor."

Alexandra desafiante, abrazó a David. El guarda hizo un gesto pero no hizo comentarios, agarrando firmemente los billetes en su bolsillo.

Pónganse en comunicación con Sally y Karen," David les urgió. "Es muy importante. Hay un número de teléfono en el tablero de anuncios en mi oficina de la Farmacia Reyes en Ocosingo. Pregunten por Arturo. Él hará cualquier cosa que yo le pida."

"Lo haré. Todavía tengo que ir a Tuxtla. Estoy tan ocupado ahora mismo."

Él estaba perplejo. "¿Qué hay en Tuxtla? ¿Por qué estás tan ocupado?"

"Oh, olvidé decirte. Tu amigo, el doctor Yusuf Bin Saud de Líbano, llega esta noche. Intenté decirle que éste fue un mal momento para venir de visita, pero él insistió en venir."

CAPÍTULO DIECIOCHO

Salvador observaba con una expresión aturdida cuando Karen le hablaba al capataz. No podía hacer nada notando las miradas furtivas que el hombre le hacía. Sally decidió que tenía que conocer pronto a ese hombre. Sin duda Rafael era la llave para entender que se respiraba en el valle y era esencial para abrirle el camino a Sally con los trabajadores del campamento y a sus familias, algo que él añoraba. El apartarse y estar desconectado de los campesinos y sus vidas era lo último que él quería. Él debía encontrar la forma de auxiliar a los pobres y desgraciados del mundo. Estimaba que de los siete millones de personas en el planeta, más de cinco millones vivían en la pobreza generalizada, se había hecho poco o nada en cuanto a la asistencia médica para la salud y estaban sujetos a los sistemas políticos represivos que les daban pocas esperanzas para mejorar sus vidas. La convicción y el compromiso no eran el asunto. Era cómo podía poner en práctica él sus creencias. ¿Cómo combinar eficazmente la creencia con la acción?

Las prácticas de la Iglesia, aunque bien intencionadas, habían resultado ser una pequeña ayuda proporcionándoles asistencia espiritual o económica para aquellos que Jesús enseñó mientras él estuvo en la tierra: las mujeres, los muy pobres, y los enfermos. Hasta donde el padre Salvador podía ver al estudiar el Nuevo Testamento, Jesús no había dicho nada que fuera difícil de entender. Podría ser controversial, pero no era confuso.

El Hijo de Dios había hablado claro y había demostrado a través de sus acciones lo que él pensaba acerca de los ricos, los poderosos y los especuladores de dinero en el Templo de Jerusalén que reclamaban tener el control para llegar a Dios. Jesús claramente había dicho que debemos amar y debemos ayudar a los pobres incondicionalmente, pero la cristiandad, ya fuera el católico o el protestante, se corrompió por los principios calvinistas de la revolución industrial y la ideología política conservadora. A los pobres no se les compadeció o se les ayudó. Fueron despreciados, ejemplos del rechazo de Dios y se vieron como seres inferiores en todos los aspectos.

En vez de abrazar la promesa de la ciencia y la tecnología para hacer del mundo un mejor lugar, los ricos y poderosos, con la bendición de las iglesias cristianas del mundo, los capitalistas mantenidos y sus corporaciones multinacionales esclavizan con los salarios a los pobres en las regiones más pobladas de mundo. Fue la peor ideología del Darwinismo social y garantizó que los indefensos y desesperados del mundo permanecieran en esa condición.

En su opinión, la Iglesia católica era tan culpable como los protestantes. La Iglesia se convirtió en un brazo del estado y sus leyes respaldando y justificando las leyes civiles con admoniciones morales de la Biblia. La relación se volvió extremadamente acogedora y dio como resultado complacencia y ortodoxia en la Iglesia, no la acción con un propósito basado en las enseñanzas de Jesús.

Era posible servirle a dos amos, la Iglesia que él amó con toda el alma y el corazón y las enseñanzas de Jesús, ¿cuál de las dos pensaba él que podían ser ciertas? Seguramente una persona podría trabajar eficazmente entre los pobres dentro de la estructura de la Iglesia sin ser captado por la política y la ortodoxia errante fundidos por todos ellos en el mismo crisol. Él se sentía figuradamente y literalmente perdido, buscando soluciones renuentes en la mitad de la selva lacandona, mientras quebrantaba sus votos sagrados. ¿Cómo debía utilizar él su vida?

Terminó su corta excursión en el campamento, llegando por atrás al cenote y las escaleras que conducían a la entrada de la caverna. Karen le habló a Rafael. De cualquier forma, ella tenía que reunir el equipo necesario para explorar la caverna.

El sol descendió detrás de la pared de la montaña y la luz rápidamente escapo del valle, dejando un éter difuso en el cual era difícil distinguir los detalles. Las largas sombras se distendían en las boscosas faldas de la montaña y él otra vez sintió una punzada de dolor por el temor y la idea de entrar en la cueva por la noche.

Karen dijo que todo estaría bien y él confiaba en ella.

* * *

Karen notó que Rafael veía sigilosamente a Salvador, de arriba abajo con cautela. Sally y Karen habían hablado de este asunto y Salvador sabía que su estatus en las ruinas era todavía desconocido. El capataz, se rehusaba a verlo de frente a los ojos y enfocaba la atención en Karen, poniendo a prueba su indefinición social.

"No necesitaremos ayuda, Rafael," Karen dijo, sonriendo afectuosamente a Sally cuando él regresaba dándole la espalda al capataz. "Tenemos linternas y una cantimplora. Le daré a Salvador un paseo por la cueva y le mostraré el Salón de las Inscripciones. No estaremos más de una hora. También tengo el radiotransmisor." Ella señaló el aparato trasmisor-receptor en su cinturón. "Le llamaré por él si necesitamos algo, pero probablemente no.

"Por favor vea que las herramientas estén ordenadas y en buena forma mañana antes de que alguien desayune, ¿está bien? Guárdenos un poco para más tarde. Ponga a los muchachos a limpiar. A José le está molestando la espalda otra vez. Él puede cocinar, pero tiene problemas para enderezarse y agacharse para limpiar."

"Sí, señora. Revisaré su tienda de campaña en busca de culebras y arañas. Han sido dos semanas desde que usted se fue de aquí. No dejé que nadie entrara a su tienda de campaña mientras usted estaba ausente."

"Por favor hágalo. Y también lo mismo con la tienda de campaña al lado de la mía después de limpiarla. Meta todo en el cobertizo si cabe, después cuelgue una hamaca para Salvador y coloque un mosquitero alrededor de ella. Él estará con nosotros por un buen tiempo."

"Si, señora." Los mayas viejos miraban a Salvador, curiosos de su nuevo compañero. En el campamento cuchicheaban con las historias y especulaban acerca de su relación con el hombre.

Surgió a la vista en el viaje que eran algo más que amigos. Incluso Karen era la jefa y una extranjera, una gringa del otro lado de la frontera, marimacho, una sensación de escándalo se apoderó del campamento. Ella debía jalarles la rienda a los hombres. No era asunto de ellos lo que ella hiciera.

Ahua David y la gringa era los jefes y punto. Aceptaron a Marcos, y ahora tenían que aceptar a Salvador. ¿Qué pasaría si Marcos llegara? Karen tenía que manejar eso, siempre y cuando ocurriera.

***

Como Salvador la observaba, Karen se dobló hacia delante y él no pudo rehusarse a ver su figura bien proporcionada y su pelo largo como se deslizaba hacia el frente. Cuando ella se enderezó, ella impulsó su cabeza para atrás, para que se acomodara rápidamente su pelo sobre sus hombros en un arco. Ella sujetaba dos cobijas de colores dobladas, porque hacía mucho frío por la noche en el complejo de la caverna. Ella le dio una, envolviendo la otra al alrededor de su cuello y sus hombros y a la vez sostenía una linterna para él. Mientras ella se hacía a un lado un mechón de su cara y sus ojos, él la imitó, lanzando la cobija sobre sus hombros y levantando la linterna para juzgar su peso.

"Ten." Y le dio una linterna con bombillas del tubo fluorescente. "Tú la enciendes empujando ese interruptor recubierto de caucho en la agarradera. Sí, aquél." Ella sonrió otra vez. "¿No estás entusiasmado?"

Él asintió con la cabeza, estaba definitivamente emocionado y aun un poco tembloroso con aprensión.

Ella recorrió la mirada hacia el campamento en el valle cuando encendió su linterna. Extendiendo su mano, le dijo, "Ven adelante, Sally. Te vas a enamorar de esto."

Él acogió su mano, miró atrás sobre su hombro, aspiró profundamente y se dejó guiar por ella a la boca de la caverna. Por primera vez, él echó de ver que las paredes contenían glifos y marcas. El piso estaba mojado, el aire húmedo y frío y la gran abertura se dividía en varios túneles hacia direcciones diferentes.

Los cables que se conectaban a los generadores de diésel cerca del cenote se arrastraban por el piso subiendo las escaleras, en la cueva, y adelante en los pasillos. El piso era resbaladizo con lama y barro. Un aire renovador débil, húmedo, frío le dio escalofríos en sus brazos. Una gran cantidad de roca fracturada yacía en los lados.

Ella le vio mirando los montones de roca. "Cuando recién descubrimos la caverna, hubo una gran batalla entre los zapatistas y los mercenarios del gobierno. Intentaron dinamitar la entrada. Estaba hecha una calamidad. Marcos, el…uh…el líder zapatista, estaba muy herido pero sobrevivió. Limpiamos de estorbos todo ello. Es seguro. Confía en mí. Vamos."

Ella le sujetó del brazo abajo del pasillo izquierdo. Después de veinte metros había una curva muy cerrada a la derecha. Diez metros más allá se detuvieron en la entrada de un cuarto cavernoso. La pareja sujetaba sus linternas en lo alto.

"Es como un viaje a la luna," él dijo suavemente.

El piso estaba recubierto como de crema caliza, reflejaba la luz de la linterna a todo lo largo del cuarto. Miles de conos perlados, estalactitas de belleza indescriptible, colgando del techo. Tres cráteres pequeños, o cenotes subterráneos, estaban en el centro del salón. Miles de murciélagos agrupados en racimos por todo el techo. Daban la apariencia de ser diminutos capullos oscuros cuando plegaban apretadamente sus alas. Él podía haber tomado una docena en un puño si lo hubiera deseado.

Cuando él los observaba oyó un chirrido suave y un murciélago se soltó por a sí mismo del techo para revolotear alrededor del cuarto. La escena era extraña y un poco desquiciante.

No te preocupes por ellos," ella dijo. "No te molestarán. Te vas a habituar. Hemos estado trabajando aquí casi cinco años y no hemos tenido ningún problema."

"Estoy seguro. Oí que la mayor parte comen insectos o fruta," él dijo valientemente, su mirada fija enfocando la atención en las paredes y el piso. "Es como estar en un cuarto de vidrio cremoso," susurró temeroso.

Él movía de arriba abajo su linterna y de un lado para otro.

"Te quedaste con la boca abierta," ella bromeó.

Con mucha razón, él pensó. Debería estar gritando de miedo. Esto es completamente inesperado. "Fantástico. Es..."

"Increíble," ella lo terminó por él. "Pienso que se ven como si fueran dientes, como los colmillos en la boca abierta de un lobo. ¿Ves qué tan afilados son y cómo brillan?"

Ella señaló las paredes. "Glifos."

Volteando, él vio una amplia columna de piedra caliza con glifos inscritos en una de sus caras. La luz de la linterna reveló figuras y bellísimas pinturas en las paredes y estalactitas a todo lo largo del cuarto, es un tesoro descubierto embelleciendo con el arte maya lo que Dios forjó.

Él recorrió con la mirada el piso para confirmar que era seguro, en ese momento sostuvo la linterna en lo alto para examinar las paredes. Centenares de glifos, un poco borrosos y descoloridos, aunque muchos todavía con brillantemente colorido, cubriendo una pared completa y parte de otras. Sus ojos fueron a un detalle en particular que le pareció familiar. Era algún tipo de la nobleza, quizá un rey o un sacerdote vestido con ropajes llenos de ornamentos sosteniendo lo que daba la apariencia de ser un tazón o copa por encima de unos posibles cautivos suplicando de rodillas.

Las piernas del sacerdote desaparecían en un remolino que lo envolvía como serpiente alrededor del altar detrás de él. Tres cuerpos desnudos yacían a un lado, como si estuviesen enfermos o fuesen el centro de la ceremonia. Cuando él comparó la escena de los glifos y los dibujos en cada lado del mural, quedó impactado toda vez que era incongruente. Parecía fuera de sitio. Quizá había sido pintado sobre un mural existente. Ciertamente estaba maravillado.

Ella asió su mano firmemente y él le dejó guiarle. "¿Ves por allí?" Ella le condujo a lo largo de un camino gastado entre los cenotes. "Más salones. Es ahí donde estamos haciendo la mayor parte de nuestro trabajo. David vio otro salón. No sabemos cuántos hay en este complejo. Podrían ser docenas, pero lo más importante de nuestro trabajo es terminar aquí adentro."

Ella señaló hacia una estructura hecha por el hombre cerca de la pared. El camino los llevó a otra estructura como plataforma de caliza blanca colocada abajo desde hacía miles de años. Llevando sus linternas en lo alto, caminaron entre los cenotes. Sintió que algo aterrador se movía a través de una escena tan surreal. El techo de la caverna y las estalactitas resplandecieron con la luz oscilante de la linterna.

Mira donde pisas," ella le dijo.

El piso húmedo, resbaladizo ofrecía un soporte traidor. La vía se amplió y conforme se acercaban a su destino, lo que daba la apariencia de ser un altar construido por los antiguos surgió a la vista. Cráneos, todos conservados en calcita blanca posados en percheros salientes. Las cabezas parecían tener vida, como sonriendo perversamente a los tontos que cruzaran el portal prohibido en su dominio, Xibalbá, el inframundo maya. Él contó nueve calaveras brillantes, todas conservadas en calcita, en la percha sobresaliente.

"Dios mío." Él se quedó sin habla.

¿"Recuerdas la mitología maya?"

"Algo de eso. ¿Es este altar quiero decir…estos cráneos…se relacionan con los gemelos heroicos mayas?"

"Muy bien, Sally." Soltando su mano, ella le rodeó con el brazo su cintura, sinceramente feliz de que él había recordado la historia. Ella se sintió afectuosa, suave y muy reconfortada. Él devolvió su abrazo parcialmente por conservar su linterna en lo alto como la de ella.

"Mira." Ella apuntó con su linterna, lanzando la luz dirigiéndola a una estalactita rosada crema con el espesor de una columna de soporte que se extendía desde el techo hasta el piso en frente del altar de cráneos. "¿Recuerdas el árbol del mundo?"

"Sí. No lo había notado. Es bello." Un artista antiguo pintó el árbol del mundo maya en su exterior cristalino. El árbol simbólicamente representaba el universo maya con sus raíces en el inframundo de Xibalbá y sus ramas y hojas en los cielos.

"¿Entonces aquí es donde los gemelos heroicos fueron puestos a prueba por El Señor de la Oscuridad?" Él preguntó.

"Sí. Hunaphú e Ixbalanqué, los héroes gemelos, los antepasados de los mayas. Muy bien, Sally."

En la luz tenue, ella se apoyó en él momentáneamente, moviendo su brazo de su cintura para rastrear con el dedo abajo de su columna vertebral. "El conocimiento puede ser erótico, ¿no lo crees?"

Todo temblor desapareció y un cosquilleo de deleite siguió el camino de su uña. La incipiente pasión brilló y él repentinamente se sintió en el mismo nivel ardiente. Las cosas más pequeñas acerca de ella encendían una reacción en él. Él sostuvo en alto su linterna para verle la cara. Ella sonrió antes de enterrar su cara en el pecho de él.

La vida es confusa y tan maravillosa, pensó. Dos semanas antes, les estaba administrando el sacramento a los indígenas y enseñándoles en como rezar el rosario. Ahora estaba a punto de hacerle el amor en un espacio subterráneo a una guapísima arqueóloga. Aquí en medio de antiguos cenotes donde el único sonido eran el borbolleo y el susurro del agua goteando que se alimentaba de una corriente surgiendo del piso de la caverna para después desembocar en el valle. Era una fantasía hecha realidad.

Dejando a un lado sus linternas, se abrazaron y besaron, en ese momento él sucumbía a su calor y su ternura. Su mano se movió hacia su seno, él estaba perdido cayendo en la pasión. Ella no hizo nada para disuadirle y se acariciaron y tocaron en la luz tenue de sus linternas fluorescentes lanzando sombras vagas y parpadeos indistintos encima de las paredes vidriosas, húmedas de calcita. Ella parecía ardiente y ansiosa.

Él a regañadientes se libró del compromiso de ella y colocó ambas cobijas en el piso, una encima de la otra delante del altar antiguo. Él apagó una de las linternas para dejar una luz adecuada que apenas alumbraba tres metros.

"¿Estamos libres de riesgos?" Él susurró.

"Sí."

"¿Estás segura?"

"Nadie nos molestará, tonto. Te lo prometo."

Rápidamente se quitaron sus ropas, ayudándose mutuamente desparramando su ropa. Cuando casi estaban desnudos, la jaló hacia él y rápidamente se arrodillaron en las suaves mantas de algodón.

"¿Tú planeaste esto?" le dijo, acusándola amablemente inspirado, con profunda pasión.

"Sí." Ella acercó sus labios a los de él.

Empezaron un largo beso, él acarició sus senos y sus caderas antes de sumergirse en la hendidura lúbrica debajo de su vientre. Ella respiró a su toque, jadeando con satisfacción. Sus muslos se separaron y sus cuerpos se unieron. Iniciaron el antiguo ritual de pasión del cual vinieron el amor y los niños, la familia y la religión, la sociedad y todas las cosas terribles y maravillosas de la vida que nadie entiende.

En la oscuridad brillante de un cuarto en el que se escenificaban los ritos prehistóricos y primordiales de sacrificios de sangre para renovar el mundo, los Nueve Señores de la Oscuridad esperaban pacientemente debajo del Árbol de la Vida, como dos amantes consumaban el acto más importante que las personas podrían abordar. Las calaveras sonrieron caprichosamente, surreales en su inmortalidad, acogiendo este regalo, esta pequeña muerte, como un homenaje a su eterna vigilancia.

CAPÍTULO DIECINUEVE

Las caprichosas rachas de viento y las nubes se alumbraban enmarañadamente deslizándose amenazantes a través del horizonte occidental, buscando como esconder una luna llena que benignamente iluminaba el valle escondido en el sitio Xibalbá. Marcos, comandante de los zapatistas y amante ocasional de Karen, llegó con grandes noticias. Normalmente era un hombre que destilaba confianza, lo estaba arruinando la culpabilidad y para su sorpresa, algunos celos, lo cual era inusual. Él había escuchado que Karen y su nuevo amigo, un sacerdote, si los rumores fueran ciertos, habían salido de San Cristóbal dos días antes hacia el Valle del Consejo y Xibalbá. Aunque Marcos había acordado encontrarla en San Cristóbal para hablar, él había tomado una ruta alternativa, un desvío del corazón, como algunos dirían. Primero, él se detuvo a ver a otra amante, una querida amiga en Lacanjá, una comunidad lacandona al este, cruzando el gran Parque Natural de Montes Azules cerca de las ruinas de Bonampak.

Marcos conocía a muchas mujeres. En los últimos seis años desde la rebelión zapatista, él había perdido la cuenta. Todas estaban dispuestas a compartir su cama con el carismático líder de la rebelión maya. Aunque él sinceramente tenía interés en Karen, ella era simplemente una más de muchas. Se había percatado que eran demasiado diferentes, física y emocionalmente, en su pasado y en sus valores. En la suma total de su relación, él se dio cuenta que ésta era nada más una atracción biológica y sexual y no un amor perdurable que fuera desarrollándose luego de varios años de terminar y empezar de nuevo la relación.

Rafael, el capataz del campamento, llegó con una taza de plástico con ponche, alcohol de caña condimentado con hierbas, azúcar, cacahuates, y otras cosas. La receta en cada pueblo era diferente.

Rafael le dio una taza, le dio un trago e hizo un gesto, los vapores agrios quemaban sus fosas nasales. Aspiró profundamente, torció su boca y exhaló saboreándolo. Recorriendo con la mirada hacia arriba, él agradeció a Rafael y le hizo una señal con su taza para que el capataz le ofreciera otras tazas a los cinco hombres, soldados zapatistas leales y antiguos campesinos, que le acompañaban a través de la selva montañosa casi impenetrable de la Reserva de Montes Azules, donde él había pasado las últimas dos semanas en el pueblo lacandón de Lacanjá con Neomi, su nueva prometida.

Era el momento, él se decidió y su corazón estaba de acuerdo. El líder zapatista estaba al final de los cuarenta y no tenía hijos, al menos ninguno reconocido. El levantamiento zapatista lo volvió desordenado y aletargado, perdiendo energía y dirección. El gobierno mejicano bajo el mando del presidente Fox sorprendentemente fue complaciente, concediendo autonomía sin precedentes para los muchos pueblos mayas tan marginados en la selva lacandona y las montañas de Chiapas. Con el conflicto en suspenso, al menos militarmente, Marcos se volvió más sedentario y menos necesitado. Otros asistían a las reuniones y a las cumbres para resolver los detalles de los nuevos acuerdos.

Karen sabía que él se juntaba con otras mujeres. Ella nunca estuvo de acuerdo con eso y él no siempre sentía el cargo de conciencia, sin embargo nunca se sintió lo suficientemente culpable como para detenerse. Tres años antes había conocido a Neomi, una joven viuda. Profundizaron en su relación física que era más duradera. Aunque eran muy diferentes en ciertos aspectos, él siendo educado y con mucho mundo, mientras ella era una indígena lacandona, era muy inteligente y hablaba muchos dialectos del área, así como también un excelente español y suficiente inglés como para darse a entender. Muchas mujeres mayas tenían carácter fuerte y ningún reparo en dar a conocer sus opiniones. Tomarían las armas en el momento que les preguntaran o tuvieran una posibilidad.

Cuando asistía a las convocatorias de los zapatistas, ella demostraba un excelente dominio de los asuntos. Expresaba creatividad y pasión sorprendente en la cama. Encontrársela había sido algo inesperado pero muy bien acogido. La satisfacción y el placer de estar con ella no se habían reducido en los últimos tres años. Pensaban casarse en un mes y él se lo debía decir a Karen. Cuán desagradable podría ser esta misión, no era una tarea que él le podría asignar a alguno de sus seguidores. Había compartido demasiado con ella para eso. Incluso, sabiendo que ella ya se había juntado con otro hombre, un sacerdote renegado si los rumores fueran ciertos, estaba sorprendido.

Rafael, con la mirada curiosa y encogiendo sus hombros, le daba explicaciones acerca de que Karen y su amigo habían entrado en la caverna Xibalbá hacia como una hora para mostrarle el trabajo que ella estaba haciendo. Unas dos semanas atrás, Marcos habría sentido que su virilidad estaba siendo desafiada e iría con toda la carga adentro para confrontar al usurpador, pero en las circunstancias presentes, él se quedaría dónde estaba. Se sentía torpe sabiendo que ella estaba sola en el interior con un ex sacerdote, quizá haciendo el amor con él, conjurándole imágenes muy molestas. No debía exagerar. El sacerdote no era el problema. Su verdadera incomodidad era por lo que le tenía que decir a Karen.

Había mucho en riesgo. Su padre, Balám, ampliamente conocido y respetado entre los indígenas como curandero y líder de los zapatistas, le había dado órdenes estrictas para encontrar al sacerdote y hablar con él para conocer sus intenciones. Todo era muy confuso. Aparentemente, el sacerdote amigo de Karen había involucrado a David Wolf en una excavación de algún tipo que había disgustado al gobierno y a la Iglesia católica. El profesor estaba preso en San Cristóbal.

Esa era una noticia increíble. David Wolf estaba muy bien conectado en el sur de Méjico, bien visto por los indígenas y generalmente conocido como un buen ciudadano y hombre culto. Él simpatizaba con la causa zapatista y había ayudado voluntariamente muchas veces ofreciendo seguridad y asistencia en la forma de pagar buenos sueldos a los trabajadores de las comunidades indígenas. El profesor Wolf era uno de los pocos hombres blancos que Balám mencionaba favorablemente.

La risa se oía alrededor de la fogata, algunas chispas rojas explotaban, expulsando pedazos de carbón y las llamas lamían en lo alto, formando sombras a través de las caras rudas extraviadas por el alcohol. Las inhibiciones bajaron de intensidad y el ingenio se volvió vivo.

Marcos se sentó, absorto en sus pensamientos, imaginando cómo le diría a Karen que estaba comprometido con otra, él vio que la luz de la linterna surgía de la boca de la caverna. Los dos supuestos amantes daban la apariencia de estar alzando sus linternas en lo alto para alumbrar el área adelante y encontrar los antiguos escalones en la oscuridad.

Karen llamó a Rafael, él contestó y le dijo a ella que los invitados habían llegado.

"¿Los invitados?" Ella preguntó. "¿Quién? ¿Qué invitados?" Ella estaba sorprendida y ansiosa.

"Su amigo Marcos y unos cuantos de sus hombres que llegaron hace una hora," el capataz contestó. "Aquí, disfrutan de un vaso de ponche con nosotros."

Marcos oyó la conversación baja, apresurada, en ese momento tuvo una advertencia urgente de Karen para esperarla. Su nuevo amigo libre de compromisos bajaba los escalones enfrente de la caverna. Caminando en el centro de la luz de su linterna, se acercó a los trabajadores y a la fogata como si le perteneciera.

Con su llegada, la conversación murió y un silencio embarazoso, incómodo reinó. Todos se preguntaban si Marcos saludaría al intruso o lo mataría por entrometerse con su mujer.

El padre Salvador examinó las caras de los hombres alrededor del fuego, mirándolos por algo, entonces preguntó, "¿El famoso Marcos de los zapatistas está aquí? Siempre he querido conocerle. ¿Dónde está usted, señor?"

CAPÍTULO VEINTE

El doctor Yusuf Bin Saud estaba de pie sobre la acera exactamente afuera de las puertas del aeropuerto en Tuxtla Gutiérrez, respirando profundamente el aire húmedo de la noche. Él tenía unas entradas en la frente desde los veinte años, era alto y delgado con una nariz conspicua y sonrisa fácil. El saco de su traje colgaba sobre un brazo, mientras con el otro jalaba una maleta. Sostenía un pequeño letrero donde se leía Alexandra Wolf.

Ojalá que la esposa de su colega no se pasara del tiempo señalado para recogerlo del aeropuerto. Él estaba muy cansado y se sentía muy fuera de coordinación en un país con tantos olores diferentes, vestidos, costumbres y un lenguaje que él no entendía bien.

El sol desde hacía mucho tiempo se había metido y el cielo oscuro y apocalíptico era opacado por nubes grises moviéndose muy rápido. El agua de lluvia estaba encharcada en el asfalto negro, donde se reflejaban los destellos de neón y los débiles rayos de luz de los postes arqueados a lo largo de la carretera que desembocaba en la autopista principal. A pesar de que había habido una tormenta más temprano que limpió el aire, el olor de Méjico todavía permanecía fuerte. Era una fragancia muy diferente en Líbano, excepto por el diésel. El aceite y el combustible olía igual en todas partes, pero el olor de la carne especiada, tortillas horneadas, y olor fétido de las alcantarillas cercanas se alternaban y rechazaban.

Era su primera visita en Méjico. Él había leído acerca de sus civilizaciones antiguas maravillosas y muchas revoluciones durante su vida. Como musulmán y académico, había desarrollado un gran interés por el conocimiento de la historia universal, los lenguajes y la importancia de la religión en moldear la historia. Había conocido y compartido con David Wolf en dos ocasiones diferentes patrocinado por universidades en unos foros sobre los lenguajes antiguos del Viejo y Nuevo Mundo en Ámsterdam y más tarde en Chicago. Realmente hasta ya había bebido alcohol con su nuevo amigo, algo prohibido para todos los musulmanes, compartieron las tardes, comparando su pasión académica y las historias de vida hasta muy tempranas horas de la mañana.

Él le dio gracias a Alá por la oportunidad y la amistad con David Wolf. Yusuf no había tenido noticias de él en siete años desde que él se había casado con Alexandra. Al recibir sus faxes solicitándole información, las emociones del doctor Bin Saud se categorizaban desde una leve sorpresa que crecía desmesuradamente hasta la incredulidad y el descrédito.

Finalmente, se decidió, si los documentos de David eran genuinos, serían descubrimientos de significado incalculable y Yusuf anhelaba ser parte de todo esto. Había dormido solo cinco horas en el avión, su primer descanso en tres días. Sentía que podría sufrir un colapso por la tensión y la ansiedad por la adrenalina y por tomar una sobredosis de café todo causado por los libros de David, pero el breve descanso en el avión le revivió, permitiéndole enfocar su atención en la tarea por venir.

Bin Saud había dejado a su familia preocupada, sus niños llorando de tristeza por su partida y su esposa afligida que él no le dijera el motivo por el que debía viajar a Méjico. ¿Qué tenía que ver Méjico con lenguas antiguas como el griego, el arameo y el persa? ¿Por qué no podían ser enviadas las personas o los materiales a Líbano? ¿Cuál era la emergencia?

Él era un humilde profesor en la Universidad de Líbano que había hecho muy poco dinero. El viaje costaría una parte importante de sus escasos ahorros, pero él tenía que ir. Tal oportunidad nunca vendría otra vez. Era difícil de creerlo todo, que el doctor Wolf en cierta forma hubiera adquirido textos del primer siglo que databan de los primeros días de la cristiandad. Yusuf los leyó cuidadosamente antes de enviar por fax su traducción a David.

El primer libro, en el cual el escritor sostenía ser el Apóstol Tomás que había viajado a través del mundo después de la crucifixión para seguir los pasos por donde él creía que Jesús había viajado cuando era joven, era probablemente un fraude. Aunque no existía la certeza, se creía que Tomás había muerto en la India diez años después de la crucifixión.

El otro era un libro fascinante que indudablemente resultaría ser controversial, el cual él llevaba en su portafolio. El texto era una versión del Evangelio Agnóstico de Tomás, una herejía controversial y famosa en los inicios de Iglesia cristiana. Todas las versiones previamente conocidas estaban en griego. Las páginas que David envió estaban en el antiguo arameo, el lenguaje de Palestina en los tiempos de Jesús. El texto podría resultar el más viejo alguna vez encontrado y contenía diferencias esenciales de otras copias. Si fuera así, ese libro había experimentado alguna revisión muy drástica.

Una tercera parte, un pergamino más corto, simplemente era poco familiar y muy probablemente un fraude. Sin embargo podría tener importancia, debido a su edad y el tema en particular. Se escribió en la voz del Apóstol Tomás y parecían ser memorias de su visita a José de Arimatea y María Magdalena en el sur de Francia poco antes de la destrucción de Jerusalén en el año 70 después de Cristo. Aunque una iglesia católica en el sur de Francia aseguraba que tenía los huesos de María Magdalena, no había constancia escrita suya o de José de Arimatea después de la crucifixión, simplemente eran leyendas e historias apócrifas como esas de los Caballeros templarios o del Santo Grial y los Caballeros del Rey Arturo y la mesa redonda en Gran Bretaña.

Aún más intrigante era la mención de una hija perteneciente a María Magdalena. No se mencionaba al padre. ¿Fue José de Arimatea el padre?

Los tres textos que David envió por fax habían sido escritos en arameo. Eso en sí no tenía precedente. ¿Dónde había descubierto tal tesoro? Si viniera de Méjico, sería increíble.

El texto más pequeño no estaba tan bien escrito como los demás. El escritor, aparentemente apresurado, había cometido muchos errores gramaticales. El documento pareció haber sido escrito con diferentes plumas, también. Yusuf esperaba ver el original para determinar si las tintas eran diferentes.

Hubo muchas historias apócrifas referentes a la defunción de los principales actores en la historia bíblica de Jesús después de su muerte. Muchas mostraron conflictos. Algunas eran extrañas en grado máximo y sólo unas cuantas fueron verificadas en la Biblia. Las muertes de algunos como Juan el bautista, Estebán y Santiago, el hermano de Juan, fueron de los que se dio la crónica en Actos. Bartolomé supuestamente murió en India, como Tomás, encontrando su muerte con la punta de una lanza.

Si eso fuese cierto, ¿quién escribió los textos que David le envió? El Apóstol Marcos acabó mal cuando enojó a una multitud de oyentes desfavorables en Alejandría y Pedro fue crucificado por Nerón, el psicótico emperador romano. Mateo, un anterior recaudador de impuestos, fue asesinado con un hacha en Nadabah. Santiago, el hermano de Jesús y el primer obispo de Jerusalén fue ultimado a golpes por judíos en esa ciudad. Diseminar la cristiandad a los judíos siempre había sido riesgoso.

Yusuf estudió todas las antiguas escrituras cristianas y musulmanas y las hizo su especialidad. Estos manuscritos podrían resultar ser los textos iniciales de los primeros cristianos y por lo consiguiente: tal como la fe iba desarrollándose. El Mahometismo, el cuál es representado en la forma del Corán, la revelación de Alá a Mahoma, ocurrió casi 700 años después de la crucifixión de Cristo y mucho de ello no fue puesto por escrito inicialmente. En lugar de eso, fue aprendido de memoria y recitado por largos años tras la muerte de Mahoma. El Corán de palabra quiere decir para recitar.

Los autobuses y taxis iban y venían sin ninguna señal de Alexandra Wolf. Él levantó su cuello, mirando con atención, siguiendo la carretera para la vía de acceso a la autopista. Él tenía su número de teléfono, pero ellos estaban en su casa en otro pueblo, San Cristóbal de las Casas y no había mucho que hacer por el momento. ¿Él debería tomar un taxi y debería tomar un cuarto de hotel si ella no llegase en un plazo de una hora? ¿Cuánto tiempo debería esperar? ¿Méjico era como Líbano, con todo el mundo siempre tarde?

Él consideró regresar adentro para ver si hubiese un lugar donde las personas pudieran dejar mensajes. Posiblemente en la ventanilla donde vendían boletos o en donde se reclamaba el equipaje. Suspiró aspirando profundamente, recordando a sí mismo que la paciencia es una virtud y él estaba en un país extranjero.

Él tocó el maletín que colgaba de su hombro, tranquilizándose por que el disco en el cual tenía sus traducciones y fotos de los textos antiguos estaba todavía allí. Un disco duplicado estaba en su maleta, mientras los originales habían sido guardados en su computadora de la oficina en Líbano.

La fatiga de los últimos días recientes le alcanzó y él compartió su peso en el otro pie mientras reajustaba el tirante del maletín. El aeropuerto desbordaba de actividad. Oía los gritos de alegría cuando los viajeros reconocían a sus seres queridos. Los autobuses se expresaban con rugidos y soplaban con fuerza humo negro, mientras todos los vendedores anunciaban autos de alquiler para tomar vacaciones e ir de excursión. Era embarazoso estar parado sosteniendo una hoja con el nombre de alguien en ella. Cada minuto, él rechazaba atentamente las ofertas de taxistas y vendedores.

Cuando se había decidido a regresar al aeropuerto, alguien le preguntó, "¿Doctor Bin Saud?"

Volviéndose, él vio a una mujer delgada de edad madura en un vestido blanco. Ella recorrió con la mirada la hoja con su nombre y sonriendo le extendió su mano.

"Buenas tardes. Espero que usted hable inglés. Soy Alexandra, la esposa de David. Estoy aquí para recogerlo."

Él hablaba inglés, por supuesto. Era el lenguaje de la ciencia. Después de presentarse, charlaron brevemente, pero ella parecía distraída, su mente no estaba completamente concentrada en su encuentro.

El momento se volvió incomodo cuando agachó sus hombros y apretó su boca convirtiéndose en una línea delgada debajo de sus ojos llenándose de lágrimas.

Oh, Alá, él pensó. ¿Qué es esto? ¿Dónde está mi amigo, David?

* * *

Alexandra y Bin Saud conducían por el asfalto tortuoso en las tierras altas y el pueblo colonial de San Cristóbal de Las Casas, ella relataba todo lo que había sucedido los dos días anteriores. La tormenta y sus fuertes corrientes de viento se movían rápidamente a través del área, dejando que las estrellas brillaran intermitentemente y la esfera perlada de la luna iluminara los bosques y picos suavemente.

El terreno en Chiapas era escabroso, con un camino tan pronunciado él tenía que contener el aliento. Líbano tenía montañas oscuras, redondeadas y él estaba sorprendido por los arbustos exuberantes y los árboles que avanzaban como cortinas gris oscuro en las sombras que se movían. Imaginaba cuanto colorido y exuberancia podría haber a la luz del día.

Después del borde del camino, un acantilado muy pronunciado bajaba muchos cientos de metros hasta el piso del valle. Aunque Alexandra conducía lenta y cuidadosamente, no había protecciones de fierro y él agarraba apretadamente su maletín mirando con atención a través del coche por la ventana de ella hacia el espacio vacío, ocasionalmente atrapando una luz tenue de algún pueblo esparcido a lo largo de la autopista abajo en la llanura.

Finalmente, el camino se niveló, dejando los peligrosos acantilados en el bosque, rodeando a través de pueblos pequeños con casas de adobe desvencijadas con techos de lámina. Tales comunidades tenían sólo un poste de luz pública, leve y débil que alumbraban con unos rayos de luz que era rápidamente tragada por el bosque oscuro que penetraba hasta el perímetro en cada pueblo.

Él sabía que David terminaría por no dejarse engañar, sin duda. Él estaba en la cárcel sin motivo, según Alexandra, porque él había tomado los escritos de un féretro que contenía un cuerpo conservado. El Vaticano había enviado a un inquisidor papal de la Congregación para la Protección de la Fe para investigar el asunto. Un hombre serio, él había dejado claro que tenía la intención de llevar los libros, el cuerpo y todo lo que se asociara con este asunto a Roma.

Desafortunadamente, la caja y cuerpo faltaban. El sacerdote local que inicialmente había llevado a David al sitio, estaba desaparecido. El sacerdote del Vaticano, el padre Sean Gregory, después de contar exitosamente con el apoyo de altos funcionarios públicos para su investigación, aparentemente pensó que David estaba en el centro de la situación. Sin jactarse, Alexandra señaló que su hermano era un hombre importante en Méjico, pero él no había podido obtener la liberación de David. Él se quedó en la cárcel y Yusuf no le podría ver hasta la siguiente mañana, lo más pronto posible, si todo salía bien.

El problema de David perturbó al doctor Bin Saud en gran medida, pero él estaba aún más molesto por las acciones del padre Gregory. Bin Saud no le mencionó esto a Alexandra, guardando silencio. Él estaba de visita en Méjico y era un invitado en la casa de David, pero se sentía indignado por la idea que el descubrimiento pudiera ser sepultado en un archivo del Vaticano junto con muchos otros hechos inconvenientes. Él asumía que los tres escritos serían investigados, pero los datos nunca serían revelados, porque serían muy controversiales.

Habían habido muchos fraudes probados en la historia y era muy posible que Yusuf justamente hubiera traducido uno, pero si se determinara que esos documentos eran tan antiguos como él y David sospechaban, podrían ser interpretados por algunos como la prueba de que el Nuevo Testamento estaba en un serio error, incorrectamente podía describir los acontecimientos en la Biblia. Él sabía que había personas que matarían para proteger ese conocimiento.

Al terminar su historia, Alexandra se relajó y su fatiga quedó de manifiesto. "Así es que, como usted ve es muy...."

"Complicado. Es también político y muy desafortunado. Usted debe sentirse terrible, señora Wolf. Me alegra haber venido. Hay mucho qué hacer, no sólo para David y estos asuntos que están a la mano, pero de estos libros y el cuerpo, David no me dijo nada."

"A mí tampoco. Él no dijo nada en ese entonces por qué los acontecimientos comenzaban a ocurrir. Debemos convencer al padre Sally para que regrese. Tal vez él pueda decirle al representante papal lo que él quiere oír y así David podrá ser puesto en libertad."

¿"El padre Sally?"

"Oh, se me olvidaba. El padre López es uno de los antiguos alumnos de David. Él descubrió el cuerpo y los libros. Él fue atrapado...No sé cómo decir esto, pero él se vio involucrado con una mujer que es una arqueóloga que está trabajando para David. Salieron hace varios días hacia un sitio arqueológico en la mitad de la selva lacandona. David me dio el número de teléfono de un hombre que prometió ayudarlo, él vive en Ocosingo, al otro lado de las montañas. Él salió hoy para ir al lugar de la excavación, pero se requiere al menos un día para llegar allá."

"Cuesta mucho encontrarlo. No hay caminos. Está en la mitad de las montañas y cerca de la reserva Natural de Montes Azules. Él se comprometió a llevarle mi mensaje al padre López. Sally debe regresar y debe arreglar este desorden. ¡Es por su culpa!" Ella golpeó con su mano el volante antes de voltear hacia Yusuf. "Ahora él está ausente teniendo...haciendo...estoy tratando de decir...."

"¿Un sacerdote católico se ha marchado a la selva con una mujer? ¿Cómo está esto relacionado con el cuerpo y los libros, señora Wolf? ¿Qué hace esa mujer...? ¿Por qué dejaría un sacerdote su iglesia y todo para escaparse a la selva? No entiendo."

"Oh, Dios," ella dijo en la exasperación. "Es tan complicado." Ella le volteó a ver. "Adivino que Karen, la mujer, realmente no tiene nada que ver con eso. ¿Ha escuchado usted alguna vez acerca de algo llamado Teología de la Liberación?"

"En realidad, sí. Son cosas interesantes. Eso ha estado aproximadamente desde los años sesenta y tiene antecedentes en la historia de Nicaragua, El Salvador, y otros lugares al sur de aquí. El Papa no le da mucha importancia."

"Adivino que Sally es una de esas personas. Él ha crecido infeliz con su vocación, con la Iglesia y cómo ésta trabajando con los pobres. Creo que él pensaba colgar los hábitos antes de que el asunto con los libros y el cuerpo empezara, pero no sé. No conozco mucho de este asunto." Su voz se desvaneció.

"Apuesto que usted está tan cansada como yo, señora Wolf."

Ella le sonrió, trasnochada. "Sí. Esto ha sido difícil. Seré honesta. No pensé que su llegada fuera una buena idea, pero me alegro que usted esté aquí. Tal vez pueda ayudar a David en cierta forma."

"Haré todo lo que pueda, Alexandra, pero soy un hombre de pocos recursos. Quizá después de que hable con David pueda conocer al inquisidor papal y podría intentar razonar con él. Tengo consideraciones que debo compartir."

Él guardó silencio por un momento. "Usted debe recordar, señora Wolf, que soy musulmán. Algunas veces, somos los menos preciados por los cristianos. Pensando positivamente, Gregory, el sacerdote irlandés de Italia, podría ser más preclaro que muchos de sus colegas. Si no, yo también, conozco a muchas personas, algunos de ellos son influyentes en mi campo de estudio y a la vez ellos conocen personas importantes de la de ellos. Todos estarían muy alarmados e inconformes con el comportamiento del Vaticano.

"Los documentos que David descubrió le pertenecen a todo el mundo. Si son reales, son historia importante y son propiedad de cristianos, musulmanes, judíos, y cualquier otro que quiera estudiarlos. No guardaré silencio al respecto, Alexandra. No sufriré en silencio. La iluminación espiritual ocurrió 500 años atrás. El progreso ha sido lento, pero nunca regresaremos a los días oscuros de la ignorancia."

***

Luis frotó la barba de su mejilla y el mentón antes de pasar sus manos por su grueso pelo negro. Era la una de la mañana y el club en el Camino Real comenzaba a cerrar definitivamente. Se había terminado una botella de brandy Fundador, él se sentía bien. Su condenada hija se había detenido sólo pocas veces para hablarle y él se había sentido ofendido, especialmente cuando vio que ella coqueteaba con un gringo viejo que estaba sentado cerca del escenario. Ella le había guiñado el ojo una vez.

¿Qué diablos significaba eso? Él se preguntó. Él se ve al menos de cincuenta años y tiene el pelo más cano que negro. Llevaba puesta una guayabera con una impresión floral para esconder su considerable barriga y probablemente tenía

147

más pelo en sus nalgas que una alpaca. Era asqueroso. ¿Qué podía ver ella en una persona vieja, molesta, gorda, le gustaría eso? , ¿El dinero?.

El hombre mayor le daba propinas a ella a menudo, encontraba la manera de estar alzando los billetes doblados momentáneamente para acariciar su mano o su brazo antes de que los soltara. Ella no parecía prestar atención, pero a Luis le disgustó mucho. Casi estaba listo para intervenir y sacar al americano, para enseñarle cómo respetar a las mujeres mejicanas cuando Cuca subió al escenario.

Ella cantó dos melodías de Selena que le rompían el corazón y él estaba acongojado. Fortalecido por el alcohol, sus emociones salían a la superficie, sintió que los ojos se le llenaban de lágrimas. Él se sirvió dos dedos más de Fundador en su vaso vacío.

¡Qué talento, qué voz!, pensó él. Ella se parecía bastante a su madre. Ésta era la esencia de la vida, angustia y alegría fusionada en un momento.

Jesús Malverde y La Santa Muerte le entendían. La vida era dura para los pobres y la alegría fugaz. Sólo en los momentos precisos como ése el sufrimiento se convertía en dolor.

La función terminó temprano por la madrugada. Una ebria pareja de casados sentados cerca del bar cantaba acompañando casi cada canción y parecían resistirse a decirle adiós a la noche. Aparte de la pareja, los únicos clientes que quedaban eran Luis y el gringo, quien no mostraba señal de estar borracho.

Luis había decidido que no le gustaba para nada y lo que en realidad no le parecía era la forma en que Cuca le ponía más atención al gabacho y no a su progenitor. Los músicos de la banda comenzaron a hacer el equipaje, enrollar los cordones eléctricos de los amplificadores, las bocinas y guardar sus instrumentos. Cuca bromeó y se rió con ellos, obviamente sintiéndose segura en su compañía. Él levantó su brazo y la llamó por su nombre, pero ella le ignoró.

¡Maldita sea! ¡Basta, ya es suficiente! Soy su mero padre. ¿Qué diablos con esa adulación a ese infeliz sonriendo?

Coléricamente terminando su brandy, estaba pensando en ir a darle unos golpes en la cabeza al gringo varias veces cuando vio al hombre sacar una pluma de su bolsillo y poner por escrito algunos números en una servilleta antes de deslizarlo para Cuca.

Me está cagando, él pensó en estado de perturbación. ¡Él le está dando a ella su número de cuarto, como si mi hija fuera una puta!

Cuca le sonrió al gringo y empezó a caminar hacia la cocina, ignorando completamente a Luis.

Él no podía esperar más. Rápidamente la siguió a la cocina. Ella lo escucharía esta vez, de lo contrario. ¿Qué? La valentía y una conciencia amoral eran sus mejores rasgos, sin claridad de pensamiento. Él podía estar a la altura de cualquier provocación que involucrara a un pistolero o a una mutilación, pero el modo de su hija le dejó sentir inseguridad y en súbito desasosiego.

"Cuca," la llamó. "Espérate un rato. Quiero hablarte de algo. ¡Hija! Espera un momento. Quiero hablarte acerca de algo."

Ella pasó en medio de la cocina, miró por encima de su hombro y se fue hacia la puerta trasera. Él la siguió y la confrontó donde ella encendía un cigarrillo cerca de un contenedor.

"Cuca, ¿por qué te estás metiendo en problemas con ese gringo viejo?"

"Ocúpate de tus propios asuntos, papá. Soy un adulto ahora. Tú necesitas darme mi espacio." Ella inhaló del cigarrillo y le vio con la mirada fija desafiante, apretando la servilleta en su mano.

"Sí, tú lo eres, pero hay todavía algunas cuestiones que no sabes, Cuca. Los hombres como este gringo quieren una sola cosa." Él levantaba sus brazos anchos, con sus palmas hacia arriba, como haciendo plegarias para que lo escuchara.

"Él conoce a personas en Las Vegas, papá. Dice que soy muy buena."

"Sí, eres muy buena, Cuca. Eres la mejor, hija, pero ésta no es la forma de ir a Las Vegas. ¿Por qué no a Cancún o Guadalajara? Tal vez pueda encontrar algo para ti. Conozco personas, también, ¿Tú lo sabes?"

"Papá, mira, te amo. Sé lo que tú haces y sé a quién conoces, pero no me ayudarán a ser nada más que la hija de un sicario del cartel. No puedo hacer lo que tú haces, papá. Tengo sueños." Ella le dio una última jalada al cigarrillo y lo aplastó con su talón. Mirando la servilleta, la tomó, la envolvió, y la lanzó en el contenedor.

"No sé lo que voy a hacer, papá, excepto que no te preocupes por eso. Soy una chica grande ahora." Ella se acercó y lo besó en la mejilla, después se volvió caminando hacia la cocina del hotel, dejándolo confundido y enojado en una neblina alcohólica.

Chingada, él pensó. Los niños son como gatos revoltosos, desobedientes y tercos.

¿Cómo la podía ayudar? ¿Qué debería hacer, tomar otra bebida? ¿La debería seguir y argumentar más? Él sentía la necesidad de hacer algo. Tal vez debía ganársela e insistirle que siguiera sus consejos. Después de todo, él era su padre.

¿Qué podía hacer bien? Él miró hacia arriba, a la luna llena. La neblina de la ciudad iluminada, el humo y la niebla eran como un velo sobre la cara de la prometida. Todavía no tenía un cuarto de hotel. Pensaba dormir allí esa noche, pero sintió la idea algo desagradable.

Estaba un poco retrasado y era peligroso para alguien en su profesión andar por ahí manejando, buscando un hotel, pero entonces él vio la servilleta que ella lanzó, la recogió y leyó el número 456. El gringo que quería tener sexo con su hija estaba en ese cuarto.

Quizá él debería visitar al hombre antes que a Cuca. Luis odiaba a los americanos por su dinero, arrogancia, y actitud superior. Él le había roto la nariz a más de unos cuantos en su vida.

Como Cuca, él aventó la servilleta. Necesitaba otra bebida, quizá un tequila. ¿Había una botella medio llena de Cuervo Oro en la cajuela de su camioneta? No podía recordar. Tal vez él la debería encontrar y tomar una bebida o dos en su coche antes de dejar el Camino Real.

Una imagen de su bellísima hija siendo toscamente manoseada y acariciada por el viejo y arrugado gringo le invadió la mente, inmediatamente buscó sus llaves. Mierda, pensó. ¿Dónde está esa pinche botella?

* * *

El hermano John ponía en su cama, almohadas para recargar su espalda, desnudo cubriéndose con una bata de baño abierta, viendo afanadamente los sitios de porno. Él tomó otro trago de la botella de cerveza Sol, algo que los mormones tenían prohibido era beber, entonces él regresó a la desordenada mesa de noche con una pluma fuente, un cenicero sin uso y el pergamino que había tomado de la gaveta del dormitorio del joven supervisor mormón.

El envase del pergamino rodó para el borde de la mesa. Él lo debería poner donde no fuera dañado o perdido, pero había tenido mucha prisa para llegar a las escaleras después de registrarse. Tal vez lo iba a hacer un momento después de que él entrara a su computadora para revisar un par de sitios. Él trataba de hacer memoria si tenía una suscripción para el sitio web donde salían las chicas latinas. Se sentía bien viendo esos sitios. Él estaba en la mejor disposición de darle dinero a la pequeña y linda cantante del bar si venía a su cuarto, le había dado un plazo de una hora. Su inglés era pesadamente acentuado, pero le entendía bastante bien.

Seguro, él tenía contactos en Las Vegas, en Reno también. Todos eran mormones, sin embargo seguramente no del tipo de personas que ayudarían a Cuca con su carrera. Tal vez él la podría ayudar con algunos dólares para que lo lograra, especialmente si ella le hiciera buen sexo oral. Ella no ganaría mucho trabajando en un club. ¿Cuánto ganaba un mesero o una camarera? ¿Diez dólares al día? Él fácilmente podría duplicar las ganancias de un día si ella viniera a su cuarto.

Él abrió el sitio y revisó atentamente las fotos en la pantalla. Una se veía parecida a Cuca. Ella era chiquita, con pelo largo, una cara bonita y un trasero apretado implorando por ser acariciado. Bajó el volumen para evitar llamar la atención, entonces dio un clic sobre el ícono para iniciar el video. Estaba tan emocionado viendo el video de unas ágiles parejas que casi ignora el golpe suave y ligero en su puerta.

¿"Quién es?"

Nadie contestó. Él volvió a la pantalla de la computadora, entonces oyó otra vez el golpe. Alguien definitivamente tocaba ligeramente a su puerta.

¡Sí! él pensó. Es la cantante, la pequeña puta del bar.

Dejó a un lado la computadora portátil y se levantó, ajustando su bata y viéndose el espejo para estar seguro que su pelo se veía bien antes de caminar a la puerta. Se asomó rápidamente por la mirilla, pero el vestíbulo estaba obscuro. Ya fuera que una bombilla se había fundido o alguien había apagado la luz del pasillo.

Él oyó otro golpecito.

Bienvenida a mi morada muchacha, pensó, sonriendo mientras abría de par en par la puerta.

"Chinga a tu madre, cabrón," balbuceó una sombra malevolente, gigantesca afuera de la puerta. El olor del alcohol estaba fuertemente impregnado en el aliento del hombre, en ese momento él alzó su pistola y disparó tres veces, golpeando el pecho de John y empujándolo de vuelta al cuarto.

El dolor lo atormentaba y John no podía respirar. Intentó hablar para implorar y protestar, pero el hombre moreno entró en el cuarto alumbrado. Él miró a su alrededor una vez, casualmente acariciando los tatuajes en los antebrazos, inmediatamente después recorrió rápidamente la mirada por el vestíbulo.

No había ruido. Contento de que todo estaba bien, regresó al cuarto y colocó el cañón de la pistola en la frente de John.

"Adiós, gringo. Te veré en el infierno." Él le disparó otras dos veces antes de guardarse la automática en los pliegues traseros de su pretina.

Luis miró todo el interior del cuarto otra vez y comenzó a salir, apagando la luz antes de que cerrara la puerta y caminando lentamente bajó hacia el vestíbulo.

Cuando llegó al elevador en lugar de tomarlo, bajó por las escaleras a la izquierda serenamente tres pisos antes de arribar al vestíbulo del primer piso cerca del elevador en el lado derecho.

Él pasó caminando lentamente por enfrente del vestíbulo y salió del hotel. El aire se sentía frío y húmedo de la lluvia que cayó más temprano. La adrenalina corrió a través de su sangre como acero derretido. Aspiró profundamente dos veces para estabilizarse.

Algunas veces un padre tiene que actuar cuidando los mejores intereses de su hija aunque ella no lo quiera. No era fácil ser un padre, pero lo que él hizo, era lo mejor. En ese momento se sintió seguro que la confiada Cuca se lo agradecería algún día.

CAPÍTULO VEINTIUNO

Marcos se dio cuenta que el raro sacerdote tenía una buena cabeza sobre sus hombros. Considerando las circunstancias, él había manejado la difícil situación con coraje y aplomo. No había necesidad de ser machista adoptando una postura exagerada o amenazando. Eran todos adultos y si hubo una parte agraviada en este triángulo torpe, ésa fue Karen. Ella siguió al padre López a la boca de la caverna y mientras era difícil de ver lo que ella pensaba en la oscuridad, su tono no mostraba nada más que la curiosidad.

Después de algunos momentos de una pequeña platica ella se excusó, caminando hacia su tienda de campaña diciendo, "Separaré algunas cosas y organizaré las actividades para mañana."

Marcos no respondió, sabiendo que ella esperaba que él la siguiera, donde podrían conversar privadamente. Él sospechaba que sus noticias no serían más que una sorpresa que lo que las de ella hubieran sido para él, pero todavía necesitaba decirse. Él esperó un minuto o dos, entonces respiró profundamente y se excusó.

Usando una linterna de mano, cuidadosamente caminó entre edificaciones desplazadas y a través del equipo y escombros esparcidos. Él supo dónde estaba ubicada su tienda de campaña, afuera de una madriguera de cobertizos y tiendas para alojar a los hombres, herramientas y equipo arqueológico. La luz de la lámpara brevemente iluminó barriles vacíos de combustible, lonas, mesas, un baño y otros artículos reunidos durante los años de trabajar en el valle, en el complejo de la cueva.

El aire de la noche olía a humo de madera, en tanto que líquenes empapados cubrían la roca caliza agarrados de los lados y el borde del pequeño cenote al sur del campamento. Los rayos amenazantes veteados con relámpagos danzantes se movían sobre las tierras altas al occidente, golpeando con una ocasional brisa enérgica cargada de humedad que prometía sanear el aire. Llovería pronto y era mejor hablar con Karen tan rápido como fuera posible.

Balám le había dicho a Marcos que fuera al sitio de la excavación y que pusiera en orden su asunto confuso con la arqueóloga gringa e insistiera para que el sacerdote llegara a Taniperlas para conocer al Hombre Hueso en persona. Esto no era una opción. El sacerdote vendría, voluntariamente o no.

Marcos estimó que tomaba un día entero. Perderían al menos cuatro horas poniéndose de acuerdo en la selva, después muchas más en las Kawasakis de cuatro ruedas antes de llegar a Calvario, donde pasarían la noche antes de conocer a su padre en Taniperlas al día siguiente.

Había más. El Hombre Hueso le había dicho a su hijo que averiguara todo lo que él pudiera acerca del padre López, sus creencias, su familia, sus intenciones con respecto a la Iglesia católica, y si él estaba comprometido y era capaz de resistir la adversidad. ¿Era un líder? ¿Estaría dispuesto a vivir como un paria de la sociedad por sus creencias?

Luego de casi diez años de exigirle mucho y en su mayor parte de ingratos esfuerzos, Marcos deseaba que su padre le presentara el cuadro completo para él saber lo que se jugaba y lo que estaba en peligro. Sin embargo el viejo curandero permanecía tan enigmático como siempre, al dar instrucciones y esperar obediencia absoluta de aquéllos que estaban a su alrededor. Marcos tenía la pequeña duda que los hombres designados para acompañarlo en dicha misión; por orden del viejo chamán, eran sólo para confirmarle lo qué Marcos había dicho y cómo él había cumplido con sus deberes.

Se perdía tiempo, el doctor Wolf permanecía en la cárcel. Cómo Balám creía que podría ayudar al profesor era un misterio para Marcos, pero él era un buen soldado y los zapatistas más viejos en los pueblos y su padre en particular, habían hecho un buen trabajo al manejar las situaciones difíciles y los complicados acuerdos para conducir una guerra de medio tiempo con el estado de Méjico, mientras plantaban y cosechaban sus cultivos.

***

"Va a llover, Marcos," Karen le dijo sin mirarle, él estaba parado silenciosamente a su lado, organizando sus pensamientos. "Mira el relámpago. Trae bastante energía esa tormenta."

Ella le esperaba fuera de su tienda de campaña. No lo quería adentro. Estaba sentada en la orilla de la hamaca atada con una cuerda entre dos árboles. Ella no sentía urgencia para darle explicaciones a Salvador o discutir, sino todo lo contrario. Marcos siempre llegó y salió de golpe, el hombre se movía a capricho de sus superiores y a merced de un impredecible conflicto que en un corto tiempo probablemente no se ganaría, que más bien era importante simbólicamente para los indígenas mayas. Ella sabía que él era perseguido por una bandada de mujeres jóvenes zapatistas y él se había acostado con algunas en los muchos años desde que ella se había juntado con él. Ella decidió dejarle llevar la delantera. Quizá él le mostraría algo de madurez que hiciera la situación más fácil para los dos.

"Karen, Balám me envió a..."

"¿Estás aquí porque él te envió?" Ella menospreciaba a su padre. Su experiencia desde hacía diez años, cuando ella vino a Méjico tratando de encontrar los libros perdidos de los mayas, habían sido secuestrados, casi violados y golpeados por tropas de gobierno que estaban moviendo drogas a través de Chiapas, continuamente la exasperaba el viejo indígena que la hizo encanecer. Él había sido rudo, condescendiente y categóricamente extraño. Ella no creía que el pudiera ser uno de los cerebros detrás de la rebelión zapatista.

"Vine…a decirte que me voy a casar. Balám quiere que tu nuevo amigo, este sacerdote, lo conozca en Taniperlas."

Un chorro de adrenalina le hizo a ella levantarse y querer insultar o desafiar a Marcos.

El silencio quedó suspendido como los truenos distantes. Karen miró de lado, viendo la silueta de su antiguo amante iluminada por detrás, por la hoguera distante. Aunque estaba cansada por el viaje del día y relajada por el tiempo que había pasado en la caverna con Sally, estaba sorprendida por sus emociones en conflicto. ¿Debería sentirse ella aliviada de que Marcos ya no iba a ser un problema?

"Yo… no sé qué decir. Es una sorpresa, creo. No pensé que tú fueras del tipo que se casa."

"No quiero lastimarte, Karen. Me he encontrado, conozco a una mujer en Lacanjá desde hace muchos años. Estoy enamorado de ella y he decidido casarme."

Karen se sintió insultada. "Le deseo suerte a ella."

¿"Qué quiere decir eso?"

"Quiere decir que tú eres como la mayoría de los hombres. Tú siempre has seguido tu palo hasta el siguiente agujero y todo para alimentar tu ego. ¿Ella tiene idea de lo que a ti realmente te gusta?"

Ya encolerizado, respondió: "Mantén mi pene fuera de esto. Esperé que pudiéramos hablar sin pelear. No vine aquí para…."

"Estos son realmente cosas de apariencia frívola, ¿Lo sabes?"

¿"Qué?"

"El pene de un hombre. Es netamente absurdo el pensar que es la base psicológica de un hombre."

"Karen, ¿qué demonios? ¿Por qué dices…?"

"Sal, Marcos." Ella se levantó de la hamaca y lo afrontó. "Tú puedes pasar la noche aquí, pero te quiero lejos en la mañana. Si Sally se va contigo será decisión de él. No te dejaré obligarlo. Estoy cansada de tu intriga zapatista. Eres un mujeriego que se aparece después de mucho tiempo simplemente para tener sexo antes de dirigirse a otra guerra o a la cama de otra mujer."

"No quería terminar con esto así, Karen, pero tú…."

¡"Casándote!" Ella dando media vuelta se marchó en la oscuridad. En pocos momentos, su respiración volvió a la normalidad. Dios mío, pensó. ¿Quién puede entender a los hombres? Estas cosas siempre terminan de mal manera, ¿No piensan así ellos?

Ella se limpió las lágrimas de sus ojos. Primero las malas noticias, después jugando a ser culpable, seguido de los insultos y las recriminaciones. Ella ya no lo quería, pero todavía la hacía llorar y pensaba llevarse a Sally. También sabía que él iría.

Algunas veces, ella hubiera deseado ser tan dura e indiferente como un hombre. Su vida se había convertido en un enredo. Estaba en medio de la selva lacandona, un lugar que pocas personas sabían que existía, habiendo terminado una relación con un guerrillero zapatista y a punto de perder otra con un sacerdote renegado. Con ningún hombre tenía un futuro.

Suspirando, ella lo bloqueó, metiendo el problema en el fondo de su mente, comenzó a observar la tormenta que se movía a través de las montañas y en la profundidad del valle. Las fuertes rachas de viento despertaron la cubierta del bosque de su somnolencia. La lluvia le rociaba, pero ella no entró. Cuando la lluvia fuerte llegó, ella la resistió, retando al relámpago a tronar y al viento a desafiarla.

El sonido de hombres alborotados huyendo del aguacero llamó su atención y ella empezó a observarlos dispersarse de la fogata del campamento hacia sus tiendas de campaña. Uno se acercó, con un caminar ligeramente encorvado y sujetando algo encima de su cabeza para taparse de la lluvia. Su modo de andar reveló a Salvador moviéndose rápidamente a su lado.

¿"Por qué estás afuera en la lluvia, Karen? ¿Estás bien?"

Con su cabeza volteada hacia atrás para que pudiera recibir la lluvia en su cara. "Estoy sucia, Sally. Me estoy quitando el polvo."

¿"Qué polvo? ¿Quieres decir de la caverna? ¿Por qué no entras?"

La lluvia se volvió más pesada, impulsada por ráfagas serpenteantes. El relámpago seccionó el cielo y el trueno retumbó con eco a través de los picos de la montaña de la sierra cubierta de selva. Karen volteó su cara hacia él y quitándose un mechón de pelo y poniéndolo atrás de su oreja, le dijo. "Sally, ¿me abrazarías para hacerme sentir mejor?"

"Siempre."

"Bien. No me siento muy deseada en este momento y algo me dice que te irás muy pronto."

* * *

Después de que Karen y Salvador hicieron el amor en su tienda de campaña durante la tormenta, yacían sosegadamente entrelazados en los brazos de uno y otro. Su encuentro había sido diferente. Había sido intenso pero distante, llenó de melancolía. Cada uno sintió que algo terminaba y esas ocasiones siempre eran tristes. No había enojo o recriminaciones, simplemente aceptación de lo inevitable.

Karen se soltó de sus brazos y se volvió contra su lado, hacia afuera. Él suavemente resbaló el dedo índice desde cuello hasta el final de la columna vertebral, entonces suavemente posó la mano alrededor del glúteo mediano.

"No lo hagas," le dijo ella.

"Me importas mucho, Karen."

"Necesitamos terminar con esto, Sally. No puedes quedarte aquí. No surtirá efecto."

¿"Dijo algo Marcos?"

"Terminémoslo. Debes de trabajar con tu vida cualquiera que esta sea. Tú tienes que irte con Marcos en la mañana."

Las ráfagas de viento que acompañaban a la tormenta se convirtieron en una brisa suave de aire fresco, cargado de humedad que flotó dentro del ambiente de la tienda de campaña. Cuando Sally consideraba qué hacer, oyó que ya arriba el bosque se despertaba. Primero, un zumbido de la cigarra y en ese momento las otras le respondieron en sonoro chicharreo. El grito distante de un mono aullador en la cubierta vegetal un poco más abajo, hizo eco a través del valle. La selva era un vecindario de antiguos inquilinos, cada uno en su nido y propia morada.

Él se sentía fuera de sitio, su vida entera sin concordancia. Estaba en un predicamento y él no quería lastimar a Karen, pero no tenía en lo absoluto experiencia con esa clase de cosas. Se levantó, mirando alrededor en la penumbra.

"Voy a vestirme y a ver como se ve el campamento por la noche," le dijo.

Ella no contestó. Él se vistió en la oscuridad, casi cayéndose cuando se tropezó con el borde de un petate.

"Cuidado." Ella cayó rodando frente a su cara antes de abrigarse con un chal delgado de algodón. "Sé cauteloso. Los caminos están resbalosos. Toma una linterna. Si quieres hablar con alguien, estoy segura que con Marcos te acomodarás. El hombre nunca duerme."

CAPÍTULO VEINTIDÓS

Si bien la rectoría en la diócesis en Tuxtla era realmente muy cómoda, el padre Gregory durmió inquieto antes de levantarse temprano para ayudar con la misa de la seis. El obispo había hecho un esfuerzo extraordinario para asegurarse que su invitado fuera bien atendido y que tuviese acceso a un teléfono y una computadora. El religioso del Vaticano quedó impresionado. El contar fácilmente con un enlace para la conexión de internet no era algo que él hubiera esperado encontrar en la diócesis.

El obispo les estaba explicando que también construían torres de microondas en las montañas y que Tuxtla Gutiérrez pronto tendría lo que se necesitaba para los teléfonos celulares nuevos, tan así que darían la apariencia de estar en los Estados Unidos y Europa. El obispo había oído que los teléfonos eran caros y a menudo se perdía la conexión. Él no podía imaginar por qué alguien querría tener uno.

El padre Gregory sonrió sin contestar. Amaba las nuevas tecnologías y había traído su teléfono celular a Méjico. Desafortunadamente, los sistemas europeos eran incompatibles con los mejicanos.

El inquisidor papal descansaba sobre un sofá grande, acolchonado y tomaba fuerte café chiapaneco. A él le había gustado el cuarto. Las pinturas eran copias muy conocidas de originales colgados en las paredes del museo del Vaticano. Las pintorescas cortinas estaban abiertas, y un sol en ebullición brillaba a través de las persianas en las paredes del lado este. Las motas de polvo se deslizaron a través de los barrotes con la luz del sol. Aunque un mosquitero estaba en el lugar, la puerta de vidrio corrediza estaba abierta al patio con piso de mármol para permitir que el aire fresco entrara en la casa. Las aves fastidiaban continuamente y chirriaban cuando chapoteaban con sus alas alrededor del agua de la fuente central, salpicándose y limpiándose ellas mismas. La buganvilia se volvía aún más brillante cuando el sol la alumbraba directamente desde arriba, calentando y dibujando los brotes florecientes de rojo y el púrpura que parecían abrir más ancho y desplegaban expansivos ramilletes.

El padre Gregory se sentía a gusto, como parte de una Iglesia que había cambiado poco desde el Vaticano II y antes de eso virtualmente en nada. Sin embargo, la gente común a quien servía había cambiado en gran medida. Europa, que una vez había sido el centro de la Iglesia y fuente de sus recursos, perdió importancia. Italia y muchos de sus vecinos eran católicos tan sólo de nombre y muchos de los ciudadanos no asistían a misa. Italia estaba en cero en crecimiento demográfico y si no fuera por la inmigración de las naciones musulmanas pobres su población estaría disminuyendo.

Mucho de Europa reflejaba la situación de Italia. La revolución de la nueva economía global y de las comunicaciones sofisticadas cambió el mundo en sólo algunos años.

El crecimiento de la Iglesia católica, sin embargo, estaba entre los pobres en países de bajos ingresos en todo el mundo. En 1800, había un estimado de un billón de personas en el planeta. Actualmente es de siete billones. El islamismo aglutinó a la mayor parte de Indonesia, acapara 230 millones de almas. Los musulmanes controlaron toda África del Norte, partes del oeste y África Oriental, dejando a los católicos y a los protestantes en una carrera para dividirse el resto, lo cual era incuestionablemente el continente más pobre en la Tierra.

La mayor parte de Sudamérica y Méjico habían sido católicos desde la conquista 500 años atrás, pero las diversas sectas protestantes, especialmente la Asamblea de Dios, los Adventistas del Séptimo Día y los mormones ganaron a los conversos en el patio trasero de la Iglesia en áreas que también acertaron a ser una cierta cantidad de lo más pobre, la mayoría de regiones afectadas por la pobreza del Nuevo Mundo.

Con la pobreza extrema vinieron credulidad e ignorancia. La religión por mucho tiempo había sido el bálsamo de los pobres, porque creaba esperanza y le daba un propósito a las vidas desesperadas. Los milagros proliferaron. Era sumamente importante que en la casa los valores se fundaran en enseñanzas válidas de la Iglesia y milagros verificados. El trabajo del padre Gregory era importante.

Aunque él llevaba en Méjico sólo cinco días, ya se sentía nostálgico por las calles limpias y las campanas sonoras de las muchas iglesias viejas adentro y alrededor de la ciudad del Vaticano y Roma. El día anterior había sido realmente oneroso. El padre Sánchez de la diócesis de Tuxtla y el inspector Leyeva le habían acompañado para facilitar sus investigaciones. Méjico era un país interesante. Como la mayoría de países del tercer mundo, los dignatarios visitantes, tenían la responsabilidad de reportar todo lo que hicieran y dijeran a un superior. Él se admiró del número de personas interesadas en sus actividades. ¿Era sólo un camino para ganar unos cuantos dólares en un país de personas amargamente pobres?

Hasta ahora, la investigación parecía difícil e improductiva. El sacerdote extraviado, el padre Salvador López, había reportado al padre Sánchez que había visto misioneros mormónicos en el sitio de las ruinas de la iglesia algunas veces. Quizá ellos supieran algo acerca del cuerpo perdido. Una llamada al templo mormón no había aclarado nada. Los directivos aseguraban que no tenían conocimiento de que alguien hubiera visitado la tumba.

Sin informar a nadie de sus intenciones, el padre Sánchez, el inspector Leyeva y el padre Gregory fueron a la misión mormona para revisarla ellos mismos. En el lugar había un gran alboroto. El director de la misión y otro joven estaban perdidos. Un anciano de la Iglesia llamado John había venido para asegurarles que todo estaba bien. Él había prometido enviar a otra persona del personal para hacerse cargo de la casa y organizar las actividades, en un plazo de una semana después de que él regresara a Salt Lake City.

Después de obtener una descripción del hermano John, el inspector Leyeva estaba seguro que era el hombre que había interrogado dos días antes con relación a una muerte, un cuerpo en estado de descomposición que había sido atacado por un animal salvaje. Había más por aclarar de esta situación. Él le había advertido al hombre que no saliera del área hasta que no concluyera la investigación. El anciano no tenía un buen argumento de por qué un miembro de su personal llevaba una pistola en Méjico, ni él una buena razón para su viaje a Chiapas.

Después de hallársele en entredicho, el anciano inmediatamente regresó a Tuxtla, pagó la cuenta al salir de su hotel, y desapareció. ¿Él había huido del país? Nadie, incluyendo las autoridades mormonas del área, había llamado para reclamar el cuerpo. ¿Sabía la familia del joven en los Estados Unidos que él estaba muerto? Era una conducta sospechosa, ¿pero tenía algo que ver con la búsqueda del padre Gregory?

El mentiroso sabelotodo del profesor Wolf permanecía en la cárcel de San Cristóbal. Primero Dios, él vería la vida desde una perspectiva diferente y pondría en orden su mente para ser más cooperador. Aunque él era un arqueólogo muy respetado en Méjico, en la mente del padre Gregory, el hombre no era más que un saqueador de tumbas. David Wolf se había apropiado ilícitamente de los libros y había mentido sobre la cantidad que tenía. Él indudablemente sabia más acerca del cuerpo perdido que lo que decía. Aun si él no supiera adónde había ido a parar el cuerpo, sus contactos lo deberían saber.

Era infortunado que este asunto se llevara tanto tiempo y que el padre Gregory imaginara que el cadáver era más que probable que estuviera hinchado y apestando para entonces. Muy probablemente, ya había sido sepultado. Sin embargo, él debía completar con su misión. La razón principal para venir a Méjico era investigar al ser misterioso. Encontrar los antiguos manuscritos conjuntamente con el cuerpo conservado, eran las cosas que él había venido a investigar. El hecho que David Wolf ya había usado a sus contactos que le habían traducido varios de los libros era alarmante y las traducciones eran impactantes.

Peligraba mucho. El padre Gregory se debía movilizar rápidamente para proteger a la Iglesia de algo semejante a un ataque fraudulento. Él debía asegurar las propiedades de la Iglesia. Los mormones, los académicos y el arqueólogo deberían hacerse a un lado, porque Gregory tenía el compromiso de llevarse todo al Vaticano.

El cuñado de David Wolf, un diplomático menor, presionaba fuerte para lograr la liberación de David. El sacerdote no sabía cuánto tiempo más las autoridades en Guadalajara estarían dispuestas a mantener al profesor encarcelado. El tiempo se estaba acabando. Él no tenía la intención de presentar cargos ante la justicia. El pesquisidor papal le haría una visita ese día. El padre Gregory necesitaba que algo bueno ocurriera. Debía tener un descanso en la investigación detenida que lo condujera a los demás libros y al cuerpo.

Él también debía convencer al inspector Leyeva para que hiciera correr la voz entre los pelafustanes y los chivatos que él indudablemente sabía que el padre Gregory pagaría bien por información que lo condujera al cuerpo.

El ama de llaves, tocando dos veces, abrió la puerta de la sala de estudio. "El inspector Leyeva está aquí para verle, padre."

"Gracias, María. Páselo adentro." Él miro su reloj. El hombre llegaba cuarenta y cinco minutos antes y se preguntó si algo nuevo había ocurrido.

Dio otra ojeada hacia afuera viendo las aves, terminó su café y se levantó para saludar a su asistente. Leyeva apareció en la entrada llevando un paraguas y un pequeño portafolio.

"Entre, inspector. Aún no estoy realmente listo. El desayuno estará servido en media hora. ¿Nos acompañará usted?"

"Lo siento llego muy temprano. Francamente, no he dormido toda la noche. Tengo noticias y hay algo que estoy seguro que a usted le gustará."

El padre Gregory quedó estupefacto por la apariencia desarreglada del hombre. Su cara se había deformado por la fatiga y las patas de gallo resaltaban en las esquinas de sus ojos. "¿Tenemos noticias? ¿Buenas noticias?"

"Y algo que a usted le gustará." Sosteniendo en alto un pergamino manuscrito exactamente como los demás.

El sacerdote atrapó el aliento e hizo la señal de la cruz, mientras una sonrisa se extendía a través de su cara. "Alabado sea el Señor. ¿Dónde encontró usted eso, mi buen hombre?" Caminó hacia adelante para tomar el pergamino.

"Nuestro amigo perdido, el mormón John de la Universidad Brigham Young, lo tenía en su cuarto del hotel."

El padre Gregory revisó el cilindro y vio que el sello de lacre estaba despegado eso quería decir que el pergamino ya había sido abierto. Esperaba que el contenido no estuviese dañado. El Señor provee, pensó.

Había sido sin duda la mano de Dios, que lo guiaba a terminar exitosamente este asunto, él quería ver los escritos y el cuerpo de regreso a su iglesia en Roma.

"Usted tiene demasiados recursos, inspector. Sabía que usted lo encontraría. Tengo bastantes preguntas para él ahora. Él obviamente mentía, estaba metido en este asunto hasta el cuello. El otro joven mormón que había sido atacado por un animal seguramente estaba trabajando para el hombre. El hermano John me dirá la verdad esta vez, o le encerraré en la cárcel también."

"Eso será imposible."

"¿Cómo es eso?" Haciendo una pausa, él contempló la cara de Leyeva.

"Él está muerto, fue asesinado en su cuarto del hotel anoche. Recibió varios disparos en el pecho y la cabeza. Es lo extraño, padre. Es claro que no fue para robarle. El pergamino estaba en una mesa de noche al lado de la cama. Él no se comportaba como un mormón por la forma como se encontraba. Estaba viendo pornografía en su computadora y se reportó que estuvo bebiendo alcohol en el bar anoche."

"¿Asesinado? ¿Por qué? Si él no fue asaltado y no querían este pergamino," lo agitó para enfatizar, ¿"entonces por qué?"

"Esa es la incógnita, al menos por ahora, padre." Él miró alrededor del cuarto como si estuviera fuera de sitio en el centro de operaciones de la diócesis. "Bonito lugar." Caminó para mirar el patio a través de la puerta del mosquitero.

Iluminado por la luz del sol por detrás, el hombre se veía sumamente fatigado. Había estado sin dormir toda la noche y el padre Gregory tendría trabajo que hacer ese día. ¿El inspector lo había planeado?

El ama de llaves apareció por la puerta con un termo de café y dos tazas grandes. "¿Se quedará el señor para él desayuno, padre?"

"Sí. Comeremos en el patio, por favor, María." Él recorrió con la mirada al inspector por si él no aceptaba. En lugar de eso, él sonrió.

"María, nos iremos inmediatamente después," añadió. "Si el obispo no ha regresado de su reunión, por favor dígale que me fui a San Cristóbal. Que lo veré esta tarde."

El ama de llaves corrió a la cocina y el padre Gregory y el inspector Leyeva se dirigieron al patio. Se sentaron a la sombra debajo de la alcoba en el ala este, tomaban café mientras observaban a los pájaros aletear y alborotarse continuamente en la alberquilla.

"Estamos progresando padre Gregory." El detective miró las aves antes de voltear a ver el aguacatal excesivamente cargado de fruta y los árboles de limón en el otro lado.

"Sí, gracias a sus esfuerzos y su dedicación para esta investigación, inspector. No soy positivo, pero pienso que nuestro pequeño ruiseñor ateo en San Cristóbal estará listo para cantarnos una canción hoy." Él alzó su taza como haciendo honor y el inspector lo imitó.

"Obra de Dios, inspector."

"Obra de Dios, padre Gregory."

CAPÍTULO VEINTITRÉS

El doctor Bin Saud observaba con irritación como el guardia en la cárcel de San Cristóbal revisaba su portafolio. Éste hizo un gesto de disgusto al ver que los documentos que revisaba estaban en idiomas extranjeros, inglés y árabe y torció la boca como indeciso. Alexandra acompañaba a Yusuf en su representación para traducirle, sabiendo que él no tendría posibilidad de visitar a David sin su intervención.

"Son simplemente algunas cosas académicas," le dijo ella, "traducciones de escritos de mi marido. No vamos a meter a escondidas armas o dinero. El doctor Bin Saud es de la Universidad de Beirut y necesita consultar a mi marido acerca de un libro que ellos están traduciendo. ¿Sería eso un problema?"

El guardia continuaba con el gesto de disgusto, mirando primero la pila de escritos que no podía leer después a los dos visitantes. Cuando la mandíbula del hombre se relajó, Alexandra le dijo, "Un momento, señor." Ella colocó su bolso en la superficie de la mesa. "Pienso que tu esposa me pidió que te diera esta lista, para que pudieras pasar a recoger las cosas antes de que regresaras a casa esta noche."

Ella le dio un sobre en blanco de un montón que estaban sujetos con una liga elástica. Él rápidamente lo dobló y lo guardó en el bolsillo de su pantalón.

"Por supuesto. Gracias, señora. Ella prometió darme la lista antes de salir esta mañana."

Le regresó al doctor Bin Saud el contenido del portafolios. El académico miró a Alexandra enseguida al guardia, consciente de haber presenciado un acto de soborno que había sido ofrecido y aceptado en una transacción que marchó sobre ruedas y sin discusión de una previa negociación. Le sonrió a ella agradecidamente. Cosas así ocurrían a menudo en su país. Era importante aprender las costumbres de la nación que visitaba, así él no ofendería a nadie ni terminaría en la cárcel ya fuera como residente o como visitante.

Alexandra instruyó a Yusuf para que le dijera a David que ella regresaría a visitarlo por la tarde. Que le traería ropa interior limpia y una camisa y que él debería mantener su higiene personal. Ella se despidió y empujó enérgicamente las puertas giratorias de la cárcel de San Cristóbal.

Ella pensaba ir al consulado para ver a Joaquín. Tenía más preguntas que hacerle y posiblemente un plan y no quería esperar que fuera más tarde. Acababa de arrancar su coche y se hizo a un lado de la curva sobre la cuneta al acordarse de que se le había olvidado el sobre que el viejo indígena, a quien David llamaba el Hombre Hueso, le había dado temprano esa mañana.

Ella no sabía qué pensar acerca del viejo curandero. David se divertía y disgustaba con él alternativamente. Últimamente, él estaba molesto, porque creía que el viejo hombre había dejado que los grupos de paramilitares en el área del sitio de la caverna Xibalbá interfirieran en sus operaciones. El Hombre Hueso parecía impacientarse e irritarse con las mujeres, sin embargo ella podía distinguir que él intentaba ser amable con ella.

Él había sido muy categórico para que le entregara el mensaje a David, pero lo había dejado en la mesa de la cocina cuando agarraba las llaves del carro y su bolso. Ella realmente no quería molestar a David con intrigas zapatistas o asuntos de la excavación, pero se había comprometido.

Vio el reloj del tablero. Se hacían solo cinco minutos por la autopista de regreso a su rancho y Joaquín probablemente no llegaría hasta las diez. Ella dio vuelta a la izquierda, regresando al área del zócalo y conduciendo a través de estrechas calles empedradas, con banquetas altas y edificios enyesados.

Llegó a la autopista en unos minutos, conduciendo al norte hacia el rancho. Ella verdaderamente necesitaba organizarse. El asunto de David y la Iglesia era muy estresante. Se estaba volviendo olvidadiza y posponiendo todo, lo cual no era una de sus características.

* * *

Yusuf fue directamente a los cuartos interiores de la cárcel. Las oficinas administrativas enfrente estaban limpias y bien acondicionadas. El olor era mejor de lo que él esperaba en una cárcel. En su país olía a sudor, vómito, comida podrida, tabaco, café cargado, y condimentos orientales. Él metió firmemente su portafolio debajo del brazo y se permitió ser guiado a través de un pasillo y un elevador en las entrañas de la desesperación, donde los enemigos del estado y su amigo David estaban sentados, desalentados contemplando su sufrimiento.

* * *

David estaba sentado sobre el borde de su litera en medio de una emanación que enfermaba los sentidos, olores de vómito limpiado y el humo de cigarrillos. Otros dos prisioneros ocupaban la celda del mismo bloque, uno un ladronzuelo y el otro un borracho. Una pequeña mesa para David y unos estantes clavados en la pared, le hacían como señas, pero él no estaba de humor para escribir. Un gabinete de acero inoxidable y un fregadero estaban pegados firmemente en la pared y al piso de concreto al final de la celda. Un cubo de agua estaba lleno para él cada mañana para guardarlo adentro del gabinete para limpiar el inodoro.

Es conveniente tener el fregadero tan cerca del excusado, él supuso, especialmente si estuviera enfermo. Podría defecar y vomitar simultáneamente. A juzgar por el olor, las gentes ya lo habían hecho.

Si alguien le hubiera dicho que tendría que estar en la cárcel hasta que tuviera sesenta años, él se habría reído. Era difícil concentrarse en cualquier cosa. Un asunto no resuelto después de otro le daban vueltas a su conciencia, exigiendo su atención.

¿Cuándo vendrá Alexandra? ¿Yusuf Bin Saud llegaría bien? ¿Joaquín encontraría la manera de sacarme de aquí? ¿Llamaría Alexandra a Ocosingo? Si es así, ¿cuánto tiempo tardaran en regresar Karen y Sally? Salvador se fue de las ruinas conmigo y regresó a San Cristóbal, donde pasó la semana con Karen. ¿Sabrán ellos algo acerca del misterioso cuerpo? ¿Quién robaría el cuerpo y el ataúd y por qué?

El padre Gregory realmente le molestaba. Él estaba acostumbrado a salirse con la suya y tenía recursos mucho más allá de cualquier cosa que David hubiera experimentado antes. Él afirmaba ser un arqueólogo, pero trabajaba para un sistema religioso que David veía sólo como para servirle al rico y poderoso. Como un científico agnóstico David rechazaba las creencias ridículamente mágicas que tomaban la fe como un acercamiento para aprovecharse de la gente y rutinariamente controlar el curso de su vida con la religión como su sistema operativo. Para él, las religiones le sirvieron al estado para acallar la pobreza y el sufrimiento justificando el estado en que se encuentran los ricos y poderosos. La religión les dijo a las personas cómo llegaron a la tierra, lo que deberían hacer mientras estuvieran allí y lo que sucedería después de la muerte. Los sistemas religiosos eran lo suficientemente ambiguos para todo el mundo y crearon las expectativas de comportamiento y creencia, en una sociedad que abarcaba el tiempo o la alta tecnología y los altos ingresos de los países del mundo. Todos los antropólogos sabían eso, excepto el padre Gregory.

David tuvo la posibilidad de rescatar uno de los libros que Alexandra le había dejado el día anterior, pero en lugar de eso caminó para la puerta de la celda y se agarró firmemente a los barrotes. Estar detrás de estos quería decir una cosa, sería clasificado como un pervertido, un infractor de la ley y sería eliminado de la tendencia prevaleciente para proteger al resto de la sociedad.

Dios mío, pensó.

Tales perspectivas eran más significativas cuando él experimentaba la realidad visceral de primera mano.

Una llave sonó en la puerta de la celda del bloque y la chapa dio vuelta. Allí, con un portafolio debajo del brazo, estaba su amigo, Yusuf Bin Saud, el hombre a quien él había enviado los manuscritos por fax a Líbano. David deslizó su brazo a través de los barrotes y le ofreció una mano débil al saludar.

"Bienvenido a San Cristóbal de Las Casas, Yusuf. Lo siento, pero éste no es el Sheraton en Washington, DC, mi amigo."

Yusuf escuchó cuidadosamente el relato de su amigo de infortunio, tomaba notas de la secuencia de los acontecimientos que lo habían conducido a su encarcelamiento como David le explicaba. Aunque el estudioso libanés estaba tentado a hacer algunas preguntas, controlaba su lengua para comprender mejor las circunstancias. David estaba enfocado en salir de la cárcel. A corto plazo y por el momento solo la recuperación de los extraviados libros y el cuerpo sería suficiente.

La historia de David era increíble, un cuerpo sin descomponerse, un féretro con una serpiente emplumada enrollada y los glifos en la pared de la cripta en una iglesia católica la cual se había construido hacía 400 años. Sonaba como a una ficción romántica, pero el doctor Bin Saud no escribía ficción. Más que cualquier cosa, él quería ver los objetos que habían causado tanto problema. Qué tal si, contra todo pronóstico, ¿eran auténticos y verificables?

"David, ¿podríamos hablar de los escritos que usted me envió por fax?"

"No los tengo. El padre Gregory los tomó. Imagino que están ya en camino hacia Roma a esta hora. Es una lástima que usted haya venido de tan lejos por nada."

"Sí usted lo dice." Yusuf se sintió traicionado por las circunstancias. Lo que era una probabilidad en toda una vida para participar en el descubrimiento de un material inverosímil de tal importancia, y extraordinario para la civilización occidental parecía ir desapareciendo abajo de una guarida Vaticana. Aunque el Vaticano ocasionalmente dejaba a los estudiosos consultar algunos de sus primeros documentos habían reservado muchos para sus propios estudios. Sus contenidos eran desconocidos para los eruditos y nunca estuvieron disponibles al dominio general.

David parecía contento de permitir que el tema de los libros muriera, pero Yusuf se rehusó. Posiblemente si él pudiese asociar el asunto de los libros a la liberación de su amigo de la cárcel...

"David, ¿no ha pensado usted alguna forma de negociar su liberación?"

La cabeza del profesor giró hacia arriba. "¿Cómo es eso? ¿Negociar con qué? ¿Qué trata usted de decir?"

"Saber es poder, David. No pueden sacar de su mente lo que usted sabe después del descubrimiento en la tumba. Tengo copias de las traducciones que hice de los tres libros que usted envió. Las traducciones originales están guardadas en una bóveda de seguridad de documentos en la Universidad Americana en Beirut. Si bien son sólo fotos, serán examinadas y publicadas. También se divulgará que son sólo algunos artículos de un tesoro descubierto del que se apropió la Iglesia católica con la complicidad del gobierno mejicano. La demanda para su liberación y para contar con más información será insistente y muy duradera. Usted puede ser la pieza principal en este asunto si usted juega correctamente sus cartas."

"¿Cómo las debería jugar, Yusuf?" Él estiró sus anchos brazos. "Nuestro sistema de justicia en Méjico es muy viejo y es también conocido como Código Napoleónico. Soy culpable hasta que compruebe mi inocencia. Tengo muy pocos derechos, mi amigo."

"De cualquier forma, este descubrimiento y su situación son simplemente el comienzo de lo que podría convertirse en una larga e interesante historia, pero usted tiene que asegurarse de que conoce la historia completa."

"¿Los libros? Todo lo que podemos saber es lo que usted tradujo."

"Podríamos adivinar y conjeturar basados en lo que tenemos."

"¿Qué ocurriría si fuera un fraude?"

"Eso, también se convertiría en una gran historia y el Vaticano se ganaría el rechazo por su respuesta autoritaria."

David se rascó el mentón por sus dos días de crecimiento de la barba y encogió los hombros. "No es mucho, pero usted podría estar en lo correcto. Este asunto está lejos de haberse acabado. Está bien. ¿Cuál es la historia? ¿Qué puede suponer usted qué tenemos?"

Dr. Bin Saud cruzó los brazos en su pecho. "¿Usted está familiarizado con los primeros días de la cristiandad, la dificultad de formar a la Iglesia y el problema con las herejías?"

"Más o menos. Probablemente más que el promedio que anda caminando por la calle. Son cosas fascinantes."

Efectivamente. Lo que es verdaderamente fascinante es lo que no sabemos. La mayor parte del período de cien años después de la crucifixión de Jesús es un misterio. La destrucción romana de Jerusalén en el año 70 después de Cristo está bien documentada, pero igualmente también durante ese tiempo es que muchas de estas tradiciones diferentes de cristiandad surgieron alrededor del Mediterráneo."

"¿Los agnósticos?"

"Junto con los ebionitas y marcionistas. Hubo muchos, David. Uno de los documentos que usted recobró da la apariencia de ser un escrito del primer siglo del Evangelio Agnóstico de Tomás. Está todavía escrito en arameo, el lenguaje de Palestina al momento de Jesús. Si no es un fraude, se probará que probablemente es la copia más vieja que existe de este texto mítico."

"Increíble. ¿Cómo podrían haber llegado estos documentos a Méjico? Justamente no es posible. Hay miles de millas entre los dos continentes. ¿Quién…? ¿Cómo…?"

"El autor de uno de estos de documentos declara ser el apóstol Tomás, quién viajó a través de los mismos caminos que Jesús anduvo cuando era joven. En su libro, él detalla haber ido a Persia, Egipto y aun a India. Él habla de un tiempo viviendo entre la comunidad judía de los esenios en el desierto fuera de Jerusalén. Es ahí donde los rollos del Mar Muerto fueron encontrados."

"Leí eso, o la parte de eso, antes de que el padre Gregory lo tomara. Debo decir que algo tan audaz me conmocionó."

"Exactamente. El Nuevo Testamento no contiene información de la vida de Jesús después de su aparición en el templo a los doce años de edad y hasta veinte años después, cuando él tenía aproximadamente treinta y dos años. En ese entonces él sale a escena predicando una ideología y filosofía bien desarrollada."

"¿Piensa usted que haya sido posible que Jesús haya viajado y estudiado tan ampliamente?"

"Sí, pero es apócrifo. Un grupo de cristianos en la India reclaman ser descendientes de campesinos que fueron convertidos y reclutados por Tomás. También hay otras cosas. Veamos si usted recuerda esta historia.

"Según la leyenda, una madre tiene un sueño en el cuál ella conoce que dará a luz a un hijo que será proclamado un gran líder religioso por los ancianos. Cuando era joven, él desapareció en un paraje salvaje y comprendió la naturaleza de su existencia y fue tentado por el diablo. Él resistió las tentaciones del demonio y empezó su ministerio después de encontrar algunos seguidores que él convenció de ceder todas sus pertenencias para acompañarle. Él viajó por todas partes, sanando a los enfermos. Las muchas personas que le observaron pensaron que él era un dios. Cuando murió, sus seguidores y fanáticos creyeron que él regresaría algún día."

David arrugó la frente. "Esa es la historia de Jesús, Yusuf. ¿Cuál es su punto?"

"No, mi amigo. Es la historia de Siddhartha."

"¿El Buda? ¡Él que vivió quinientos años antes de Jesucristo!"

"Exactamente. Usted puede ver la influencia de las religiones orientales, no sólo en el escrito que usted envió sino en las enseñanzas de Jesús en general. Muchas historias de los Vedas, las más viejas Sagradas Escrituras hindús, son similares a las que Jesús dijo. El Sermón de la Montaña de Cristo, las Bienaventuranzas y todas esas otras cosas no es material original. Eso ha sido rastreado desde los esenios y su Maestro de Rectitud."

"Leí esto."

"Eso es bien sabido hoy, ¿pero usted supo que un periodista ruso de apellido Notovitch descubrió un proverbio atribuido a Jesús en un monasterio Himalaya en el norte de India? Da la apariencia de ser muy posible que Jesús hubiera ido a India cuando era joven, probablemente a lo largo de la Ruta de la Seda como otros viajeros. Después de regresar a Rusia, Notovich publicó sus nuevos descubrimientos. El clero Ortodoxo en Rusia le condenó y le puso en la picota por publicarlo. Pronto más tarde, la evidencia de su descubrimiento desapareció del monasterio."

"Fascinante. Un momento, Yusuf. Puedo tomar un trago." Él sacó debajo de su cama una botella de brandy, destornilló la tapa y colocó dos vasos desechables en el escritorio.

Yusuf se volvió alarmado. "¿Le permiten tener alcohol aquí adentro?"

David le recordó. "Sé que usted es musulmán, pero recuerdo que compartió una bebida con nosotros en Ámsterdam."

"Sí, ¿pero le dejan tomar aquí?"

"Sí, si usted ha hecho los arreglos."

¿"Los arreglos?"

"En Méjico, usted puede...no me enorgullezco de eso, pero el nivel de servicio que usted tiene en una cárcel mejicana depende de lo que usted puede permitirse el lujo de comprar. Francamente, la única cosa que no puedo comprar es mi libertad. Eso aparentemente no tiene precio."

Él le dio un vaso a Yusuf y alzó el suyo para brindar. "Por los amigos."

"Por los amigos." Yusuf sorbió e hizo una mueca. "Éste es un brandy muy bueno, ¿verdad?"

"El mejor." Él inhaló por la nariz el borde de su vaso para sentir el aroma. "Me paso de tragos ahora que estoy aquí adentro, pero no hay mucho que hacer. Necesito decirle a Alexandra que me traiga otra botella." Él estaba sentado sobre la litera, frente a su amigo.

¿"Qué es un ebionita? El padre Gregory se refirió a ellos el otro día, cuando me apresó y ahora usted los menciona. ¿Tiene algo que ver con sus traducciones?"

"No directamente, pero hay algunos otros escritos en su posesión. No sabemos el contenido, pero sería razonable especular, asumiendo que todo este asunto no es una patraña, que todos son de la misma época, poco después de la crucifixión de Cristo. Nuestro escrito, el mismo que supuestamente publicó Tomás, menciona un viaje a Francia donde él se encuentra con José de Arimatea, Marta y María Magdalena."

"Está bromeando. ¿Hay una iglesia católica en alguna parte del sur de Francia que asegure tener los huesos de ella?"

"Sí. Están en la Basílica de San Maximino de La Santa Baume, en el sur de Francia. Tiene un cráneo en exhibición que se piensa que pueda ser de María Magdalena. Cuando fue descubierto en el siglo XIII, ellos se cubrieron de gloria. Ella supuestamente pasó los últimos treinta años de su vida meditando y rezando en una cueva allí. Esa área en Francia más tarde se convirtió en un semillero de herejía.

"Los cátaros son de esa región y las historias de Los Caballeros Templarios y su tesoro abundan. La primera herejía importante realmente cristiana brotó allá. Esos son los herejes albigenses. Los católicos construyeron una capilla en la cueva y afirmaban que tenían otras reliquias de María Magdalena." Él se rió ahogadamente.

David formó remolinos de brandy en su vaso como lo acostumbraba hacer. "La Iglesia católica siempre ha hecho cosas como ésas. Los artículos que han estado en contacto con otras cosas comparten una relación. Es un tipo de magia contagiosa encontrada en todo el mundo, muy común entre personas primitivas, aunque la Iglesia no piensa acerca de ellas de ese modo. Hay huesos de santos y los pedazos de madera rota de la cruz en la cual Jesús fue crucificado en docenas de iglesias a todo lo largo del Oriente Medio y Europa."

"De acuerdo. Eso es bien conocido." Él vaciló, después tartamudeó, "El escrito que usted envió también dice que María Magdalena tuvo a una hija llamada Sara."

David se atragantó con su brandy. Él chisporroteó, respiró con dificultad, y gimió. "Maldita sea, Yusuf. Usted necesita prepararme mejor antes de decirme cosas como esa."

"Las implicaciones son enormes."

¿"Tomás sabía quién era el padre?"

"No hasta dónde puedo distinguir, pero las implicaciones son enormes."

"Usted acaba de decir eso."

"El escrito también dice que Tomás pensaba ir hacia el oeste, a una tierra mítica."

¿"La tierra mítica?" David frotó una manga sobre su boca y pellizcó su nariz para detener la quemadura. "¿Hay una palabra en arameo para tierra mítica?"

"No que yo sepa. Da la apariencia de ser un derivado de una palabra griega, algo semejante con Atlántida."

David bufó. "Aquí va su autenticidad, Yusuf. Sin intención de ofender, mi amigo, pero puedo adivinar la recepción que su traducción recibirá." Él terminó el resto de su brandy.

"Sin nada que asumir, David. El libro dice lo que dice. Este manuscrito en particular es la mayor parte de lo expresado pobremente de los tres que usted envió." Yusuf extendió su vaso a través de los barrotes.

¿"Y eso quiere decir?"

"Es una incógnita, pero yo estoy seguro que es significativo de algún modo. Tal vez lo escribió precipitadamente antes de que se embarcara para Atlántida."

"Es probablemente un fraude." David gesticuló pero se levantó para coger el vaso.

"Tal vez. Puede que no."

"Recuerdo a los agnósticos, ¿pero qué es un ebionita?"

Yusuf comprendió por qué su amigo no quería argumentar acerca de la leyenda de la Atlántida. Él no estaba tampoco encantado de leer esa palabra y trataba sin éxito de encontrar una interpretación alternativa.

"Es interesante que el inquisidor papal los mencionara. Hubo varias tradiciones de cristiandad tras la muerte de Cristo y la resurrección. Todas las escrituras de los ebionitas fueron condenadas por muchos de los obispos más ortodoxos alrededor del Mediterráneo y se destruyeron. Sin embargo, El obispo Ireneo de Galia escribió un trabajo de cinco volúmenes designados "En contra de las Herejías" en el segundo siglo, y así también lo hizo Epifanio, un estudioso bíblico bien conocido, al principio del siglo IV. Citado en los textos ebionitas."

"Tal vez el Vaticano tiene algunas de sus escrituras. Si es así, probablemente no se lo dicen a nadie."

"Exactamente. Tal vez estos libros, si están desde el primer siglo como los demás que usted envió, podrían arrojar una luz sobre esa época y esa herejía."

"¿Cuál fue la herejía?"

"Las cosas muy insulsas para ese tiempo, aunque sería considerada como radical ahora. Los ebionitas creían que uno tenía que convertirse en judío para ser un cristiano, y que Jesús nació siendo un hombre, no un dios. Él se volvió divino cuando fue adoptado por Dios después de que fue bautizado. Debía de cumplir con las expectativas de la tradición judía del Mesías muriendo por los pecados de ellos, entonces Dios lo recompensó con su resucitación de la muerte."

"¿Los marcionistas?"

"Fueron un poco más radicales. Creían en dos dioses, el Dios del Viejo Testamento de los judíos y el Dios del Nuevo Testamento. Fueron muy antisemíticos. El Dios del Viejo Testamento se vio como cruel, miserable y vengativo, a distinción del Dios de amor en el Nuevo Testamento. Los marcionistas no aparecieron hasta principios del segundo siglo, así es que no es probable que esos manuscritos señalen que la herejía estaría en este grupo."

"Si su hipótesis está en lo correcto."

"¿Mi hipótesis?"

"Sí, todos los libros del féretro fueron documentos del primer siglo, porque los tres que usted tradujo están escritos en arameo y parecen ser de esa época."

El doctor Bin Saud dudó. "Sí, es posible, si..."

David sostuvo en alto su vaso otra vez. "Bebamos por su, "es posible."

"Usted sírvase. Yo pasaré. Si debo beber, prefiero vino tinto."

La chapa de la puerta en la entrada de la celda del bloque sonó. El carcelero, llevando puesto un uniforme gris con cinturón ancho, negro y pistola automática enfundada, entro con paso tranquilo por el pasillo hacia su celda.

"¿Me hará salir?" Yusuf preguntó.

"Creo que no. Yo...he comprado privilegios especiales. Debe ser otra cosa."

"Su esposa está aquí para verlo, doctor Wolf." El carcelero se veía aburrido. "Si usted viene conmigo, lo llevaré al cuarto para las visitas."

David terminó su vaso y lo colocó en el estante antes de recurrir a Yusuf. "Las mujeres no pueden entrar a la celda del bloque, o al menos no se supone. Quizá con bastante dinero cualquier cosa es posible. ¿Por qué no viene usted también?"

"No deseo entrometerme."

"Ser testigo de un hombre recibiendo ropa interior limpia de su esposa mientras él está enjaulado no es una intromisión. Bochornoso, tal vez, pero no una intromisión."

* * *

Alexandra estaba en el cuarto de las visitas cuando llegaron. Ella llevaba puesto un vestido colorido estampado de orquídeas con un cinturón de tela en su cintura y un bolso pequeño en su mano. Se veía estresada y fatigada y sus ojos estaban enrojecidos por el llanto. El guardia mantenía su expresión usual de aburrimiento, hacía señas con las manos hacia una cámara pequeña colocada a gran altura en una esquina antes de tomar su posición cerca de la puerta. Él vio su reloj de mano, suspiró y fingió ignorar los saludos y el afecto mostrado entre el prisionero y su esposa.

Alexandra charló nerviosamente. "David, discúlpame por interrumpir tu reunión con Yusuf, pero pienso que deberías ver esto. Lo siento. Lo abrí hace un momento, porque no pensé que fuera importante y no quería molestarte." Ella le entregó un sobre.

"Ese tipo Balám, tu amigo indígena, vino a verme esta mañana. Olvidé traértelo y le prometí que te lo entregaría hoy."

Él lo tomó.

Él piensa que es importante. Lo abrí y...

Madre mía, David, ¿es bueno o malo?"

173

David arrugó la frente. ¿El Hombre Hueso me visitó y dejó una nota? Él no puede leer o escribir. David extrajo la nota mientras recordaba simplemente que dos semanas antes, que él había sido muy cortante con Balám. El Hombre Hueso era el general de más alto rango de la red del ejercito zapatista y se había comprometido a mantener la seguridad alrededor del área de la excavación, que estaba muy distante de los caminos de la policía y de la civilización. David sospechaba que los paramilitares circulaban drogas cerca del sitio de Xibalbá, y él quería hacer algo acerca de eso.

Ahua, David,

Mi nieto en Ocosingo me ecribe esto. Yo oigo usted en carcel porque sacerdote y sucia gringa en cueva Xibalba. Esto no hace sentido, pero nada que hacen las personas blancas hace sentido. Yo encuentro cuerpo del hombre antiguo familia Reyes dos semanas pasado. La caja de muerto Hombre Sagrado ser robados y no ropas.

Yo vengo a decir usted Hombre Sagrado y le digo encuentro morral y libros viejos en caja de Hombre Sagrado. Usted no en la casa. Dejo libros en cobertizo de su casa. Yo tengo Hombre Sagrado. ¿Que hago con el? ¿Usted quiere Hombre Sagrado? ¿Le ayuda Hombre Sagrado con policia?

Usted me deja mensaje en farmacia en Ocosingo. Mi nieto trabajar ahí.

David se quedó sin aliento por el asombro. Así era como los libros habían aparecido en su cobertizo. ¡Ese chamán infestado de pulgas! ¡Ese entrometido zapatista! David hubiera querido poner sus manos alrededor del cuello del viejo hombre hasta que su lengua se pusiera morada.

"Él tiene el cuerpo," dijo David, dándole la hoja a Yusuf. "Él es el que lo tomó, maldito indígena tan entrometido."

"¿En qué lenguaje esta esto?" Yusuf preguntó.

"David, cálmate." Alexandra palmeó su hombro. "Esto es importante, ¿verdad? ¿Esto es el cuerpo que todo el mundo está buscando?"

"¡Ese chamán zapatista miserable, siempre echando a perder todo! Él ni siquiera puede tener bajo su control a ese muchacho, Marcos. Siempre entrometiéndose, siempre corriendo por todo el campo, metiéndose en los asuntos de otras personas."

"Aquí están sus cartas, David," le dijo el doctor Bin Saud.

"¿Qué cartas?"

"Las cartas que usted necesita jugar para salir libre. Él tiene el cuerpo. Ése es el cuerpo, ¿sí?"

"Probablemente. Así parece."

Yusuf esparció sus manos anchas. "Ahora usted puede tratar con el hombre del Vaticano. Él quiere el cuerpo y los libros. Él ya tiene los libros, y usted le puede conseguir el cuerpo."

"Tal vez."

"¿Tal vez?"

"Nunca he trabajado con Balám, este nativo chamán. Los mayas le llaman el Hombre Hueso, porque es un curandero. Él también está involucrado con los zapatistas."

"¿Los indígenas rebeldes?"

"Los mismos. Es difícil de localizar cuándo se le necesita y aún más difícil llegar a un acuerdo."

"Pero él dijo que le podrías llamar a su sobrino en la farmacia en Ocosingo," dijo Alexandra. "Si tú puedes conseguir el cuerpo para el padre Gregory, estoy segura que él te liberaría."

"Yo no apostaría a eso," dijo David agriamente. Está probablemente putrescente y apestando su casa en esta hora. Querría deshacerme de eso, también."

CAPÍTULO VEINTICUATRO

Alexandra salió un momento para llamar por teléfono y dejar un mensaje en la farmacia en Ocosingo para el Hombre Hueso. Era imperativo que regresara el chamán con el cuerpo para entregarlo al padre Gregory inmediatamente. ¿Por qué lo había movido Balám de las ruinas de la vieja iglesia? David se preguntaba. ¿Por qué estaba dispuesto a devolverlo ahora? Podría apostar estar otra semana en la cárcel a que para este momento ya apestaría hasta lo más alto del cielo. Cualquier intento que hubieran hecho para preservarlo no habría funcionado. El Hombre Hueso quería encontrarle otra casa en vez de conservarlo él. Eso probaba que la condición del cuerpo no podría ser atribuida a intervención milagrosa o sobrenatural.

David y Yusuf regresaron a la celda, donde discutieron la estrategia para obtener la liberación de David. El trato era delicado en el mejor de los casos. El sacerdote, dependía en que tan difícil lo quería hacer, podía insistir en tener físicamente el cuerpo antes de soltar a David, y eso podría tomar días.

David conocía al dedillo al Hombre Hueso. Él estaba seguro que el viejo hombre se rehusaría a transportar el cuerpo de regreso a San Cristóbal. El inquisidor papal y sus personas serviles tendrían que ir dondequiera que Balám pudiera cumplir su promesa sin arriesgar nada, como ser arrestado. Además, no era seguro que el padre Gregory tuviese autoridad para conceder tal petición.

De muchas formas, la situación era muy previsible. El inquisidor papal, quien era más soldado de infantería que general en jefe, entregaría los escritos y cuerpo a la jerarquía vaticana. Los especialistas del Vaticano estudiarían los materiales por años antes de considerar sacarlos a la luz pública. Entretanto, David debía notificar al hombre del Vaticano que él tenía información valiosa y la revelaría si el padre Gregory pudiera garantizar su liberación inmediata de la cárcel. Yusuf entendió que su viaje a Méjico no sería el académico golpe de fortuna y el descubrimiento que cambiaría la vida que él esperaba. Sin acceso a los pergaminos originales, no podían fecharlos o autentificarlos. El académico musulmán tenía las traducciones de tres manuscritos que David le había enviado antes de que lo arrestaran, pero no había manera de probar que estos fueran un fraude. Él sentía desde el fondo de su corazón que ellos sorprendentemente guardaban información única, extremadamente importante que ayudaría a aclarar la historia apócrifa comunicada verbalmente, considerando que ésta había sido transmitida oralmente por 2,000 años.

El hecho es que ellos fueron escritos en arameo en el primer siglo, así como también su contenido, probaban que la cronología cristiana había sido bastante más confusa y menos ortodoxa de lo que hasta ahora se había creído. Le enfermaba pensar que tales documentos asombrosos estuvieran asegurados por el Vaticano. Él no era optimista a que él o cualquier otra persona fueran invitados para ser parte de cualquier revisión.

La puerta de la celda sonó y Yusuf y David voltearon a ver el pasillo. Habían pasado solo quince minutos desde que Alexandra había salido, y David se preguntó si algo había salido mal. ¿Ella no había podido hacer la llamada?

Él se levantó y caminó ansiosamente hacia los barrotes de la puerta de la celda y vio hacia el pasillo.

"¿Quién es, David?" Yusuf preguntó.

Él aspiró profundamente y volteó a ver a su amigo. "Hablé del diablo," él masculló agriamente. "Y él se ríe."

"¿Eh?" Yusuf se acercó a él.

* * *

Acompañado por el carcelero, el inquisidor papal y el inspector Leyeva, sin mirar hacia ningún lado decididos caminaban a grandes pasos por el pasillo hacia la celda de David.

"¿Por qué no me presenta usted a su invitado, profesor Wolf?" El padre Gregory evaluando al hombre maduro prematuramente calvo a la derecha de David.

"Estoy por salir," dijo Yusuf. "Creo que tengo todo lo que necesito por ahora." Volteó a ver al carcelero como suplicándole, pero éste le ignoró.

Como David no hizo las presentaciones, el padre Gregory preguntó, "Quién es usted, señor, ¿y qué está usted haciendo aquí con nuestro prisionero?"

Bin Saud vaciló antes de contestar con una voz fuerte, "Soy el doctor Yusuf Bin Saud, un amigo del doctor Wolf."

"Por supuesto que es usted. Reconozco el nombre por la hoja de la cubierta del fax. Usted es el hombre que David ha involucrado en nuestro asunto sin permiso. Lástima. Qué irónico y conveniente que ambos estén en la misma celda. Tengo la mitad de mi mente para hacer que esta situación sea permanente si no consigo algunas respuestas esta mañana."

"No he hecho nada incorrectamente," Yusuf protestó débilmente. "No he quebrantado ninguna ley en este país."

El padre Gregory, haciendo gestos con las manos dando tregua de la protesta, fijó su atención en David. "Dr. Wolf, ha habido avances positivos desde que lo vi hace dos días. Logré recobrar otro de los manuscritos perdidos. Es una lástima que usted no pueda recordar cuantos estaban en el féretro. Ciertamente mejoraría su situación."

"Qué bueno verlo tan alegre," David contestó. "Por favor no eche a perder mi estado de ánimo amenazando a mi amigo."

"Todas las decisiones tienen consecuencias, profesor, especialmente esa avaricia envolvente y tomar cosas interesantes que no le pertenecen." Él empezó a afrontar al académico del Oriente Medio. "Personalmente no tengo nada en contra de nuestros hermanos musulmanes desencaminados, pero hay algunos con quienes trabajo que los ven como ignorantes, pretenciosos del diablo que siguen las enseñanzas de un esquizofrénico que moraba en una caverna y que son los primordiales instigadores de odio e inestabilidad política en el mundo."

No hay necesidad para ser ofensivo, padre Gregory," dijo David, apretando con fuerza la mandíbula.

"Yo sólo quiero aclarar las cosas para que todo el mundo sepa dónde estoy parado. Si el doctor Bin Saud tiene cualquier cosa positiva para aportar a esta situación, estaría dispuesto con mucho gusto a oírlo."

Percatándose de lo mucho que estaba en peligro, Yusuf disimuló para no darse por ofendido. "Todos nosotros tenemos nuestras opiniones, padre Gregory. Sería bienvenida la oportunidad para discutir su propósito en Méjico antes de que usted se vaya."

"Usted está equivocado, señor. No me iré sin obtener por lo que vine."

David intervino, intentando desactivar la inevitable discusión improductiva. "Creo que sé dónde está el cuerpo"

"¿Ahora usted lo sabe?" El inspector Leyeva sonrió y le dijo al padre Gregory. "Usted estaba en lo correcto."

El sacerdote asintió con la cabeza sin hablar, mirando primero a Yusuf, después a David, consciente de que habían estado hablando y elaborando planes secretos. "Escucho, profesor."

"Quiero salir de aquí." Agarrando los barrotes, él miró fijamente hacia los ojos del inquisidor.

"Quisiera tener una conversación aparte con usted antes de dejar Méjico," Yusuf sumó.

El inquisidor Papal vaciló. "Soy un hombre de palabra, caballero. Hago negociaciones de buena fe. Asegúrese de que usted haga lo mismo."

"¿Podríamos ir al cuarto de visitas para hablar?" David preguntó.

El padre Gregory miró al carcelero, quien se encogió de hombros indiferentemente.

"Seguro. ¿Por qué no? ¿Supongo que usted quiere que su amigo asista?"

"Sí. Mi esposa regresará de un momento a otro."

"Ya veo. ¿Ella tiene conocimiento de este asunto?"

"Ella debería, si la llamada telefónica se hubiera logrado."

"¿Y si no fuera así?"

"Todavía puedo llegar al cuerpo. Creo que sé quién lo tomó."

El sacerdote vaciló. "Espero que sí por su bien, profesor. Mi paciencia se acerca a su fin." Él le dijo al carcelero. "Lleve a estos dos conspiradores al cuarto de visitas. El inspector Leyeva y yo llegaremos pronto. Saludaremos a la esposa del profesor Wolf en el vestíbulo y platicaremos antes de la reunión. Tiene mucha importancia que ella comprenda lo que está en juego."

* * *

El ruido metálico de cacerolas y los gritos de los trabajadores del campamento competían con el trinar de las aves, flotaba en el aire el olor de frijoles cocidos y tortillas a través del campamento. La luz del sol se filtraba a través del borde más bajo de la tienda de campaña y la entrada ondulada y Salvador juzgó que debían de ser las ocho de la mañana. El día continuaba oscuro y su mente zumbaba con la promesa de esperanza y solución por la preocupación de una noche larga.

Esa mañana era la primera en años en tener un sentido de propósito y se incrementaba claramente mientras estaba recostado en su hamaca con mosquitero en una tienda de campaña que apestaba a aceite de motor, moho y humus en descomposición. La evidente emoción se mantenía y enfocaba sus pensamientos.

El padre López y Marcos hablaron hasta casi las cinco de la mañana, haciendo una pausa sólo para lanzar más leños en el fuego conforme su conversación se alargaba y los envolvía. Sally estaba asombrado del amplio conocimiento del líder zapatista. Debatieron sobre la historia de Méjico desde la revolución y las consecuencias de esos acontecimientos. Hablaron del país de hoy en día y estuvieron de acuerdo que en la revolución había habido un cortocircuito. Los ricos y poderosos, como hicieron en todos los países y revoluciones, tomaron toda la tierra y la riqueza y no se logró nada para aquellos que la revolución intentó ayudar, los indígenas y los pobres.

Sally sabía que Marcos, había estudiado la Teología de Liberación y había trabajado entre los indígenas en Nicaragua y El Salvador en su juventud cuando todavía era un novato en el equipo de natación de la escuela preparatoria. Él entendió y estaba de acuerdo que los valores cristianos de hoy en día estaban divorciados de las Sagradas Escrituras y las enseñanzas de Jesús. Él coincidía en que Jesús no había dicho nada terriblemente complicado. Podría ser revolucionario, pero no era difícil de entender. Jesús decía que las personas deben amar y deben ayudar a los pobres, mujeres, y niños incondicionalmente.

Eso no era lo que los cristianos o sus iglesias hicieron, al menos no lo suficiente como para tener un impacto notable. Los pobres eran destruidos completamente frente a la avaricia corporativa e individual a menos que se organizaran y respondieran. Pocos hombres de conciencia estaban dispuestos a proporcionar un liderazgo informado.

"Lo que necesitamos," dijo Marcos, "es un hombre como usted, entrenado como sacerdote y con la conciencia y el espíritu benevolente de Cristo, que esté dispuesto a ir en contra de los jerarcas absurdos e inflexibles y las leyes de la iglesia que traiga un auténtico cambio."

Ése era un papel que él podría jugar, quizá el papel más significativo posible, si él se decidiese a tomar el reto.

El padre López se sintió como si a él se le hubiera ofrecido un gran regalo, uno que él buscaba desde su educación en Roma. Hizo preguntas y se entusiasmó por las respuestas, en ese momento se lo agradeció a su nuevo amigo. Con mucho que considerar, él se levantó y se excusó cuando oyó el parloteo de los cuervos.

El primer petirrojo se movió y cantó en el crepúsculo cuando el caminaba hacia su hamaca. Salvador pensaba dormir algunas horas, pero en lugar de eso, analizó los acontecimientos extraordinarios del día anterior. Él atravesó a través de la selva lacandona, hizo el amor con Karen y tuvo una larga conversación con Marcos. Era por la gracia de Dios que las pasadas veinticuatro horas habían sido una catarsis de emoción y por haber encontrado el motivo por el que había abandonado su vocación en Tuxtla.

Ahora podría comenzar. Él estaba comprometido. Su liberación personal, él se percató, se iba incrementando, no era total. Fue lograda a través de la fe y las buenas obras, no creyendo y aceptando pasivamente el estado de las cosas. Su papel era proveer no sólo como guía espiritual e impartir los sacramentos sino también aconsejar e instruir sobre los asuntos políticos y del clero.

Fue verdaderamente el trabajo de Dios, facultar a los pobres a superar los prejuicios de la sociedad y la tiranía del estado. Ese trabajo y esa misión eran la esencia de las enseñanzas de Jesús. Él ya no le podría obedecer a un obispo o a la Iglesia que operaba en contra de los temas de fondo que Cristo insistió para todo él que tuviera estas aspiraciones. Él completamente debía cambiar su estilo de vida. Ya no sería reconocido como un sacerdote por la Iglesia y tendría que resistir la condenación del estado. Debía también estar listo para resistir la pobreza y las privaciones personales.

Se recostó en su hamaca, rezando, mientras unas lágrimas de alegría fluían de sus ojos, dándole gracias a Dios por una tarea tan grande y pidiendo su ayuda y su guía.

* **

Mientras David Wolf y su amigo musulmán de Líbano eran llevados al cuarto de visitas de la cárcel. El padre Gregory se sentó y revisó lo que debería decir. Después de hablar con Alexandra, él entendió que el así llamado cuerpo milagroso que no se había descompuesto estaba aparentemente en posesión de un chamán. Para recuperarlo, el indígena maya conocido como el Hombre Hueso insistía en que el inquisidor papal viajara a un remoto lugar en la periferia de la selva lacandona cerca del parque de la gran reserva.

Era una zona caliente zapatista donde el gobierno mejicano había cedido el control a los mayas rebeldes quienes exigían su autonomía local y que pudieran tomar decisiones sin la interferencia del gobierno estatal y federal. El conflicto zapatista estaba en un momento de calma por el momento, primordialmente debido a la concesión del gobierno y a que los poderes instituidos en la Ciudad de Méjico no quisieron agitar la situación.

El inspector Leyeva no podría entrar en el área sin permiso de los indígenas y la petición del padre Gregory para su apoyo en este asunto fue de buenas a primeras rechazada. Méjico era un país con mucha confusión.

La única solución era contar con la ayuda de David. Él aseguraría el cuerpo y lo pondría fuera de las manos de esos que no tenían absolutamente ninguna idea de por qué lo habían tomado. El hombre del Vaticano estaba en lo cierto, el doctor Wolf conocía de la política y a las personas y él también conocía al chamán que se había apropiado del cuerpo.

El sacerdote accedería a la asistencia de David pero la condicionaba para poder salir de la cárcel. Aceptar un acuerdo así molestaba al padre Gregory, porque él era un hombre de palabra, pero las condiciones inusuales requeridas sacrificaban su integridad personal para el éxito de la misión. Era obra de Dios y él era simplemente un criado.

Momentos después, el carcelero abrió la puerta para que David Wolf y su amigo árabe entraran. Estaban parados y con los ojos clavados en el padre Gregory, con las caras blancas, dudando de lo que ocurriría. Él les señaló unas sillas al otro lado de la mesa, donde se sentaron.

"Después de conferenciar con el coronel Leyeva, he decidido liberarlo, Profesor Wolf. No, no sonría. La situación ha cambiado. Debo ordenar su liberación dependiendo que realice una tarea para mí."

"No hay imprevistos en nuestro acuerdo," dijo David, "excepto que arregle una reunión con Balám en Taniperlas para que usted pueda recoger el cuerpo."

"Como dije, las cosas han cambiado."

"Usted dio su palabra."

"Yo comprendo mis limitaciones en la materia. Aparentemente, el cuerpo está en un lugar en las tierras altas donde su gobierno les ha concedido autonomía

181

local. Los oficiales estatales y federales no pueden ir a menos que sean invitados por los indígenas."

El arqueólogo le dio un vistazo, entonces miró a su amigo libanés antes de decir, "No puedo creer esta porquería."

"Yo tampoco, profesor," dijo el sacerdote, "pero puedo deducir por su respuesta que usted sabe que lo que digo es cierto. Sé casi nada acerca del conflicto con los indígenas y parece ser que no tengo alternativa sino es que solicitar su ayuda."

"¿Y si me rehúso?"

"En ese caso usted puede regresar a su celda y puede considerar la idea." Él apuntó hacia la puerta. "Tómese todo el tiempo que quiera."

David, refunfuñando, metió la cabeza entre sus manos. Volteó hacia arriba, se veía resignado. "¿Qué quiere usted?"

"Quiero que usted salga dentro de una hora. Usted puede llevar a su amigo." Señalando a Yusuf. "Alquilé una camioneta. Ya vi un mapa con el inspector Leyeva y él me asegura que usted conoce muy bien el área. Dice que fácilmente puede estar en Ocosingo al atardecer, así es que déle un beso de despedida a su esposa y póngase en camino.

"Pase la noche y relájese. Tómese un par de tragos con el profesor Bin Saud y haga alguna crítica seria a los católicos. Hablando de lo mentiroso que soy y cómo la Iglesia católica es la raíz de toda maldad y esa clase de disparates. No me importa. Simplemente logre llegar allá.

"Mañana por la mañana, vaya a Taniperlas o Calvario y reúnase con su amigo el indio buscapleitos y asegúrese que todo esté listo cuando yo llegue al día siguiente a Ocosingo. No quiero tener ningún problema. Quiero recoger el cuerpo y salir.

"El inspector Leyeva me acompañará. También quiero conocer a ese sacerdote amigo de usted, el padre Salvador López, que fue él que hizo todo este desorden. Tengo preguntas para él y un mensaje del obispo de Tuxtla acerca de los asuntos de la iglesia."

David vaciló, mirando a los otros dos hombres. "¿Qué ocurrirá si Balám se rehúsa a traer el cuerpo humano a Ocosingo?"

El hombre del Vaticano se encogió de hombros. "Siendo así entonces usted vuelve a la cárcel, y quizá su amigo aquí, también."

"Usted no tiene derecho…" Yusuf empezaba.

"Terminé de leer otra de sus traducciones durante la noche, profesor Saud. ¿Usted sabe que se habla de una jovencita de nombre Sara? Estoy seguro que su traducción es incorrecta, ya que no esperaría que un musulmán protagonizara en asunto tan sensible en la luz correcta."

"Mi fe y mis creencias no tienen nada que ver con mis búsquedas académicas."

"Claro que no," el sacerdote dijo sarcásticamente. "Estoy seguro que el profesor Wolf diría lo mismo." Él alzó su mano para detener cualquier intento de protesta. "Oigan, ustedes. Logren terminar esta cosa y háganlo sin causar ningún problema. Quiero que este traslado ande sobre rieles. Créanme cuando les digo que los tendré a ambos en la prisión a menos que obtenga ese cuerpo. La Iglesia cristiana ciertamente debe tener sus pertenencias devueltas."

Se puso de pie listo para salir, el padre Gregory le lanzó un juego de llaves del carro a David. "Es una Toyota azul estacionada enfrente. Da la apariencia de ser completamente nueva y tiene una etiqueta adhesiva de alquiler Álamo en la ventana. Trate de no destrozarla, ¿está bien?"

El clérigo recurrió al carcelero. "Dígale al superintendente Diego que yo dije que está bien que suelte al doctor Wolf."

Él se dirigió a David otra vez. "Tengo un montón de cosas para hacer antes de que pueda salir mañana. Hay una tarjeta en la guantera con dos números de teléfono en ella. El primero es de la rectoría de la iglesia en Tuxtla Gutiérrez, y el segundo es del coronel Leyeva. Llámeme cuando usted llegue a Ocosingo esta noche. Podría tener noticias o instrucciones para usted."

Después de darles una sonrisa débil, se paseó alrededor de la mesa y abrió la puerta para salir. Cuando iba caminando por el vestíbulo, dijo fuerte, "Pónganse a trabajar, caballeros. Nunca es demasiado tarde para hacer la obra de Dios."

CAPÍTULO VEINTICINCO

Un enigmático relámpago iluminó las nubes a lo lejos, amenazando un diluvio de proporciones bíblicas en la oscuridad, rayos desordenados anunciaban una tormenta que se movía resueltamente sobre las montañas boscosas, cubriendo a lo lejos con un paño el valle de la región montañosa. David y Yusuf entraron en las calles de Ocosingo totalmente grises antes del amanecer. Un resplandor azufrado emanaba de un puñado de lámparas de la carretera principal que serpentea a través, alrededor y abajo en la selva lacandona al este de las sierras.

Aunque eran un poco más de las cinco de la mañana, las personas ya se movían para ir al trabajo. Era sábado y los indígenas choles y tzeltales entraban desde un sin número de pueblos que se formaron a todo lo largo de las tierras altas, trayendo sus artículos de fabricación casera al pueblo para su venta. Pronto las banquetas estaban apiñadas con mujeres mayas en vestido tradicional, cargando a niños pequeños, compitiendo por espacio en el zócalo, el parque central de cada pueblo.

"Podemos desayunar después," le dijo David a Yusuf, pero él no le contestó, respetuosamente seguía por detrás al profesor conforme el caminaba hacia el auto rentado. "Yusuf, usted en realidad no necesita venir si esto le preocupa. Sé que esto exige mucho."

"No, estoy bien, David." Él sonó vacilante, lanzando su saco detrás del asiento. "Es sólo que ésta es una gran aventura para mí. No tenía idea de que fuera a viajar a la selva con usted cuando llegué. Ahora que estoy aquí, no soñaría con perderme esto. Sé que el hombre del Vaticano le ha puesto en una posición muy difícil, pero confío en su juicio. Si usted dice que estaremos bien, entonces le creo. Además, nunca he visto a un chamán indio, a un zapatista, ni un cuerpo milagroso que no se corrompa. Un hombre debe presenciar al menos un milagro en su vida."

"Bravo, bien, estoy completamente seguro usted estará desilusionado en cuanto a eso. Sin embargo, hay un grupo de indígenas y zapatistas a dónde vamos."

"¿En cuánto tiempo llegaremos?"

"Con suerte, en cuatro o hasta seis horas, estamos a merced de los caminos. Una vez que estemos fuera del asfalto, no hay manera de saber en qué condiciones encontraremos la ruta. Lo bueno es que tenemos esto." Él palmeó el volante del Toyota. "Se siente el piso alto y se puede maniobrar en terreno escabroso. Ya lo veremos hoy."

Finalmente, salieron. La tormenta con sus truenos negros pareció detenerse sobre la cordillera occidental, ganando fuerza antes de barrer el frondoso valle para lanzar su furia.

Mientras el sol salía detrás de las nubes, David conducía cautelosamente, sus ojos veían la carretera angosta mientras manejaba por las peligrosas curvas sobre el asfalto de la carretera principal subiendo sobre las sierras y descendiendo a las tierras bajas.

Hablaban de la gran tarea por delante, tratando de no pensar acerca de la cárcel, las amenazas, los escritos, y los cuerpos misteriosos. David le preguntó a Yusuf acerca de sus hijos y su esposa, después sobre la universidad en Beirut. Así mantuvieron una charla sociable que duró casi por una hora.

El cielo se oscureció y el viento arreció, creando una situación peligrosa al manejar. Cuando la tormenta llegó, David rápidamente encontró un lugar cercano despejado al borde de la carretera para pararse y esperar que amainara. Era la estación de lluvias y las tormentas durante el día eran a menudo pesadas pero breves. Era demasiado peligroso conducir por la carretera con tal lluvia. Tuvieron que esperar a que fuera seguro continuar.

La ventana se empañó y se volvió imposible ver hacia afuera. La pequeña camioneta se bamboleaba ocasionalmente cuando era golpeada por los poderosos vientos. El trueno retumbó e hizo eco a través de la montaña.

Luego de algunos minutos de conversación el doctor Saud suspiró y miró a David. "Mi amigo, nunca realmente hemos hablado de algunas cosas. Si a usted no le importa compartir conmigo, ¿en qué cree usted?"

La pregunta sobresaltó a David. "A qué se refiere con ¿en qué cree?"

"La religión y la convicción. ¿Qué piensa usted? ¿Sobre qué es todo ello?" Él alzó sus manos a los lados con las palmas hacia afuera.

David le sonrió. "Este es uno de esos. Yo le diré cuáles son las mías si usted me dice cuáles son sus creencias".

"Por favor. No soy susceptible. Digo, soy un musulmán practicante, pero eso no quiere decir que no pueda pensar."

David vaciló y aclaró la voz. "Esto podría tomar bastante tiempo."

Yusuf sonrió abiertamente y gesticuló hacia la ventana. "Espero que sí. Tal parece que estaremos aquí un rato."

"Déjeme empezar por decir esto, mi amigo, no creo en milagros o magia y no sé si Dios existe. Mi intelecto me dice que el hombre y la sociedad inventaron a Dios, pero mi centro intuitivo emocional, esa parte de mí que no puede encontrarse en un libro de texto de anatomía, no está tan seguro. Si Dios existe, sospecho poderosamente que somos tan insignificantes, que a él o no le importamos nosotros o él está muy desilusionado de cómo nos comportamos."

185

La conversación continuó, compartieron su entendimiento personal de cómo era la vida y el ordenamiento del universo. Un silencio confortable siguió. No había desacuerdo, simplemente una pausa sociable sin urgencia de continuar, igual a la tormenta que quedó exhausta.

Bajaron las ventanillas para que saliera el aire del coche. El ambiente estaba espectacularmente frío, fresco y húmedo en esa altitud. Ambos salieron a estirar las piernas y a mirar sobre el borde de la carretera principal, el lado de un acantilado bajaba verticalmente cayendo en picada en el follaje frondoso, denso a varios cientos de metros abajo.

David juzgó que el camino estaba relativamente libre de agua, así es que él volvió a arrancar la Toyota y cuidadosamente manejó por el asfalto resbaladizo en las tierras bajas por un valle antes de conducir hacia el camino de grava yendo rumbo al sur para Taniperlas y Calvario, las comunidades Indias tzeltales que fueron semilleros de la actividad zapatista cerca del controversial Parque Nacional y la Reserva de la Biosfera.

Él estimó que serían otras cuatro horas de caminos difíciles por los que tendrían que viajar una vez que dejaran el asfalto. Un pequeño pueblo yacía cuesta abajo en el valle, así es que manejaron cuidadosamente por la carretera principal, ambos hombres deseando ardientemente un taza de café cargado y un desayuno. El significado de la vida tendría que esperar. Esa era una conversación que nunca finalizaba, siempre estaría disponible para empezar de nuevo.

CAPÍTULO VEINTISÉIS

El olor a chorizo, frijoles y tortillas se desprendía de las brasas cuando Sally desayunaba. La luz del sol intensa se reflejaba en los charcos que había dejado la tormenta la noche anterior. El campamento estaba callado, mientras los trabajadores rondaban cerca del fuego o las tapas del barril para ponerlas sobre el fuego para cocinar tortillas. Salvador, Marcos, y sus compañeros estaban al principio retrasados, porque una tormenta matutina había barrido el área con más furia que la noche anterior. Durante la imprevisible estación de lluvias, algunas veces las nubes amenazaban pero no pasaba nada, mientras otras veces, las tormentas llegaban en serie e inundaban todo.

Sally, ansioso por salir sabía que el día que se reuniera con Balám sería más importante que el día que se reunió con el obispo. Él oyó a David hablar de Balám varias veces. Mientras David admiraba al viejo curandero, el tono de la conversación no era siempre halagador. Marcos, sin embargo, dejó en claro que Balám era una persona de habilidad extraordinaria que se respetaba a todo lo largo de la selva lacandona y Guatemala. Su conocimiento como chamán y curandero era legendario y su liderazgo entre los zapatistas era reconocido y raras veces se hallaba en entredicho.

Marcos le había dicho a Sally que no se preocupara. Dado el caso que si Balám le pidiera a él que colaborara con el cura en su misión de llevar el verdadero espíritu de Dios a los mayas y que también les auxiliara a encontrar su voz para hablar como una sola comunidad otra vez. Eso es lo que él haría.

El sacerdote errante, encorvado con su mochila colgada a la espalda, repasó mentalmente su lista de pendientes otra vez. Él recordó que había dejado un par de calcetines colgados en el tendedero para que se secaran por la noche así es que se rió holgadamente y se dio la vuelta para regresar y recuperarlos. Estarían mojados.

Los encontró en el suelo debajo de la cuerda para tender la ropa que estaba amarrada entre dos árboles. Los recogió y les exprimió el agua antes de colocarlos en una bolsa de plástico. Esperó que no estuvieran mohosos, todavía tenía una hora para enjuagarlos y ventilarlos otra vez. Los calcetines eran muy bien valorados hacia donde él se dirigía, por lo consiguiente debía ser cuidadoso.

El regresó al fuego del campamento y metió la bolsa con sus calcetines mojados en su mochila, vio a Marcos con su boina verde, sus cosas de militar empacadas, encaminándose hacia un grupo de seguidores que estaban parados pacientemente alrededor de una fogata y una tapa de barril calentando las tortillas. Sally levantó su mochila y se les unió. Él no quería ser el sujeto que retrasara a un grupo experimentado de campesinos y guerrilleros.

Los hombres llevaban sólo mochilas colgadas a la espalda y los rifles. Los indígenas asintieron con la cabeza respetándole, sin embargo con expresiones tenues, serias. Con buenas condiciones físicas y musculosas, parecían como si pertenecieran a la selva. Pequeños, regordetes, pelinegros, con manos llenas de callos por los años de trabajo de campo, llevaban puestos pantalones de algodón y playeras. Dos calzaban zapatos tenis muy gastados, mientras los demás llevaban chanclas pesadas de cuero con suelas de llantas. Todos tenían brazaletes negros con una estrella roja, el símbolo de los zapatistas y se veían como de veinte años excepto por un hombre de edad madura quién se diferenciaba de los demás. Sally les habló y les sonrió, pero sólo el zapatista de edad madura contestó.

"Probablemente le comprenden a usted, padre, pero no hablan español bien. Estos hombres crecieron en las tierras altas y nunca han estado cerca de muchas personas ladinas. Puedo traducir si usted dice algo que no entiendan."

"¿Y Marcos?"

"El Comandante habla todos los dialectos mayas y varios otros lenguajes. Él es un hombre muy educado."

Sally asintió con la cabeza. "Así es que me uní." Él se dio la mano con, Baltasar, el líder zapatista de edad madura y le echó otra mirada al valle boscoso y las faldas de una montaña. Todo se veía brillante y limpio después de la tormenta. La piedra caliza quebrada manchada con líquenes negros tiradas y las losas amontonadas como basura en el escombro. El valle se veía más grande que antes y él sintió unas ganas pasajeras de pasar más tiempo explorando las ruinas.

En lugar de eso, él dio la vuelta y estiró su cuello para rastrear el sendero por el que debían de regresar. Era tan pronunciado y estrecho como él recordaba. El descenso era irrisorio, pero tuvieron que escalar los centenares de metros sinuosos del camino a lo largo de un acantilado estrecho, enfrentando antes de devolverse la pared rocosa para seguir la fisura a través de la cual la corriente del valle fluía. Era avanzar duro a través de la Reserva de la Biosfera de Montes Azules y los bosques húmedos con picaduras de insectos, las hormigas, los mosquitos, los monos aulladores enojados, y el peligro siempre presente de los jaguares acechando.

Marcos miró a sus hombres, asintió con la cabeza hacia el campamento y dijo algo en dialecto, haciéndoles reír a ellos. Baltasar volteó a ver a Sally como con vergüenza, pero él se rió ahogadamente, también. Sin duda Marcos había hecho un comentario acerca de las mujeres, así es que él sonrió brevemente. Él conocía bastante acerca de las mujeres pero como la mayoría de los hombres, no sabía nada de ellas.

Marcos empezaba a formarse un juicio sobre Salvador, notando su ropa, su mochila y los zapatos. Él le habló a sus hombres en el dialecto otra vez, entonces dijo, "Usted se ve como que ya está listo, mi amigo."

Salvador escudriñó al hombre para ver si él lo estaba ridiculizando y vio que no era así. "Estoy ansioso por conocer a su padre, el curandero que usted dice me puede apoyar para ayudar a los indígenas."

"Balám tiene medicina muy energética. Todo el mundo a todo lo largo de la selva lacandona y las tierras altas de Guatemala sabe eso. Necesitamos una clase diferente de arma en nuestra guerra en contra de los ladinos tacaños y el ejército mejicano, hombres como usted, un creyente verdadero que pueda motivar a las personas a organizarse y recuperar de nuevo eso que Dios nos dio hace miles de años antes de que los españoles nos lo robaran. Si usted quiere que su vida tenga un significado, si usted quiere lograr lo qué ejércitos, dinero y diplomáticos charlatanes no pueden, usted se unirá a nosotros. Aquí hay muchísimo por hacer. Para este tiempo la semana próxima, tendrá la vida que usted dijo anoche que quería y tiene mi garantía y la palabra de Balám Reyes que lo protegeremos."

"Estoy listo. Daré lo mejor de mí."

Marcos le dio una nalgada suave. "Bienvenido al Ejército Zapatista de Liberación Nacional, padre López. Usted es ahora un soldado en el ejército zapatista, un soldado muy especial que pelea trayendo la gracia de Dios a esos que el mundo ha olvidado y moldeó aparte, unas personas a las que les han robado todo. La gente pobre no puede pelear solamente con cólera. Deben saber que su batalla es justa y que ese Dios está a sus espaldas."

"Jesús dijo claramente que Dios ama a los pobres, mujeres y niños por encima de todas las personas."

"Sí, bien, hablaremos conforme vayamos, padre." Él dio una señal y dos de los seis hombres trotando se pusieron adelante del sendero y subieron rápidamente el camino para explorar adelante.

"No estoy tan seguro de lo que Dios dijo o no dijo," Marcos añadió, "pero sé que todo el mundo, especialmente estas personas," él extendió su brazo para señalar a los trabajadores del campamento. "Tendrán éxito sólo si piensan que Dios está de su lado."

Él cogió el rifle de Baltasar y dijo algo en lengua indígena. Baltasar transmitió la orden a los demás soldados, quienes doblaron hacia la punta del sendero, seguidos por el padre López y Marcos. Baltasar cubrió la retaguardia después de empezar a despedirse con las manos de los trabajadores del campamento, quienes gritaron, ánimo.

Sally siguió a Marcos, quien vestía pantalones de algodón y camisa calzando botas pesadas con suelas de caucho para moverse tanto que él podría caminar cuesta arriba por días enteros. En sólo una hora, Sally estaba exhausto. Sus ojos constantemente miraban la pistola automática en la cadera de Marcos. Él se esmeraba en invalidar el deseo de que su espíritu fuera uno con Cristo en el cielo en lugar de aquí en su cuerpo en un infierno terrestre que probaría los límites de su resistencia.

El padre López determinó que la obra de Dios no podría ser realizada desde la comodidad de un púlpito. Podría ser lograda sólo entre los pobres ganando a duras penas una vida en las selvas y los refugios en pueblos olvidados que yacen anónimos y escondidos, donde los condenados fueron sentenciados a vidas de sufrimiento y olvido. Ése era su futuro, él se percató y por primera vez desde que regresó de Roma, la alegría del propósito le dio esperanza de una verdadera redención.

CAPÍTULO VEINTISIETE

"Entiendo, cardenal Nizzi. Sí. Gracias, señor. Sí. Prometo ser precavido. Usted es muy amable, cardenal," el padre Gregory dijo atentamente casi avergonzado por el efusivo elogio.

Lo que originalmente parecía un caso no muy importante que requería poca investigación o explicación, dio un giro dramático con la llegada del padre Gregory. Las implicaciones de sus descubrimientos inesperados resultaron de suma importancia para varias personas en la jerarquía superior de la Iglesia, creando alarma por su búsqueda. Asegurar el cuerpo y los libros formaron como resultado una atmósfera surreal, casi como de circo entre la minoría que sabía de su misión. Él sospechaba que sus colegas en la reservada congregación para la protección de la fe casi dejaban la piel en los debates a puerta cerrada en el Vaticano, mientras el padre Gregory trataba de recobrar el cuerpo y los libros.

Cuando él envió por fax la traducción del académico musulmán de los tres escritos al cardenal Nizzi, él no estaba preparado para el impacto. El sacerdote estaba repentinamente obligado a reportarse dos veces al día y en dos ocasiones su sueño fue interrumpido por directivos nerviosos que requerían información actualizada. Le habían ofrecido ayuda adicional. ¿Necesitaba él algo más? ¿Dinero? ¿Más asistentes? ¿Más policía? ¿Quizá deberían enviar una delegación a ayudar?

El hombre del Vaticano rechazó todo ello, diciendo que la tarea probablemente estaría terminada antes de que la ayuda llegara y en su opinión era imperativo no llamar la atención no deseada para la misión. Él estaría en constante comunicación. Si las cosas tuvieran un cambio brusco hacia lo peor, entonces él aceptaría su oferta de ayuda. Entretanto, deberían rezar para el éxito de la misión.

Agradeció al cardenal otra vez por su aprobación antes de colgar el teléfono. El padre Gregory llamó al inspector Leyeva para decirle que estaba listo a ser recogido.

Rentó una segunda camioneta Toyota, él pensaba colocar el cuerpo y el féretro en la góndola de la camioneta. Esto era especialmente importante si el cuerpo apestara, lo cual, él firmemente creía que sería en este caso. Conducirían de Tuxtla Gutiérrez sobre las montañas boscosas de la selva de la región montañosa lacandona hacia Ocosingo y esperarían la llamada del profesor Wolf así es que podrían coincidir en el tiempo y el lugar para recoger el milagroso o hediondo cuerpo cualquiera que fuera.

El cardenal Nizzi insistía en el cuerpo, sin importar su estado, para ser trasladado a Roma. Todos los artículos deberían ser devueltos al Vaticano. Sus expertos realizarían las pruebas y harían las valoraciones que el representante papal no podría hacer en un lugar tan primitivo.

El padre Gregory revisó su maleta de mano una última vez, checando su pasaporte, el dinero, y los documentos oficiales para asegurar su salida desde cualquier parte del país. Con esos artículos y la placa del inspector Leyeva, podrían anticiparse a que los esfuerzos de alguien estuvieran inclinados para hacerlos fracasar, incluso el ejército mejicano, que establecía bloqueos en los caminos todos los días por todo el estado para capturar contrabandistas de armas y mulas de droga.

Sosteniendo la maleta de mano bajo su brazo, entró en el patio para tomar aire fresco, caminando sin objetivo admiraba la habilidad del jardinero. Hizo una pausa al final del patio para ver el estanque de las carpas cubierto con anchos lirios. Los peces anaranjados moteados en rojo y negro con sus bocas húmedas, chupeteando, chapoteando y rodando enseñando sus barrigas cerca de la orilla. Su actividad se incrementó cuando le vieron y se peleaban por empujar hacia el borde, hurgando boquiabiertas por encima del agua como gruñendo.

Él supuso que era casi la hora de su alimento, recordándole las bocas y almas hambrientas alrededor del mundo, despojados de comida revitalizadora y alimento espiritual. La obra de Dios era difícil y algunas veces solitaria, pero era la única meta en la vida que valía la pena perseguir.

Él echó una mirada a su reloj. Era mejor estar en la sala esperando para cuando el coronel Leyeva llegara. La preparación y la ejecución eran las llaves para el éxito y el hombre del Vaticano estaba listo a cumplir a cabalidad su tarea.

* * *

David y Yusuf viajaban a través de las montañas siguiendo al sur por el río Perla sobre un camino tortuoso de terracería. Pasaron una serie de pequeños pueblos indígenas, Placido, Flores, Monte Líbano, El Censo, y finalmente llegaron a Taniperlas, el pueblo maya tzeltal de 1,300 habitantes asentado a orillas del río Perla.

"Esto es fascinante, David, pero estoy listo para bajarme y estirarme. ¿Podríamos detenernos para descansar?"

David desaceleró, buscando un lugar para pararse. "Así lo había planeado. Tenemos que comprar gasolina aquí. Probablemente no habrá otro lugar entre aquí y Calvario."

"Este pueblo se ve bastante próspero comparado con los demás. Es difícil saber cómo se ganan la vida estas personas."

Conforme entraban en el pueblo, Yusuf veía casas de adobe idénticas en hilera, la mayoría con un pobre trabajo de reparación. Muchas tenían techos de lámina acanalada. Algunas con pinturas de Emiliano Zapata y los grafitis zapatistas estaban en todo lugar. Las pocas casas más prósperas tenían paredes de ladrillo y caminos de acceso detrás de las cuales los dueños guardaban sus vehículos.

Los huertos pequeños abundaban, corrales para cerdos y gallineros. Las calles estrechas al azar no fueron planificadas. La comunidad no fue construida con el patrón geométrico tradicional alrededor de un cuadrado central con su alboroto, actividad tan común en otros sitios de Méjico.

David y Yusuf pasaron a un ocasional caballo y su jinete, porque la mayoría de la gente caminaba. Las mujeres vestían faldas negras y blusas blancas con coloridos bordados de diseños tradicionales indígenas. Los hombres llevaban puestos pantalones oscuros o blancos grisáceos de algodón y camisas con cuello cerrado y con botas vaqueras o huaraches.

"Este lugar se siente diferente David."

"Es una comunidad indígena, así como también una de las principales localidades donde ocurrió el levantamiento zapatista."

"Mira. Ahí hay soldados." Yusuf señaló un bloqueo adelante del camino, sólo eran cuatro como los que habían pasado más temprano.

"Hay mucha actividad nueva. El gobierno construye una base militar grande cerca de aquí. Cuando la rebelión comenzó en 1994, los mayas intentaron sacar a la fuerza todos los funcionarios públicos. En 1998, los indígenas pintaron un mural a lo largo de la pared entera de su edificio municipal para celebrar su autonomía del gobierno. Era bello. Lo vi antes de que lo terminaran."

"Representa diversos temas tzeltales, la vida del pueblo, y el aniversario del nacimiento de Zapata, el diez de abril. Al día siguiente, el gobierno mejicano decidió aplastar la rebelión aquí y puso a los soldados a deformar y a destruir el mural. Un amigo mío de la Universidad Nacional Metropolitana, Sergio Valdez, dirigió el proceso entero de la pintura. Las fuerzas armadas le arrestaron y lo metieron en la cárcel de Cerro Hueco por su esfuerzo."

El silencio cayó, mientras cada uno meditaba retrospectivamente sobre la situación al respecto.

"Esa es una historia muy desagradable, David," Yusuf dijo finalmente.

"Hay muchas peores, mi amigo."

"¿Por qué aquí? ¿Qué inició la rebelión? ¿Es una cosa normal tener un gobierno insensible o los mayas no quieren ser parte de Méjico?"

"Es mucho más complicado que eso. Hay tanta historia, no puedo decirlo todo en un día. Los indígenas han sido marginados desde la conquista. Hay casi un millón de ellos aquí en Chiapas y en el otro lado en Guatemala. No tienen título de propiedad de la tierra. Fueron dadas en las diversas revoluciones a personas que no lo merecían.

"Conforme la población nativa crecía, necesitaban más parcelas pequeñas. Cuando ellos se mudaban a áreas de terrenos vírgenes la gente poderosa protestaba. Los indígenas desesperados se han internado al interior de la Reserva Natural de Montes Azules. Es una enorme superficie para conservar la biodiversidad que pertenecía a ellos antes de que el gobierno la expropiara. Es en su mayor parte selva y pantano en la selva lacandona, pero en esas zonas los mayas pueden ganarse la vida.

"Las personas ricas creen que poseen la tierra, tienen acuerdos secretos con el gobierno mejicano. Financian a sus propias tropas para expulsar a los tzeltales y otros como ellos. La mayoría, pero no todos los paramilitares son protestantes que atacan a los indígenas católicos que se mudaron a las áreas adentro de la reserva. Los indígenas nunca tuvieron a alguien que los pudiera representar en el gobierno en la Ciudad de Méjico ni en la Ciudad de Guatemala. Ha habido brotes importantes, algunas masacres y algunos paramilitares han convertido su actividad traficando drogas y armas. Es un maldito desorden."

"La política es complicada, David. Tenemos a Hezbollah, los sirios, y las tropas cristianas peleando en Líbano. El odio y la desconfianza han desbaratado cualquier esperanza de solución. La historia acerca del mural es triste."

Dejaron de hablar acercándose al bloqueo del camino, donde se les cuestionó largamente y el pasaporte de Yusuf fue estudiado atenta y cuidadosamente. ¿Qué estaba haciendo un libanés en Méjico? Ninguno de los hombres habían visto a un musulmán antes, pero estaban seguros que no les gustaban.

David les mostró la carta del Policía Federal que el padre Gregory había colocado en la guantera. La carta se hizo circular, la leían, arrugaban la frente y discutían. Eventualmente alguien hizo una llamada con un teléfono portátil mientras el profesor Wolf y el doctor Bin Saud esperaban nerviosamente.

Finalmente, la carta y los pasaportes les fueron devueltos y estaban en camino otra vez, promediando de treinta y cinco a cuarenta kilómetros por hora sobre el estrecho y deteriorado camino principal. La ruta rápidamente se descompuso una vez que dejaron el pueblo.

Se detuvieron en la última gasolinera Pemex para rellenar el tanque, compraron unos refrescos y siguieron adelante. David estimó que serían otras dos horas antes de que llegaran a Calvario al atardecer. Él esperaba que no hubiera problema con el Hombre Hueso. Aparte de checar en la abarrotería local, la tienda de comestibles, para preguntar, David no tenía ningún plan.

Dado que el área entera era un semillero zapatista, él sabía que Balám se enteraría de su llegada a más tardar en quince minutos. Él y Yusuf tomarían una bebida fría y una merienda mientras esperaban a ser contactados.

En ese momento la verdadera aventura comenzaría negociando las inevitables viejas demandas del chamán de extraña personalidad. El arqueólogo volteó a ver a su amigo, percatándose que Yusuf estaba a punto de tener una experiencia inusual. David apostaba el sueldo de un año a qué recuperar el cuerpo para el padre Gregory sería más complicado que lo que uno suponía.

* * *

El Hombre Hueso permaneció con la mirada fija admirando la vista. Las nubes coloridas por arriba de las sierras, los colores se filtraban encima de las paredes terraceadas del valle donde los tallos de maíz estaban erguidos, sus mazorcas cambiando de posición con la brisa. Era caliente y húmedo, difícil encontrar un soplo de aire refrescante que no era más caliente que lo previsto.

Fue infortunado que ahua David llegara muy temprano. El chamán se había comprometido a realizar un rito de curación para la hija de un ayudante de confianza. La chica tenía problemas con sus ciclos de la luna y la comadrona local no había podido proporcionarle alivio. La chica estaba errática, llorosa y frecuentemente enojada, así es que la madre estaba molesta también. Si la madre está descontenta, nadie es feliz.

Después de mucha súplica del padre y buscando el permiso de la comadrona para ayudar a la chica, Balám accedió a una intervención completa, que implicaba comunicarse con los espíritus para averiguar la causa de su enfermedad.

Hasta donde él podía distinguir, el problema de la joven se debía a la obstrucción de su sangre menstrual por los vientos. Su complicada ceremonia curativa requería concentración. Teniendo a un hombre blanco presente, aunque éste fuera ahua David, era muy fastidioso y distractor.

Los hombres blancos estaban completamente fuera de sincronía con el universo y el curandero no tenía tiempo de hacerla de niñera para cuidarlos. Tal vez él debería despacharlos. Él comió los lirios acuáticos narcótizantes y comenzó.

* * *

"Entonces, Balám, ¿Cuándo podremos recoger el cuerpo?" David preguntó. "Le puedo entender que está ocupado y que no tenga tiempo para nosotros. No queremos interferir. Sé lo que usted está haciendo."

"Usted ya interfiere, ahua."

David vio al Hombre Hueso tratando de ignorar su mirada tratando de lograr una posición firme en lo que él llamaba el mundo perpetuo. Él desvió su vista hacia Yusuf y los ojos de Balám, anchos y vidriosos por los alucinógenos, se cerraron y se veían como rendijas.

"¿Por qué trae a este ladino con usted? Es difícil conversar con espíritus cuándo personas blancas aquí. Espíritus no pueden encontrarte, porque tus almas están corrompidas con avaricia y manchadas con ruido."

¿Manchadas con ruido? David miró hacia Yusuf y sostuvo en alto una mano, advirtiéndole sobre no hablar, pero vio que eso era innecesario.

Yusuf miró torpemente de reojo y con entusiasmo enfocó la atención en su entorno. Estaban en una aldea pequeña dos kilómetros al este de Calvario, una comunidad Indígena Tzeltal de aproximadamente 300 personas. Los habitantes eran muy pobres. Aunque algunos pollos corrían por todas partes, no había campos, sólo huertos pequeños adyacentes a las chozas de adobe de un solo cuarto con techos de paja. Una casa tenía mazorcas secándose en el techo de lámina acanalada y un corral cercado con un niño pequeño cuidando a un cerdo. Ninguno de los nativos hablaban español y David y Yusuf tenían problemas para seguir el discurso del Hombre Hueso cuando él alternaba el dialecto y el español.

Balám levantó su cuello, intentando darle a David una mirada desdeñosa. Eso era difícil en su estado mental actual. "No sé acerca de qué cuerpo está usted hablando, ahua. Usted debe estar equivocado. Vuelva al pueblo o cállese y manténgase fuera del camino. Hoy, debo ayudar a la hija del señor Jacobo."

Él les vio distraídamente y se marchó dando media vuelta, ignorando a los intrusos. Sonriendo, le habló serenamente a la madre de la niña, que estaba confundida viendo a los dos extranjeros.

Mierda, pensó David. ¡Carajo, carajo, carajo! Él quería retorcerle con un alambre el cuello al viejo chamán cara de ciruela pasa. Aunque él siempre le había hablado a David educadamente, de la forma respetuosa maya, Balám era rudo y brusco por naturaleza, especialmente con personas blancas, o con cualquiera que no fuera indígena.

No les quedaba nada más que esperar. El viejo curandero estaba narcotizado con lirios acuáticos y quién sabe qué más, posiblemente con hongos y no se dignaba a condescender con David hasta después de la ceremonia.

David le hizo señales a Yusuf, y caminaron lentamente fuera del grupo.

"Veo lo que usted quiere decir," dijo Yusuf. "¿Él es así siempre?"

"No. Él usualmente es peor. No sé por qué lo aguanto."

Eso no era cierto. David sabía posiblemente que el viejo chamán era el más respetado por la mayor parte de indígenas que él conocía y tenía los más amplios contactos entre los mayas naturales de Chiapas y Guatemala que David alguna vez hubiera encontrado. El conocimiento de hierbas y la sanación tradicional de Balám no podía ser superado y él siempre parecía que tenía el control de cualquier asunto o tenía conocimiento de algo que David necesitara. El curandero pasó setenta años tejiendo una red de influencia y favores que lo habían convertido en la versión maya del Padrino el día de hoy.

"Tome asiento." David señaló el suelo. "Observe y trate de estar quieto. Usted encontrará esto tan interesante como cualquier cosa que usted alguna vez haya visto."

El Hombre Hueso hizo una pequeña fogata al lado de la cabaña de la familia. La muchacha se veía muy triste, requería que su madre la tranquilizara constantemente. El padre, un hombre musculoso corpulento, moreno con la piel bronceada de trabajar duramente expuesto al sol, estaba parado torpemente, dudando de sí mismo pero dispuesto a ayudar.

Cuando el aroma del copal se elevó del carbón y flotó suavemente a través del aire húmedo del verano, Balám sacó una pequeña piedra verde de su bolsa. Se parecía al jade, David sabía que la llamaban satsun, una piedra o cristal utilizado por personas que curan para comunicarse con el mundo de los espíritus.

Mientras sostenía la piedra, el Hombre Hueso extrajo varios manojos de hierba, llamados palos manchados, de los que él acarreaba en su morral. Uno por uno los fue colocando tomándolos del final los iba poniendo en el fuego para que encendieran y los fumaba. David había sido testigo de esta ceremonia muchas veces durante sus años como antropólogo. Fue el preámbulo para una secuencia más compleja de acciones.

Las personas angustiadas primero necesitaban ser ritualmente limpiadas de espíritus y energías negativas bañándoles con el humo de resinas o plantas sagradas. Balám tomó cada uno de los manojos y lentamente lo frotó por el cuerpo de la muchacha desde los pies hasta la cabeza, haciendo una pausa momentáneamente en su abdomen. El aroma agradable de cedro se propagó más.

Cuando él terminó con esa hierba, él siguió con el olor dulce de la salvia frotando los manojos sobre su cuerpo como si fuera una varita mágica. Cuando la chica fue purificada, Balám puso más copal encima de los carbones para trasmitir oraciones a Dios.

Semillas de cacao, maíz y chile estaban puestos cerca, en un altar pequeño. Balám hizo una seña y la madre apareció en la choza con un pollo nervioso. Sus alas estaban atrapadas, pero sus piernas se movían rápidamente como si pedaleara en bicicleta cacareando y protestando. Con un movimiento practicado, el Hombre Hueso cortó el cuello del ave y dejó que la sangre goteara sobre el pelo y los hombros de la muchacha sollozante. Él le devolvió el pollo muerto a la madre, quien se lo dio a otra mujer que estaba parada cerca. Se convertiría en la cena de esa noche. Mientras los demás observaban, el chamán preparó una taza de un líquido y hierbas para beber.

Oh, no, David pensó. Esto no puede ser bueno.

Balám le dio la taza a la madre, quien se lo pasó a su hija, rogándole a la chica para que lo bebiera. Ella hizo un gesto, lo rehusó, y lo dejó a un lado. La madre asió la taza y la acercó a los labios de ella, insistiendo que lo bebiera todo. Llorando, ella lo tomó ahogándose.

Un momento después, la chica vomitó. Balam lanzó un puñado grande de hierbas encima de los carbones, se formaron oleadas de humo con olor a lavanda. Él inició un conjuro en dialecto. La chica sollozaba con cada contracción del estómago, vomitando y vaciándose repetidamente hasta que ella arrojó nada más que bilis y una asquerosa mucosidad.

David casi se enferma también, observando los llantos de la joven por los esfuerzos. Volteó a ver a Yusuf, pero el académico libanés parecía cautivado. Él ocasionalmente se encontraba con la mirada de David pero no dijo nada.

Varios minutos después, la muchacha dejó de llorar y hacer esfuerzos y la madre le ayudó a levantarse. Ella se sofocó y casi se desmaya, pero su madre la sostuvo derecha. Los ojos de la chica estaban más que abiertos y sus pupilas resplandecían como si fueran obsidianas negras. David se percató que ella había recibido alucinógenos, probablemente datura o peyote. Ella deambularía en el mundo de los espíritus por horas.

La madre de la chica la condujo a su casa y el Hombre Hueso las siguió, continuaba rodando en la palma de su mano su piedra sastun murmurando en un susurro. Él se quedaría con la chica por una hora o más, cantando y alejando a los espíritus para restaurar el equilibrio de ella.

El padre de la chica apareció sosteniendo dos tazas plásticas de brebaje para David y Yusuf. El indígena hablaba sólo dialecto, así es que estaba en un predicamento. Yusuf parecía renuente a beberlo, en cambio David saboreaba la oferta. Él conocía eso como balché, fermentado de la savia del árbol del balché. Se relamía los labios.

No está mal, pensó. No está tan agrio como algunos que he probado. Él le propuso a Yusuf que lo probara.

"Esto no es lo que la chica bebió, ¿verdad?" Yusuf arrugó la frente y miraba con atención la taza desechable mirando algunas partículas flotando en la poción.

David sonrió. "Se adquiere un sabor, pero usted estará sorprendido como va disminuyendo. He probado peores."

Yusuf suspiró e inclinó la taza para mojar sus labios, lamiéndolos para saborearlo antes de un sorbo. "Huele diferente," dijo amablemente.

"Es igual como lo que ustedes beben que se hace de las heces fermentadas de cabra en el Medio Oriente." David señaló con su taza hacia la cabaña donde el Hombre Hueso había desaparecido. "Esto podría llevar un rato. Nosotros tan bien podemos relajarnos.

* * *

El anochecer vino después de la tarde. Los indígenas les trajeron tortillas y frijoles con más balché. Mucho para su sorpresa, David se relajó y pudo pasar un buen rato. Él acaba de estar una semana en la cárcel. Alexandra había llorado cuando le dijo a ella que él debía irse inmediatamente.

Después de un viaje tan apresurado sobre las montañas él y Yusuf llegaron a Calvario para recoger el cuerpo, pero sólo encontraron que el viejo chamán se había hecho el desentendido sobre cualquier cosa acerca de éste. Todo lo que David podría hacer era sentarse y esperar, como si él participara en todo lo que estaba ocurriendo a su alrededor.

Esto tocó su alma de antropólogo. Aunque sintió ciertamente que Balám deliberadamente estaba fastidiando un poco, él decidió saborear ese tiempo de paz y satisfacción. No dejaría que Balám lo enfadara. Yusuf estaba bien, intentando hablar con unos cuantos de los indígenas que bebieron balché con ellos. Se reían de sus preguntas.

David se dio cuenta que el día se transformaba en noche cuando vio al sol volverse rojo anaranjado y meterse sobre las laderas terraplenadas a lo largo del valle. Era hora de aclarar su mente. Él podría regresar a la Toyota y esperar al Hombre Hueso a que terminara y que los buscara cuando tuviera tiempo o quedarse por ahí hasta que estuviera oscuro, cuándo los mosquitos salieran a devorar a cualquier ser viviente. Ninguna era una buena opción.

El sabroso balché hizo que David se sintiera ligeramente ebrio. La oscuridad envolvió las faldas de una montaña en sombras tenebrosas, reduciendo la visibilidad a 100 metros.

Cuando él caminaba hacia la Toyota, alguien le gritó. Él vio a Balám saliendo de la choza, seguido por los padres de la chica. Charlaron brevemente, después cada uno de ellos le dio al irritable, sonriente chamán un abrazo.

Uf, David pensó. La oportunidad perfecta en este momento. Él se desperezó, las coyunturas tiesas de estar sentado sobre el suelo. Yusuf se acercó a él cuando el chamán dejó a la pareja y fue caminando con torpeza hacia David.

"¿Me saludaría él, si le ofrezco mi mano?" Yusuf bromeó.

"Ni en sueños. Mejor sígame. Él es difícil de predecir."

Balám se acercó, y seis hombres llevando rifles repentinamente aparecieron del bosque. David y Yusuf no sabían que estaban siendo observados, pero David no estaba sorprendido. Él aprendió algunos años antes, que el Hombre Hueso raras veces iba a cualquier lugar sin protección. Él controlaba una red de mensajeros que llevaban información a través de las selvas. Probablemente no había un pueblo en Chiapas que no tuviera simpatizantes zapatistas y campesinos entrenados animosos por conservar la red.

El radio y el teléfono podrían ser más rápidos, pero había lugares en la selva lacandona dónde no tenía uno acceso a ellos. Aunque algunos indígenas entendían de tecnología, la mayor parte de los incultos, no confiaban en ésta, sentían que los habían traicionado. Era mejor utilizar a las personas antes que arriesgar con los métodos del hombre blanco.

Cuando Balám se acercó, miró fijamente a David, después a Yusuf. Vio con atención de vuelta al bosque, entonces dio la vuelta e hizo una pregunta a uno de los zapatistas que traía un arma. Conversaron brevemente y el chamán asintió con la cabeza.

Él fijó su atención en el profesor, y David vio que sus pupilas todavía estaban dilatadas y los efectos de los alucinógenos que él había ingerido eran todavía visibles. Sin embargo, sus palabras no eran borrosas o lentas.

"Nunca antes había visto un musulmán."

"Los musulmanes son como cualquier otra persona, Balám."

A David le dio recelo. ¿Por qué estaba el chamán repentinamente preocupado acerca de los musulmanes?

"Mi hijo, Marcos, decirme que a los musulmanes les gustaría matar a todos los cristianos. Él dice ellos enemigos de cristianos."

Maldito seas, Marcos, David maldijo. "No todos los musulmanes son lo mismo, Balám, así como no todos los mayas son zapatistas. ¿Usted sabe?"

La respuesta pareció desenfadar al Hombre Hueso, que volteó a ver a los ojos a Yusuf. Le sostuvo fija su mirada y el académico libanés se sintió incómodo y volteó hacia otro lado.

Balám entonces viendo fijamente a David le dijo. "Oigo que túnica negra de país del Papa meterle en la cárcel, ahua. Mi contacto en el San Cristóbal dijo que túnica negra acusa usted roba de una iglesia. Eso no es razonable para mí, así es que tengo Marcos me traiga la verdad. Él trae me usted amigo, el sacerdote."

"¿Sally está aquí?" David señaló al suelo.

"El padre Salvador López viene ayer. Yo hablé él toda noche, y él regresa a selva. Él quiere trabajar con gente." Balám agitó su mano. "Sabe usted… ¿Ayuda hablar ellos en su religión y política?"

¿Les ayuda a ellos a hablar de su religión y su política? David se preguntó. ¿Es esto algo bueno? ¿De qué es cómplice el chamán ahora?

"Yo en realidad necesito hablar con él, Balám. El obispo en Tuxtla tiene un mensaje para él y el inquisidor papal quiere hacerle algunas preguntas. Yo en realidad deseo que usted..."

"Él no quiere trabajar obispos e iglesia ahora, ahua. Él es realmente cristiano y ahora quiere trabajar indígenas."

David encontró la mirada de Yusuf, pero ninguno habló.

"Encuentro caja con el Hombre Sagrado. Encuentro al hombre de Dios que pertenece familia Reyes por largos años. Un hombre malo tomó el cuerpo. Él roba cuerpo y deja en selva. Encuentro cuerpo. Reviso cosas del féretro encuentro como viejos libros sobre los que usted me cuenta. Meto libros en el galerón porque usted no me habla. Usted todavía disgustado conmigo por malditos paramilitares de Ocosingo que quieren recuperar tierra de indígenas Tzeltal. Yo sé que túnica negra cree que usted roba libros y mete en su galerón."

"Gracias por la disculpa, Balám."

"Yo no me disculpo, no hice nada malo. Yo no quiero dar usted el Hombre Sagrado, pero pienso que no voy a cuidar él ahora que la familia Reyes está ausente. La familia Reyes sabe todo acerca de Hombre Sagrado y ellos están muertos ahora, se fueron. ¿Si le doy el Hombre Sagrado para túnica negra de la tierra del Papa, usted me promete que los musulmanes no lo tendrán, ahua?"

"¿Usted está preocupado porque los musulmanes puedan tener el cuerpo?" David se rió ahogadamente y le sonrió a su antiguo amigo. "Yusuf no quiere el cuerpo, Balám. Nadie quiere un cuerpo descompuesto y pestilente."

Los ojos de Balám se estrecharon y su pequeño pecho y sus hombros se hincharon. "¡El Hombre Sagrado no apesta, ahua! ¡Él no tiene más hedor que hombre blanco, musulmán o del soldado mejicano con fuerte aliento a mierda de cerdo!"

¡Guao! David dio un paso atrás. Los guerrilleros zapatistas fruncieron el ceño con una expresión dura. David alzó sus manos y extendió sus dedos. "Está bien, Balám, mi amigo. Mire, lo siento. No tuve la intención de ofenderle. Estamos solamente muy cansados. Yo no usé las palabras correctas."

"Usted y el musulmán irse, ahua. Usted le lleva el Hombre Sagrado al hombre del Papa. Usted no le pierde, ¿está bien? Lo van a seguir mis hombres para asegurar que usted está bien. Usted no se preocupe por el padre Salvador López. Él hace no más trabajo en iglesia. Él trabaja para mayas ahora. Marcos y zapatistas ayudan él. Nosotros su familia ahora. Él dijo que diga adiós usted. Usted le agrada. Tal vez lo vea en alguna ocasión, pero no creo que sea así. No." Él empezó a marcharse dando media vuelta.

"Qué hay acerca del cuerpo, ¿Balám? ¿Cuándo lo puedo tener? Tenemos que..."

"El cuerpo está en su camioneta, ahua. Usted se adelanta, esta noche lluvia grande vendrá. Mis hombres le siguen."

¿Qué diablos? ¿El cuerpo ha estado todo este tiempo en la parte trasera de la Toyota? Él quería apretarle el cuello al pequeño grosero de mierda.

Frunciendo el ceño, David le dijo a Yusuf. "Vámonos."

"Es una buena idea, David. Mi límite de bienestar está llegando al tope."

Cuando ellos iniciaron la breve caminata cuesta abajo hacia su vehículo, Yusuf preguntó, "¿Él siempre habla de esa forma?"

"Él está drogado en hongos o lirios acuáticos o algo por el estilo. Le he visto tan mal que él casi no puede hablar. Los efectos de cualquier cosa que él tomó para la ceremonia curativa están comenzando a disminuir o él no podría hablar del todo."

Los zapatistas se dispersaron adelante, algunos hacia el bosque, los otros siguiendo al el Hombre Hueso, quien no caminaba hacia el pueblo.

David y Yusuf habían avanzado sólo algunos metros hacia un área con árboles pequeños cerca del camino cuando el Hombre Hueso les llamó. "¡Ahua! Usted dígale a sucia gringa de la excavación con chichis grandes, tetas, que ella no molestar padre Salvador. Él tiene nueva mujer, mujer zapatista." Él les meneó el dedo libidinosamente.

David torció la boca y agitó su mano en señal de despedida del viejo chamán. "Seguro, Balám. Le diré a ella." Él se devolvió a Yusuf. "Estoy tan cansado de esto. No puedo esperar para regresar a Ocosingo y deshacerme del cuerpo. Nunca en mi vida había estado involucrado en algo tan estúpido. Espero que todo el cuerpo se le descomponga al padre Gregory y le apeste su casa y que esos piadosos patéticos, buenos para nada en Roma sufran la vergüenza que se merecen."

"Cálmese, David. Entiendo lo que usted quiere decir. Ese hombre viejo es la definición completa como se diría en inglés, es todo un personaje."

"Él es un matón rudo, insensible, arrogante que me causó más problemas que lo que le puedo contar."

"Él le entregó el cuerpo." Yusuf señaló la camioneta que surgía a la vista. El féretro era claramente visible en la góndola y tres indígenas, dos cargando sus rifles, lo protegían.

Cuando se acercaron, David se detuvo y recurrió a Yusuf. "Deberíamos haber traído tapones para la nariz para el hedor y una buena cantidad de cal para echarle al cadáver. Creo que tenemos servilletas en la guantera que podríamos usarlas en nuestras narices."

Él hizo gestos con las manos hacia el camión. "Movámonos antes de que esté obscuro. Revise la guantera y asegúrese de que tengamos todos los documentos

202

que el padre Gregory envió para ayudarnos. No queremos ningún problema transportando el cuerpo."

David saludó a los soldados, pero sólo uno le reconoció. Él estaba sorprendido de encontrarlos de pie tan cerca de la camioneta. El Hombre de Dios, como Balám le llamaba, debería apestar a esa hora.

David se detuvo en la góndola de la camioneta mientras Yusuf entraba en el asiento del pasajero y buscaba los documentos que el padre Gregory les había proporcionado. Aunque estaba demasiado obscuro para discernir detalles, David vio que la tapa del féretro estaba intacta, asegurada con cinta fuerte y atada con unas cuerdas. A pesar de la oscuridad, él alcanzaba a ver que el contorno de Kukulkán se plegaba sinuosamente alrededor del cuerpo.

Se veía muy familiar. Recordó que él nunca tuvo la oportunidad de examinar el féretro a la luz del día. El alumbrado en las ruinas de la iglesia era malo y en la selva por la noche no había luz tampoco. Él inhaló por la nariz el aire pero no olía nada. Si el cuerpo apestara, el olor no salía porque estaba bien sellado. No había forma de levantar la tapa tan solo para ver un cadáver en descomposición.

"Creo que esto es todo." Yusuf sujetaba en lo alto un juego de papeles. "Es difícil saber con esta luz." Él se encorvó dentro de la cabina para usar la luz de techo.

"Estupendo. Vayámonos antes de que ese hombre desagradable cambie de idea." Él se dirigió a los indígenas. "Estamos listos, muchachos. Salimos ahora."

No contestaron.

Él asintió con la cabeza, rodeó la góndola de la camioneta y se puso detrás del volante. Viendo a los guardias otra vez, él echó a andar el motor y les dijo, "Adiós."

Con un movimiento brusco, le dio vuelta a la Toyota fuera del sendero tomando el camino lleno de baches dirigiéndose a Calvario.

* * *

Quince minutos más tarde, llegaron a Calvario y su única lámpara pública les dijo adiós. Una mirada rápida por el espejo retrovisor reveló sólo sombras oscuras de chozas de adobe con techos de lámina acanalada. Probablemente les tomaría tres horas o más para regresar a través de la misma serie de comunidades pequeñas.

David bostezó y se desperezó, mirando a Yusuf, que leía las hojas de escritos de la guantera. El buen estado de ánimo de David fue reemplazado por el malhumor. Él quería abandonar todo este asunto. Deseaba que el padre Gregory, los libros, y el cuerpo descompuesto estuvieran ya en camino hacia Roma, mientras David se deleitaría con un brandy y trabajaría en un crucigrama con su esposa en el rancho.

Hablando claro, él no debería haber tomado tantas tazas de balché. Ni debería haber discutido con él. Él ciertamente no debía haber estado involucrado en todo este desorden.

¿Cómo permitió que la situación se saliera de control? Bostezando otra vez, él miró el velocímetro, calculando la distancia. El trayecto en coche tomaba más tiempo que lo que él pensó.

Trató de ver rápidamente por la ventana de la puerta, pero la oscuridad revelaba poco. Las sombras fugaces y los fantasmas vaporosos escapaban conforme conducía. Los árboles altos de ceiba, caoba y pino parados como centinelas silenciosos cerca de la autopista. La maleza y las plantas exuberantes usurpaban el borde del camino, intentando rescatar lo que era de ellos antes de que la carretera principal se construyese. En esta área de Chiapas habría sido imposible viajar antes de la rebelión de 1994. Eso cambiaría con la base militar nueva en construcción cerca de Taniperlas y una carretera de asfalto casi terminada en el norte.

David y Yusuf viajaban a través de un sendero insignificante del valle en la mitad de la montañosa selva lacandona por un pobremente mantenido camino de terracería. Afortunadamente, él traía una camioneta nueva. Tener un problema del vehículo aquí sería un desastre.

Desaceleró un poco. No había razón para confiar demasiado en su suerte. Aspiró profundamente y suspiró, intentando alejar su fatiga. Todavía tenían varias horas por delante, pero con alguna buena suerte él estaría en casa en su cama a la siguiente noche y el doctor Bin Saud estaría en un avión para Líbano.

CAPÍTULO VEINTIOCHO

El padre Salvador López, se encontraba acostado sobre su petate dentro de una tienda de campaña de poliéster, con los ojos cerrados, escuchaba los cantos y los gorjeos de las aves de la selva. El olor a frijoles, tortillas y fruta madura le tentaron. Hambriento, él estaba listo a abrazar el nuevo día, ansioso para empezar su nueva vida al lado de los indígenas pobres de Chiapas y Guatemala.

Quizá el debería oficiar la misa. No había celebrado una misa desde dos semanas antes y el pensamiento de comprometer el ritual sagrado dado por Jesús a la humanidad creó un resplandor interior y trajo una sonrisa a su cara.

El día previo, él conoció a un hombre inusual llamado Balám Reyes, mientras Marcos se agrupaba con otros líderes indios. Balám había sido amable, fervoroso y hablaba con pasión de la difícil condición, la pobreza, ignorancia y enfermedades que habían heredado luego de 500 años de ocupación por los hombres blancos. No poseían nada y se les imposibilitó a tener una voz en sus propios asuntos. Su cultura cambió poco en varios centenares de años. Fueron guiados por la tradición y la costumbre, pero su estilo de vida era amenazado. Los madereros rapaces, los hacendados poderosos y los políticos de doble cara amenazaban la existencia de los indígenas.

Las corporaciones multinacionales querían los recursos increíblemente ricos de Chiapas y la tecnología y las comunicaciones trajeron drogas, música extraña y ropa obscena a los remotos pueblos tradicionales, impulsaba a los jóvenes a avergonzarse de sus familias y adorar a esos dioses falsos.

Al escuchar el sentido de tal pensamiento, el padre López supo que él había tomado la decisión correcta. Balám le prometió seguridad y soporte incondicional, incluyendo comida, ropa o cualquier otra cosa que él necesitara. Salvador era sacerdote y los mayas siempre respetaron a los hombres santos. El padre López debía ayudar a los indígenas y les debía alentar a organizarse y oponerse a los poderosos ladrones de la Ciudad de Méjico y la Ciudad de Guatemala. Los mayas debían rescatar su tierra.

El padre López les tenía que demostrar a ellos que esta acción era bendecida por Dios, recordándoles lo que Jesús les dijo directamente a las personas como ellos. El chamán habló por casi treinta minutos sin parar mientras el padre López le escuchaba, deseando que él pudiese dar una ceremonia tan sincera, vigorizándola En ese momento se dio cuenta que pronto tendría la oportunidad. Él estaba de acuerdo con el mensaje de Balám. Él quería esta misión. Era la obra de Dios tan explicada por Jesús en el Nuevo Testamento.

Antes de irse para encontrarse con Marcos, el Hombre Hueso metió la mano en el morral de lona que siempre llevaba y sacó una taza.

"Aquí, padre López." Dándole a Salvador una cerámica rudamente forjada. "Sé que usted conoce al Hombre Sagrado, familia del hombre de Dios Reyes. Esto es su cáliz. ¿Usted recuerda al hombre de la serpiente en féretro con copa en mano que ofrece a las personas? Esta copa perteneció a ese hombre. Él pintó paredes en viejas ciudades mayas. En Yaxchilán y Bonampak. Él en pared de caverna Xibalbá de su amigo ahua David.

"Ésta es copa sagrada, la vieja copa usó sacerdote poderoso de mil años antes cuando Dios parecía una persona maya, de primero. Ese hombre un sacerdote y un rey. Mi gente le llama Kulkulkán, la serpiente emplumada. La familia Reyes a Hombre Sagrado lo cuidó muchas generaciones, ellos están muertos ahora. Yo darle esta copa, porque quiero usted conoce Hombre Sagrado y porque usted debe saber que Hombre Sagrado tuvo gran poder."

El padre López recibió la copa. Él necesitaba un cáliz para la misa y no había traído sus enceres de Tuxtla Gutiérrez, simplemente una Biblia pequeña. A él no le importó si el cáliz no era de oro y brillantes. Si le hacía feliz a Balám darle una reliquia a su cuidado, Salvador estaba dispuesto a agradarlo.   Él tenía que levantarse y entrar al mundo, impregnado de alegría y con un sentido de expectación ausente desde su ordenación diez años antes. Él se levantó de su petate, bostezó y se desperezó. Un mono aullador lanzó el primer grito matutino desafiando a los otros, previniéndolos de que él reclamaba su territorio.

Sally se paró con la luz del día para ser saludado por tres mujeres que cocinaban y bromeaban con los hombres zapatistas que andaban por ahí. Marcos no estaba allí y su petate estaba vacío.

¿Qué mejor manera para empezar su misión que celebrando el regalo de Dios para la humanidad? Una misa pequeña sería lo mejor para principiar el día, cualquier día. Él les pidió una tortilla a las señoras, quienes se quejaban continuamente a la más mínima y simple petición. Él les agradeció y se fue a un lado, cerca de su tienda de campaña, donde estaba una pequeña mesa de aluminio que soportaba una lámpara de gas.

Él la limpió y colocó una cantimplora con agua, la tortilla y su Biblia pequeña en la parte superior de la pequeña mesa. Rezó rápidamente, entonando la liturgia y el ritual de memoria. Parecía que era un día especialmente bendecido y él estaba tan absorto por el momento que no se dio cuenta que todo el mundo, los soldados, los cocineros y los trabajadores se habían detenido de lo que hacían para observar o participar.

Mirando hacia arriba, él sintió una emoción que le atravesaba de lado a lado en su espíritu. La misa es para compartir. Ése era su propósito. Él tenía sólo agua en la cantimplora y una tortilla, pero eso no tenía importancia. Él la rompía en pedacitos como Jesús hizo con el pan. El tamaño no tenía sentido. A Dios no le importaba si los pobres no tenían vino.

Él llenó el cáliz de agua y quedamente entonó la oración familiar sobre el agua y la tortilla, pidiéndole a Dios que compartiera su esencia espiritual con todos los presentes. Él tomó parte primero, después él les ofreció el cáliz y un pedacito de tortilla a cada trabajador. Se formaron en fila rápidamente, ansiosos por participar. El vino sagrado usualmente no es ofrecido a los que oyeron la misa, solo la hostia sagrada es ofrecida como el cuerpo de Cristo. El uso compartido adicional del cáliz se sintió acertado y bueno.

La distribución duró sólo dos minutos, durante este momento el padre Salvador se sentía envuelto en un sudario de paz y alivio. Se sentía como si oficiara misa por primera vez entre estos que él deseaba poder celebrarla más. Siempre se acordaría de ese momento y él le dio gracias a Dios por el regalo y esas personas. Rezó, completó sus abluciones y bendijo a todos los presentes, dándoles las gracias por haber compartido con él.

Cinco minutos más tarde, él estaba en el centro de la comida sencilla, deliciosa, café caliente y personas sonrientes. Unos cuantos de los hombres zapatistas llegaron de visita para probar su español. Él entendió más y los alentó a continuar, percatándose que cruzaba una barrera. Adquirió un nivel de respeto entre ellos y le demostraron su confianza y su aceptación. Fue un momento humilde y él se sintió muy agradecido.

La mañana la pasó Sally haciendo poco pero tratando de conversar y entablar una amistad con las personas con quienes él viajaría y compartiría su vida.

* * *

Marcos, apareciendo del bosque al medio día. Saludó al padre López desde lejos. Se detuvo a hablar siendo acosado por los soldados y los campesinos adeptos. Una tranquila pero intensa conversación tenía lugar, dominada por las mujeres y un soldado zapatista ya mayor.

Una mujer señaló al padre López. Marcos escuchó, miró sostenidamente a Salvador antes de hacer preguntas. Dos de las mujeres enterraron sus cabezas en sus manos y el hombre parecía estar al borde del llanto.

Salvador se preocupó. ¿Había abierto él una brecha sin darse cuenta o había ofendido a alguna de las jóvenes mujeres?

Luego de algunos minutos, Marcos se alejó del grupo, dejando a las tres mujeres y al hombre sonriendo.

Oh, bien, Sally pensó. Aunque obviamente hablaban de él, no sintió temblor alguno. Le trataron bien toda la mañana y él tenía más curiosidad que preocupación. La mayor parte de los indígenas no hablaban español, así es que Salvador imaginó que compartían detalles de la mañana en dialecto con Marcos.

El hombre de tez morena y complexión fuerte, caminó hacia el padre López y se quitó la gorra antes de acercarse. "Veo que ha causado una gran impresión." Él extendió su mano para saludarlo y sonriendo la agitó.

"¿De verdad? ¿Por mi incompetencia o por mis esfuerzos miserables tratando de hablar su dialecto?"

"Padre López." Él dio vuelta y señaló el grupo. "Esa familia es del pueblo de discapacitados."

"¿El qué?"

"El pueblo Bendiciones, una pequeña comunidad indígena cercana a Realidad. Mucha gente de allí tiene la enfermedad del temblor corporal. ¿Usted conoce la parálisis temblorosa? Ellos tiemblan incontrolablemente. Las corporaciones y el gobierno mejicano usan una zona río arriba como vertedero químico desde hace casi cincuenta años y las personas del pueblo están enfermos. Muchos tienen cáncer y defectos de nacimiento. La madre y la hija vienen de ese pueblo."

"Qué triste." Salvador estaba molesto. "Ése es exactamente el tipo de conductas que tenemos que combatir. Debemos detener esa clase de cosas. Los tenemos que organizar para combatir al gobierno y los negocios que hacen. Eso se ha llamado racismo medioambiental y es responsable de…."

Marcos detuvo la perorata acalorada levantando su mano. "Sí y no, padre. Usted no entiende. Esa madre y su hija y esas personas a quienes acabo de hablarles," él los señaló, "dicen que están curados. No tienen ya más temblores. Se curaron después de recibir de usted el cuerpo y la sangre de Jesucristo esta mañana."

* * *

El padre Gregory colgó el teléfono. Era el anochecer en Roma, pero su llamada era esperada, aun en gran medida anticipada. Sabía que su regreso era silenciosamente anunciado entre los hombres de acción y los instigadores en la Santa Sede, quizá hasta por el mismo Santo Padre.

Méjico no estaba tan retrasado después de todo. Él había sido tratado muy bien y tuvo acceso a todos los recursos disponibles. El servicio telefónico era bueno y sus camas eran muy cómodas. No podía decir lo mismo de muchos lugares a los que había sido enviado para investigar milagros. Las condiciones y la tecnología en muchos países africanos y sudamericanos eran más bien descritas como primitivas. Con excepción de tener que tratar con ese miserable ateo, David Wolf y el del cuñado que había adoptado una postura exagerada, el padre Gregory había disfrutado de su estadía en Méjico.

Era el gran día. El doctor Wolf llamó por teléfono ya tarde anoche desde el centro de operaciones de la policía de Ocosingo, para notificarle que el cuerpo estaba en la camioneta Toyota, el cual estaba sin ningún daño, alojado en el garaje de la policía.

El padre Gregory vio su reloj. Era hora de recoger al inspector Leyeva en el Hotel Palenque. Encontrarían al doctor Wolf y a su amigo musulmán en el garaje para ver el féretro y el cuerpo.

El hombre del Vaticano, casi saboreaba el triunfo, transportaría de regreso el cuerpo y los libros desde la selva lacandona arropada por las montañas hasta San Cristóbal, de ahí en adelante para el aeropuerto de Tuxtla Gutiérrez, donde él conectaría el vuelo de las nueve de la noche para Roma. Se despediría del obispo Álvarez en Tuxtla y les llevaría su agradecimiento a varias personas de suma importancia en el Vaticano para el obispo.

Dentro de su portafolio sobre la mesa del café estaban los libros y el collar luciendo una estrella de David y el báculo pastoral. El collar estaba supuestamente en el cuerpo cuando Wolf lo vio por última vez en la ruina. El inquisidor papal tenía la intuición de que el cadáver probaría ser único, como los libros de papiro, conservado o no. Independientemente de eso, eran parte de la misma investigación. Él debería ver la evidencia y tomar en cuenta el escenario donde tuvieron lugar los acontecimientos y no enfocarlos como aspectos individuales.

* * *

Media hora después, estaban parados cerca de la camioneta Toyota en el garaje de la policía. David y Yusuf llegaron, se veían cansados y contrariados. El pelo del profesor estaba despeinado y más gris que antes. Sus ojos negros hinchados mostraban unas bolsas abajo. No había duda, él estaba listo para regresar a San Cristóbal antes de que las tormentas en serie atravesaran las sierras al atardecer.

El inspector Leyeva quitó la cinta de la cubierta del ataúd, el cual estaba sobre el piso. El padre Gregory caminó alrededor del rectángulo de caoba, admirando el arte tallado a mano y la pintura de serpientes enrolladas y glifos. Como un antropólogo profesional, decidió inmediatamente que la serpiente era Quetzalcóatl, la serpiente emplumada de la tradición indígena mejicana. En este caso particular, era Kukulkán, la versión maya de la misma deidad.

Según la leyenda, Quetzalcóatl fue un rey tolteca muy conocido que desafortunadamente se avergonzó a sí mismo emborrachándose y haciendo el amor con su hermana. Para enmendar el mal, él abdicó de su trono, dejó a su pueblo y se fue hacia el este sobre la gran agua, prometiendo regresar algún día triunfante. La leyenda fue tan importante y generalizada en Méjico que el emperador azteca Moctezuma excesivamente religioso, equivocadamente creyó que el conquistador Hernán Cortés era Quetzalcóatl retornando. En vez de destruir contundentemente a él y a su pequeño ejército, el emperador azteca les dio la bienvenida al español y a sus soldados en Tenochtitlán, un gran error.

"¿Le parece conocido profesor?" preguntó.

"Es Kukulkán," el doctor Wolf le contestó. "Usted es un arqueólogo. ¿Sabe usted qué es esto? " Él rodeó el féretro, también, frunciendo la boca. Se detuvo para seguir con sus manos la serpiente enroscada, después de una pausa tocó el contorno del cuerpo de la criatura antes de dar la vuelta alrededor de la caja.

El padre Gregory pensó curiosamente que no detectó ningún olor, pero él y los demás aceptaron fácilmente los pañuelos rociados con desinfectante que les ofreció el inspector Leyeva. El inquisidor papal sonrió desagradablemente, sujetando el pañuelo en su nariz como lo hacían David y Yusuf, observando al coronel Leyeva alzar la tapa y colocarla al lado del ataúd.

A la luz de la lámpara fluorescente en lo alto, vieron un cuerpo vestido con pantalón blanco, sandalias toscas y la camisa de trabajo de algodón de un típico indígena maya. Una banda negra en el brazo, el símbolo de los zapatistas, estaba amarrada alrededor de su brazo izquierdo.

En silencio, miraban el estado físico del cadáver.

Finalmente, el sacerdote miró a David. "Se ve demasiado bien para mí, profesor. Él se mira como..."

"...si acabara de morir hace una hora. Esto es verdaderamente asombroso. Es..."

"... un milagro." El inquisidor papal temblaba por la importancia del descubrimiento. "¿Usted está seguro que es el mismo cuerpo que usted vio en las ruinas de la iglesia hace dos semanas?"

David miró al padre Gregory, luego a Yusuf. "Sí, estoy seguro. Las ropas son diferentes, pero siempre recuerdo caras. No puedo explicarme su estado, pero sí, éste es el cuerpo."

El aliento de Yusuf quedó atrapado y tapándose la boca con una mano, clavó sus ojos en el cuerpo como fascinado.

El coronel Leyeva se hinco rápidamente sobre sus rodillas, santiguándose. El padre Gregory se arrodilló al lado de él, colocando un brazo encima de los hombros del federal y comenzó a susurrar una oración. David y Yusuf los observaban torpemente, sabiendo que estaban en la presencia de una cosa de otro mundo pero sin saber cómo reaccionar.

David acomodó su peso en el otro pie, recorrió otra vez con la mirada a Yusuf y miró directamente al féretro.

"Es hora de que se vaya, profesor." El hombre del Vaticano se levantó de sus rodillas y ayudó al coronel a pararse. "Usted y yo terminamos. Usted y su amigo musulmán pueden regresar a San Cristóbal inmediatamente. Deje la Toyota cuando regresen en el alquiler de autos El Álamo. Todo está pagado."

Él miró a Yusuf. "Tengo instrucciones para decirle a usted que no intente publicar sus traducciones. Usted sabe que no pueden ser valoradas con exactitud sin tener disponibles los documentos originales. Usted traería desgracia y vergüenza para sí mismo y también a su carrera si lo intentara."

"Yo en realidad pienso que usted debería reconsiderar, padre Gregory," Yusuf contestó. "Estos documentos nos pertenecen a todos nosotros. Esconderlos en un archivo en el Vaticano es poco ético y pecaminoso."

¿"Poco ético? ¿Pecaminoso? ¿Usted me sermonea sobre la ética y el pecado? Uno de ustedes es un ateo, el otro un mahometano. Por favor, caballeros, salgan." Él señaló la puerta de la cochera abierta. "Súbanse a esa camioneta y váyanse. Lo siento que tengamos que despedirnos de esta manera, pero no tengo tiempo para discutir con científicos."

"La ciencia es la forma de Dios," David dijo coléricamente.

"No, profesor. La ciencia no puede explicar el agente causal último, y usted lo sabe. Puede explicar la causa y el efecto, pero nunca podrá explicar satisfactoriamente cómo se hizo en realidad el universo. La Gran Explosión, en la cual todos los científicos creen, no nos cuenta nada sobre el material original del cual se formó el universo. Las leyes básicas de la física nos dicen que algo no puede venir de nada. La materia y la energía se juntaron para formar el universo y la materia no puede ser creada o desbaratada. Sólo se transforma. Sólo el primer físico, Dios, puede explicar el universo."

"Usted realmente no comprende cómo trabaja la ciencia, padre Gregory."

"Y usted no entiende que la ciencia es simplemente otra clase de fe, algo erróneo e inadecuado, podría sumar."

"Les dijo: váyanse y yo también quiero que se vayan," expresó el coronel Leyeva, moviendo a un lado su chaqueta para exponer su arma de fuego. "Ninguno de ustedes es bienvenido aquí. Devuelvan la camioneta y váyanse a su casa, especialmente usted." Señaló a Yusuf. "Dios tiene más paciencia con musulmanes que yo."

* * *

David y Yusuf hablaron mucho tiempo mientras iban en la camioneta atravesando las verdes montañas exuberantes y el bosque hacia San Cristóbal. Se nublaba otra vez y soplaba el viento. Las brisas tempestuosas de la montaña eran difíciles de predecir, porque eran caprichosas y las ráfagas de aire llegaban fuertemente sin previo aviso. Aunque David había conducido por este camino incontables veces, él sabía que no podía distraerse detrás del volante. La autopista era una pendiente serpenteante, muy peligrosa. Un solo carril al lado de la falda de una montaña y el otro algunas veces se desaparecía por kilómetros sin ninguna valla de seguridad.

La vista por el borde era impresionante pero causaba distracción. Un conductor descuidado fácilmente podría deslizarse fuera de rumbo y podría descender rápidamente muchos miles de metros para encontrar su muerte. La concentración era imperativa si quería llegar a su destino. Era probable que no se encontrara un vehículo perdido y su conductor por mucho tiempo.

Yusuf no sabía si él debía tratar de publicar. Quizá podría contactar con el Vaticano y podría pedir una audiencia con alguna autoridad que comprendiera la importancia de los libros. David asintió con la cabeza alentando la idea, pero él sabía que eso no era muy probable. El inquisidor papal les aseguraba que nadie tomaría en serio a Yusuf. Aunque David tenía fotos de los tres rollos de papel, alguien inmediatamente afirmaría que eran un fraude.

Ambos hombres estaban cansados, y sus mentes fatigadas no encontraban la solución. Posiblemente alguna idea les podría llegar más tarde.

Especulaban en cómo el cuerpo se encontraba en perfecto estado físico, porque ciertamente no creían en milagros.

"Debe haber una explicación razonable," dijo David.

"Estoy de acuerdo."

Pero todavía, nada satisfactorio se les ocurría.

Finalmente, sin tener nada más que discutir, se quedaron callados. Yusuf pensó en su familia en Líbano, mientras que David pensó en Alexandra y su casa en San Cristóbal. Él se preguntaba cómo le estaría yendo a Karen en el sitio Xibalbá y que le ocurría a Sally.

¿Qué ha sido de él hasta ahora? David se preguntaba ¿Por qué no me esperó en Calvario?

Aunque él esperaba que todo estuviera bien con Sally, sospechaba fuertemente que él había estado involucrado en la red del Hombre Hueso de intriga y conspiración interminable. Balám le advirtió a todo el mundo que tenían que dejar solo al sacerdote, incluyendo a Karen. Había mencionado algo acerca de que Sally se había encontrado a una buena mujer zapatista.

Seguramente logró por medios mágicos las interesantes imágenes. David no podía imaginar qué clase de argumentos que el Hombre Hueso habría usado para seducir al padre López. Finalmente, él se cansó de especular. No tenía forma de contactar a Salvador. A menos que el sacerdote decidiese salir de la selva y de su desorientada misión, no había nada que hacer para ayudarle.

Tal vez él no necesitaba ayuda. David tenía bastantes problemas como para involucrarse en los planes del Hombre Hueso.

Buena suerte, Sally, pensó David. Espero que sea lo que usted andaba buscando.

* * *

"Ha sido un largo día padre Gregory." El coronel Leyeva suspiró y se relajó ligeramente. Estaban saliendo de la parte más pronunciada de la cadena de montañas, moviéndose rápidamente por la autopista hacia San Cristóbal de Las Casas. Las nubes oscuras como nódulos se agitaban como bolsas de humedad que colgaban pesadamente, amenazando con una enorme tormenta que se acercaba del oeste. "Estuvo muy mal, desde el principio estábamos retrasados, pero lo llevaré allá, tenemos tiempo suficiente."

"Tengo confianza que usted lo hará. No importa si me retraso un poco. Sólo quiero asegurarme que lleguemos con tiempo para documentar el féretro y que todo esté bajo control. Hay mucho en riesgo."

"Llamé a la oficina en Tuxtla antes de que saliéramos de Ocosingo. Me han asegurado que nos esperan y que no habrá problemas con la aduana. Usted estará en Roma a tiempo para desayunar, padre."

"Gracias. Su ayuda ha sido invaluable. Le enviaré una carta a su supervisor agradeciéndole por su ayuda. No podría haber hecho esto sin usted. Usted es un buen hombre y un buen cristiano."

El federal sonrió con aprecio pero no contestó. La tormenta se veía a veinte kilómetros, con relámpagos bifurcados azotando e iluminando por detrás, desplomándose la masa negra y gris que se movió inexorablemente hacia la cadena de montañas cuando ellos consumían las últimas tres horas haciendo negociaciones.

"¿Está seguro usted que usted no le importa ir en el coche con la lluvia, padre? ¿Quiere usted detenerse por un rato en San Cristóbal?"

"No a menos que usted insista, coronel. Confío en usted. Usted conoce los caminos y el clima. Simplemente maneje cuidadosamente. Yo en realidad no puedo perder mi vuelo." Viendo el portafolio en su regazo, él lo jaló apretándolo en contra de su pecho. "Es extraño. Ahora que finalmente tengo todo lo por lo que vine, me preocupa que lo pudiera perder."

"Ni lo piense."

"Lo sé. Era simplemente un pensamiento. Conduzcamos a través de San Cristóbal sin parar. He visto todo el pueblo de David Wolf que hubiera querido ver durante toda mi vida."

Siguieron adelante, rodearon la vieja ciudad colonial y enfilaron hacia abajo de la montaña hacia las tierras bajas dónde Tuxtla Gutiérrez se erguía. La cara del acantilado se precipitaba cientos de metros en algunas partes y el sinuoso camino era tan traicionero como el que ellos acaban de atravesar. No había barreras de protección. Estaban en el carril de la derecha, que estaba más cerca de los acantilados sólo algunos metros afuera.

La tormenta llegó antes de lo esperado, se encharcaba la carretera, las ráfagas de viento y la lluvia impetuosamente impulsaban las hojas. El relámpago reventó y el trueno rugió, agitando la montaña y dándole un empujoncito a la Toyota. A esa gran altitud, sentían como que iban a la deriva en las entrañas de la tempestad. La visibilidad era mínima.

"Esto es terrible. Tal vez deberíamos detenernos." La voz de padre Gregory tiritaba.

"Me gustaría, padre, pero éste no es un buen lugar. Necesitamos encontrar un sitio seguro por el camino para salir."

Al tomar la siguiente curva, encontraron un camión atascado en su carril. Conduciendo por un lado, se detuvieron momentáneamente. El sacerdote bajó el vidrio de su ventana para que el federal le pudiera hablar al conductor del camión.

El chofer no podía mover su vehículo. La lluvia había causado un derrumbe que cubría la autopista y él había chocado contra una gran roca, la cual había agrietado el cárter del aceite y éste escurría por todo el camino. El clima estaba imposible de cualquier manera no se podía hacer nada.

El coronel Leyeva y el padre estaban en peligro de llegar tarde, así es que condujeron cuidadosamente alrededor del camión y siguieron la carretera para la siguiente curva. La autopista era estrecha y muy pronunciada y la Toyota se deslizaba y patinaba, teniendo dificultad para tener tracción. El cielo se hizo más oscuro conforme el centro de la tormenta llegaba.

El padre Gregory agarró su portafolio con una mano y con la otra a la consola. Volteó a ver apresuradamente al inspector.

"Es el aceite en el suelo, padre," Leyeva se disculpaba. "Estaremos bien. Sólo necesito pasar por un lado en la siguiente curva, y podré alejarme de la orilla por el otro lado."

Cuando tomaban la curva, un camión Dina grande venía con las luces altas. El camión lucía adornado como árbolito de Navidad, con luces exteriores de colores en la cabina y las redilas, que mostraban una imagen grande de la Virgen de Guadalupe.

Ocupaba la mitad de la carretera y casi obligó a la Toyota a ir al borde del acantilado. Ambos hombres gritaron alarmados y el coronel Leyeva le maldijo, dando la vuelta al volante a la derecha y luego a la izquierda para evitar que patinara y así poder estabilizar la Toyota.

El camión no les chocó por un pelo, pero se resbalaron por el aceite del camión encallado arriba. Cundo se aproximaron a la siguiente curva, el coronel Leyeva giró el volante a la izquierda para cruzar la carretera al carril opuesto y estacionarse en el borde.

Tan pronto como cruzó la línea que dividía los dos carriles, una camioneta Ford Expedición negra sin luces excepto por sus faros para la neblina, aceleró y les impactó en una esquina. La Toyota giró completamente, lanzando el ataúd para afuera de la góndola, antes de detenerse quedando con la parte del frente balanceándose sobre la cara del acantilado. Brevemente atascándose, luego cayendo en picada de frente 900 metros al fondo del cañón y estallando en una bola de fuego.

* * *

"Jesús Malverde," Luis masculló, saltó de su vehículo y corrió de regreso siguiendo la carretera hacia donde él había golpeado la pequeña camioneta pick up. La carretera era de manera poco natural resbaladiza y él apenas podría ver o aguantar como el viento y la lluvia le abofeteaban casi en el borde de la carretera.

Qué locura. ¿Qué diablos estaba haciendo ese camión cruzando el camino en la mitad de una tormenta? Se volvió insensible, se inclinó y con su mano se cubría la cara de la lluvia y cuidadosamente se acercó hacia el borde de la carretera.

"¡Chingada! ¡Mierda!" Maldijo. "Sólo los cabrones y los pendejos conducen por esta carretera en la lluvia."

Un pequeño fuego resplandecía muy abajo, en el fondo del acantilado.

Maldita sea, de cualquier manera, pensó.

Mirando alrededor, no vio nada. Algunos faros delanteros eran visibles abajo, los conductores avanzaban lentamente hacia arriba por la carretera de la montaña. No había nada que él pudiera hacer. Él llevaba una carga de metanfetamina en un piso falso debajo de los asientos de atrás de la Ford Expedición. Tenía que ir a algunos lugares y encontrarse con ciertas personas. No había duda, quienquiera que fuera él que conducía esa camioneta estaba muerto.

Caminó cuesta arriba a su coche y entró, tratando de alcanzar un paño de manos que guardaba en la guantera para secarse la cara. "Chingada. Qué mala pata tengo."

Él acarició a la Santa Muerte en su musculoso antebrazo y a Jesús Malverde en el otro. Echando a andar el motor, miró una vez en su espejo retrovisor y lentamente salió al camino, conduciendo menos aprisa.

Maldijo tormentas, viento y conductores estúpidos. Él dejaría su carga de metanfetamina en San Cristóbal y se devolvería a la autopista para Tuxtla

Gutiérrez. Cuca cantaba esa noche en el club. Él necesitaba una bebida después de tal jornada diaria.

EPÍLOGO

(Un mes después)

Un mes había pasado tras la aventura no deseada de David con el padre Salvador López, el Hombre Hueso, el doctor Bin Saud, y el padre Gregory, el inquisidor papal del Vaticano. Él había regresado a su trabajo, aunque las memorias de esa dura experiencia permanecerían por mucho tiempo.

Él había quedado conmocionado al enterarse de que el padre Gregory y su aliado federal habían encontrado la muerte al chocar cuando conducían bajo una tormenta por la montañosa carretera vieja de San Cristóbal a Tuxtla Gutiérrez. David odiaba esa peligrosa cinta de la carretera principal y apenas se había librado de un desastre varias veces cuando se había encontrado con camiones o autobuses conducidos por agresivos hombres machistas. Una carretera nueva, más segura de cuatro carriles estaba en construcción pero no la habían terminado aún.

Aunque él no le tenía estimación al inquisidor papal y sus métodos, la muerte del sacerdote había sido una tragedia. Alguien en alguna parte le extrañaría. La pérdida del cuerpo y el féretro e indudablemente los antiguos manuscritos eran una catástrofe.

Yusuf, completamente perturbado sobre todo el asunto, abordó un avión para regresar a Líbano dos días después del accidente. La noche antes de que saliera, planteó la posibilidad de que el cuerpo bien podría ser los restos del Apóstol Tomás, citando los manuscritos de papiro y su contenido, el original cuerpo arropando y los artículos que lo acompañaban como la prueba. Nadie sabría jamás, cómo se había perdido tanto en ese terrible accidente.

David regresó a Xibalbá para ayudar a Karen. Pasó el segundo día en el lugar fotografiando la pared del lado sur del salón principal de la caverna, donde el altar, los cráneos y muchas pruebas de las ceremonias y rituales que se habían celebrado por centenares de años habían sido excavados. Muchas de las pinturas y jeroglíficos estaban deteriorados y borrosos por los procesos naturales de la caverna, pero él se acercó para ver mejor y se dio cuenta que en la pintura de Kukulkán no era como él lo recordaba. Quizá él había visto más representaciones del dios a través de los años, pero repentinamente observó que los hombres delante de la particular Serpiente Emplumada no eran cautivos temerosos. En lugar de eso, estaban arrodillados mirando con sus ojos respetuosamente, haciendo una reverencia en espera para recibir algo de Kukulkán.

Él se dio cuenta de que las manos de la Serpiente Emplumada no sujetaban un cetro de rango o una espada. Éstas sujetaban un cáliz, ofreciéndolo a los mayas arrodillados. Ésa no era una escena típica conmemorando la guerra o el sacrificio humano. La imagen demostraba aparentemente, el familiar simbolismo religioso y era angustiadamente similar a la del ataúd del Hombre Sagrado.

Aunque el viejo hombre estaba bajo la influencia de alucinógenos en aquel momento, David recordaba que el Hombre Hueso había dicho que le había dado a Sally un cáliz que el chamán había encontrado en el féretro. Nadie había podido contactar o encontrar al sacerdote, porque él estaba protegido por los indígenas, primordialmente los zapatistas. Los gobiernos de ambos países estaban alarmados por el giro inusual de los acontecimientos, pero estaban imposibilitados al intentar localizar a una figura religiosa misteriosa que realizaba milagros e incitaba a los indígenas a exigir sus derechos y el regreso de sus tierras.

Hasta ahora, todos los esfuerzos para conocer y capturar a la figura religiosa radical habían fracasado. Los indígenas callados se rehusaban a aportar información concerniente a su localización. Le protegían. Él era uno de ellos, un hombre religioso que realizaba milagros, una Serpiente Emplumada de hoy en día, el Hombre Sagrado había regresado del este cumpliendo su promesa para curar y unir a los mayas.

Luego de una semana en el sitio, David comenzó a oír historias de los trabajadores indios. Él escuchaba cuentos que parecían ser sobre servicios religiosos, que se llevaban a cabo en la selva en ambos lados del río Usumacinta, a los cuales asistían miles de indígenas. Pueblos enteros escondidos en las sierras y las selvas de adentro casi imposible de conocer su ubicación se movían, buscando al Hombre Sagrado en la selva, quien era posiblemente un sacerdote renegado y que poseía un cáliz mágico que curaba las enfermedades.

Era perturbador y David sentía firmemente que Sally era la misteriosa figura religiosa y el cáliz podría ser la fuente de las sanaciones milagrosas. Eso quería decir que Sally había caído bajo la influencia de ese condenado Balám Reyes, quien le había seducido con la promesa de que la verdadera vocación religiosa, era trabajar entre aquéllos que tenían mucha necesidad.

Por la noche en la excavación, David estaba recostado en su tienda de campaña y especulaba. ¿Estaba en lo correcto Yusuf? se preguntaba. ¿Era este cuerpo incorrupto el de Santo Tomás? ¿Las pinturas y los jeroglíficos de la Serpiente Emplumada que estaban en la cueva y en el ataúd del Hombre Sagrado eran los registros precisos de los acontecimientos ocurridos 2,000 años antes en Méjico? ¿Cómo y por qué había atravesado Santo Tomás un océano para venir aquí?

Quizá la pregunta más escandalosa de todas, era lo que concernía al cáliz. ¿El cáliz había sido tomado del féretro por el Hombre Hueso y él se lo había entregado al padre López. ¿El Santo Grial? ¿El mítico cáliz de la última cena? ¿Sabía alguien eso?

David había perdido la fe muchos años antes, cuando era un estudiante de antropología. Él tranquilo pero resueltamente vivió su vida de la mejor manera que él sabía, reconociendo que todas las personas sacaban provecho de las expectativas y las leyes morales de la Biblia.

Él no creía en la magia y los milagros atribuidos a los principales protagonistas, sin embargo. Como la mayoría de antropólogos, él vio eso como las evidencias que se agregaron para dar validez y probar la divinidad de alguien. Las grandes religiones de todo el mundo requieren que sus seguidores suspendan las evidencias de sus sentidos a favor de la fe. Partos virginales, sanaciones mágicas y mensajes de visitas eran confundibles con alucinaciones y eran la constante en todas las religiones. Todos los estudiantes de antropología y arqueología lo sabían. Era todo científico, ¿o, no lo era?

¿O sí lo era? Era lo suficientemente fastidioso para volverle amarillo el hígado a un hombre y ponerlo de rodillas.

* * *

El cardenal Nizzi se sentó a solas en una silla acolchonada en el Vaticano, considerando cuidadosamente su siguiente maniobra. La muerte inesperada de su amigo y colega le estremeció hasta la médula. Él se puso en cuclillas sobre el piso. Ninguna frase trillada podría contener su desesperación haciendo frente a los acontecimientos catastróficos. Como muchos cuartos en el Vaticano, aquél contenía artículos antiguos, adornados meticulosamente, que la Iglesia católica había adquirido durante 2,000 años. En una pequeña alfombra oriental antigua enfrente de él estaban colocados los restos destrozados del sarcófago de Méjico.

Era ya tarde esa mañana y él tenía mucho que hacer ese día, pero él permanecía en la misma posición y miraba fijamente el ataúd. Él decidió que era muy bello pero primitivo. Quizás había sido la casa del bendito Santo Tomás, antes de que él fuera lanzado sobre un acantilado e inmolado en una flama ignominiosa, resplandeciente. Había sido una tragedia para el padre Gregory y la Iglesia católica. ¿Cómo un acontecimiento que prometía ser tal fuente de celebración y un triunfo podría convertirse en una derrota y un desastre? ¿Había triunfado la maldad sobre el bien? ¿Por qué no había intervenido Dios para consolidar el éxito de su iglesia y su misión? ¿Era eso por los libros y su contenido?

El cardenal Nizzi leyó los escritos enviados por fax por el padre Gregory de la diócesis en Tuxtla Gutiérrez y los encontró tan sorprendentes como seductores.

Él supo que algunos verían el contenido como una amenaza horrenda y muchos exigirían que se destruyeran o que se abstuvieran del público para siempre.

¿Qué de los otros textos?, ¿Los cinco o seis libros restantes que se desaparecieron en ese accidente? ¿Eso era parte de un plan divino que los libros se perdieran en un acontecimiento tan abrumador? ¿Sabré alguna vez el resto de historia, o meramente permaneceré atormentado por el hecho de saber que fueron escritos? ¿Por qué es este destino particular tan personal y devastador? ¿El pertenecer a la Iglesia es castigó o protección?

Había sido humillado. Él había tenido que contactar al académico libanés, Yusuf Bin Saud, y había tratado de llegar a un acuerdo con él. Con la destrucción de los originales, el cardenal Nizzi se rebajaba a negociar con un sarraceno y un ateo. El arqueólogo mejicano, el profesor David Wolf, de quién el inquisidor papal había hablado tan mal, que supuestamente tenía las fotografías de los tres manuscritos y que le había enviado por fax al doctor Bin Saud. El padre Gregory había encarcelado y castigado al doctor Wolf por su participación en el asunto. ¿Le podría convencer para compartir su información?

Aún más inquietantes eran los informes de Guatemala y el sur de Méjico. Uno de sus sacerdotes había desertado y se había ido y permanecía fugitivo. Este cura se había unido a elementos radicales en el conflicto zapatista. Según el obispo, el padre López desertó de su vocación por la cama de una mujer, una arqueóloga empleada por el mismo doctor Wolf, él que tenía las fotografías de los manuscritos.

En ese entonces el padre López había abandonado a la mujer y desaparecido en las selvas montañosas de Latinoamérica. El comportamiento del sacerdote errante normalmente no era un asunto de la diócesis, no era necesariamente tan raro. Lo que era preocupante, sin embargo, eran las historias que llegaban de ese lugar inaccesible, el mismo en donde el sacerdote había desaparecido. Todos daban cuenta de milagros y un cáliz mágico que sanaba a todo el que bebía de él. Los milagros eran asunto de la Congregación para la Protección de la Fe, la oficina de cardenal Nizzi y él recibiría instrucciones de investigar ese asunto.

El ponderó esta cuestión cuidadosa y extensamente, decidió que los informes de milagros eran simplemente una extensión del asunto no resuelto relacionado con el cuerpo y los libros. Sólo el milagro de Santo Tomás, si fuera cierto, habría agitado al Vaticano y sus fundamentos. Ahora de repente, una copa milagrosa que curaba se sumaba a todo esto. Si al cáliz se le pudiera seguir la pista hasta el cuerpo en estado de conservación y el féretro, las implicaciones serian sorprendentes.

Aunque la tarea aún no le había sido asignada a él, se preguntaba si el cáliz podría ser el Santo Grial, la vasija perdida hacía mucho tiempo que había usado

Jesús en la última cena para enseñarle a sus discípulos qué todo se podría compartir en el cuerpo y la sangre de Cristo.

¡No podía ser cierto! Atentaba contra el entendimiento.

Viajar por un área primitiva de selva que virtualmente no figuraba en el mapa de montañas extendiéndose a lo largo de dos países para encontrar a alguien que no quería ser encontrado era la tarea más difícil que su oficina alguna vez había emprendido y la más importante. Él no podría permitirse el lujo de fallar.

El cardenal Nizzi tuvo la posibilidad de salir. Él iría a la Capilla Paulina, su favorita en El Vaticano. Sus paredes bellas, adornadas con pinturas grandes de escenas bíblicas extendiéndose más allá del altar debajo de una cuadrícula espectacular de mármol blanco, con un cielo en forma de domo presentando escenas de la resurrección, siempre le traían calma al estrés de sus deberes.

Caminó por el pasillo y se arrodilló en la iglesia debajo de una pintura grande de Jesús siendo clavado en la cruz y alguien cavando un hoyo en el cual la cruz sería plantada. El cardenal Nizzi necesitaba una guía y pensó en la escena para tener en particular una buena disposición en su estado de ánimo.

Él comenzó con una oración de penitencia, entonces por la falta de costumbre, él alcanzó su rosario y comenzó a rezar la primera década de oraciones.

"Dios te salve María llena eres de gracia…el Señor está contigo…."

"Rápido. ¡Apresúrense!" El Hombre Hueso señalaba hacia la colina donde estaba la abertura de una caverna que había sido limpiada de maleza y escombros. Los truenos oscuros hervían en un cielo plomizo y las ráfagas del fuerte viento, batían y doblaban el dosel del bosque.

Su grupo de seis indígenas zapatistas trabajaban poderosamente llevando un cuerpo arriba de la ladera esparcida en escombros sin dejarlo caer. Balám no había visitado el lugar en veinte años, pero él recordaba el interior espacioso, seco de la antigua tumba. Casi en estado primitivo, los glifos bellamente coloridos y los cuadros de grandes gobernantes y guerreros alineados a las paredes.

Un día, él sabía, que los hombres blancos encontrarían ese lugar, pero hasta mucho después de que él muriera. El Parque Natural de Monte Azules era una enorme reserva de la fauna silvestre con pocas vías de acceso. Mucho de eso estaba todavía inexplorado, con grandes espacios casi inaccesibles. Era un lugar especial conocido sólo por un puñado de indígenas lacandones que vivían en las tierras bajas al este de la gran cadena de montañas. Cuando era un joven, el tutor de Balám lo condujo allí.

Treinta minutos después, él ahuyentó a sus hombres de la cueva, guardándose una antorcha para dar una la última mirada alrededor. Un altar de piedra con cráneos con expresión de risas, una cierta cantidad que habían perdido las mandíbulas yacía a la derecha. Debajo había botellas de licor vacías, restos de paquetes de comidas desparramadas y cerros de ceniza gris, los restos del incienso copal quemado para enviar oraciones en el éter espiritual de lo sobrenatural.

La carga de la edad le pesaba en sus hombros, pero le acomodaba bien. El Hombre Hueso se sentía aliviado en la antigua tumba, rodeado por los restos de los grandes reyes y los líderes. Él sabía que las almas de los grandes hombres y las mujeres nunca se habían ido de su casa y él sentía su presencia aquí y adentro del bosque cuando atravesaba el área.

Él se quedó mirando por última vez al Hombre Sagrado donde él había sido puesto, en una saliente de una roca cerca del altar. Vestido como un campesino indígena y todavía luciendo el brazalete negro, daba la apariencia de estar tranquilo, sereno como si estuviera vivo, impasible y desinteresado, su espíritu latente y en espera del propósito por el que estaba.

"Usted es nada sólo problema," el viejo chamán le reprendía. "Usted no ayuda nada ahora. Pero usted bien aquí. Estos hombres su amigo. Le doy copa a buen túnica negra. Sacerdote con alma que sabe que el espíritu necesita buenas obras y creencia en gente pobre. Él ser nuevo Hombre Sagrado. Su tiempo de usted ya pasó. Usted ser feliz con él. Él ayudar gente buena de la selva."

Él dio la vuelta para salir, entonces vaciló y dijo, "Regresaré pronto. Necesitamos hablar de copa. Pienso hombre del Papa envía a otros robar copa otra vez. Copa no para lujoso sacerdotes de túnica negra. Ser para pobres y enfermos."

* * *

El padre Salvador López se arrodilló ante un pequeño altar portátil, en su tienda de campaña en alguna parte de la selva lacandona. Ensayaba los temas del próximo sermón que él pronto habría de dar, pero su mente se mantenía deslizándose hacia los pensamientos de que: La vida cada vez se pone mejor.

Era muy humilde. Él había hecho muy poco para merecer la circunstancia maravillosa en la cual se encontraba. Lejos estaba su fijación sobre el conflicto entre la fe en Dios y el razonamiento analítico. Sentía desde el fondo de su ser que las tres preguntas candentes que todo el mundo se hacía, ¿Cómo llegué aquí? ¿Qué es lo que supuestamente tengo que hacer mientras estoy aquí? Y ¿Qué me ocurrirá después de que muera? Ya habían sido respondidas.

La respuesta era tener la mente en calma y dejar al espíritu volar muy alto. No había hecho ningún esfuerzo estos días. El amor de Dios era una fuente espiritual que mantenía el fuego de su espíritu y robustecía su voluntad. Le daba el propósito para hacer poco caso y la intensidad a resolverlo. Le permitía tener una forma clara de pensar y cometer actos valientes apoderándose de su voluntad. Dejaba que alguien superara los fracasos de la vida y triunfara sobre las afrentas de los poderosos que explotaban a todos los demás.

Los pasados dos meses habían sido un ciclón de actividad, moviéndose de una posición a otra. Él iba hacia donde le dirigieran sus manejadores zapatistas. Él confiaba en ellos que implícitamente lo protegían y cuidaban mientras el conducía a esos en gran necesidad. Él había sido guiado a las montañosas selvas de Guatemala en tres ocasiones diferentes y había oficiado por lo menos dos misas a la semana en regiones apartadas de la región de la selva lacandona.

Las muchedumbres crecieron cuando se corrió la palabra del poder curativo del cáliz entre los fieles, dispersándose como fuego a través de un bosque deshidratado con la necesidad del respiro. El poder de fe permaneció triunfante. La creencia alimentó el alma y la oración le echó combustible al motor de Dios. El cáliz era una vasija que expresaba el amor de Dios, un regalo para esos que lo necesitaban más. Salvador estaba asombrado que él fuera el escogido para ayudar en esta obra maestra. Él sabía que los acontecimientos transcendentales y las sanaciones milagrosas que ocurrían en cada misa tenían poco o nada que ver con él. Él era simplemente un proveedor de la gracia de Dios.

Marcos le dijo más temprano que la misa de hoy había sido la reunión más grande de indígenas en la lacandona desde los tiempos antiguos. La palabra del servicio religioso inminente se esparcía a través de comunidades y pueblos en la selva montañosa como un viento agudo soplado por el aliento de Dios. Cómo acomodarían a tantos era preocupante, pero Salvador dejó a esas preocupaciones pasar, confiando en Dios y los esfuerzos de sus hermanos zapatistas para asegurar que todo saliera bien.

Una mayor preocupación se cocinaba a fuego lento en el fondo de su mente. Él unió la historia del Hombre Sagrado, el cuerpo milagroso que permanecía incorrupto por centenares, quizá miles de años. Los escritos antiguos y el cáliz venían del Hombre Sagrado, quién Sally creía que era el Apóstol Tomás. Él también sentía que el cáliz era el Santo Grial según la tradición y la literatura, el articulo más codiciado en el mundo cristiano.

Era increíble que la historia del cáliz y sus muchos milagros encontraran oídos desagradables en todas partes, adentro de las Casas de Parlamento y en concilios Vaticanos. La súbita desilusión y la afrenta estaban expresadas. Todos codiciaban el cáliz, pero especialmente esos que encontraban defectos en él que lo poseía, creyendo que debería ser rescatado de los indígenas indignos que no podían comprender su valor real.

La copa sería recelada por aquéllos que no la tenían y su valor sería negado. Dirían que estaba siendo mal utilizada o que era impura, que sólo podía estar protegida y ser empuñada por esos que fuerte y espiritualmente eran dignos, que poseían la sabiduría y el conocimiento verdadero. Un cura común, renegado católico no encajaba en esos criterios.

Eso, él sabía, era por lo que se movían constantemente, usualmente por la noche y siempre por regiones apartadas sin caminos de acceso, se podía llegar sólo por veredas en la selva conocidas por los indígenas que atravesaban el área del sur de Méjico y Guatemala por miles de años.

Debían lograr mucho en breve antes de que la batalla por el control del cáliz comenzara. La Iglesia católica veía sus enseñanzas como herejía, mientras el estado las llamaría subversivas. Era probable que él perdiese la vida en el conflicto por iniciar, pero él lo tenía resuelto, ver que su misión continuara hasta el fin, cualquiera que ese fin pudiera ser. Creía que todas las cosas y acontecimientos tenían un propósito y él era parte de tal propósito.

Entretanto, era hora de ir al trabajo. Trató de alcanzar el tirante del morral gris de lana que contenía el cáliz y su Biblia. Colgándolo en su hombro, él salió de su tienda de campaña hacia el fondo del valle abierto, profundo, dentro del bosque tan protegido como él en las misas. Su asistente, la jovencita que sanó con el cáliz en su primera misa en el sitio Xibalbá, sonriendo le saludó y tomó su mano. Ella estaba embarazada con un niño de él y saberlo le trajo la mayor alegría que podría expresar. Ella estaba siempre con él, abnegadamente prestando sus servicios y cuidándolo en las formas que nunca soñó que fuera posible.

Estaban unidos por un cortejo de más de diez zapatistas que formaban una valla para dividir a la muchedumbre. Al momento de ser visto el estrépito ruido de voces fuertes y niños que lloraban disminuía hasta convertirse en murmullo y luego en susurro. Las personas estiraban sus cuellos para ver al Hombre Sagrado, portador del cáliz sagrado. Su púlpito era una colina en medio del valle. Los enfermos e incapacitados ya habían sido transportados allí y eran atendidos por otros.

No todos estaban enfermos, pero a todo el mundo se le invitaba a tener la oportunidad de compartir el linaje sagrado de Cristo.

El padre López sonreía y estaba de pie sobre su púlpito de tierra, observando el fondo del valle que se extendía 200 metros al norte y al sur, un área con un riachuelo que atravesaba un paisaje normalmente árido, rocoso cortado de tajo en las boscosas faldas de una montaña rodeando el valle. Él no tenía ni idea dónde estaba en un mapa, pero eso no tenía importancia. Era la estación de lluvias y todas las sartas de ríos pasaban fuertemente y claros por la lacandona, donde eventualmente se le unían al ancho río Usumacinta que serpenteaba al este, hacia el Golfo de Méjico. Los oscuros cúmulos pesados estaban suspendidos oprimiendo sobre el valle y las sierras circundantes y el humo de centenares de fogatas del campamento ascendía caprichosamente el calor hacia las alturas. Con una voz fuerte, clara, Salvador le dio a todo el mundo las gracias por resistir las dificultades del viaje para algo semejante en una región apartada a compartir en la Gracia de Dios. Les dijo que él se sentía seguro que serían recompensados. Les pidió a ellos que se unieran a él en la oración e inclinado en una reverencia su cabeza, dio gracias por la vida y la salud, solicitaba por su fuerza para exigir de los ricos y ávidos eso que había sido robados a los mayas.

Hizo una pausa, aspiró profundamente antes de empezar su sermón. Repentinamente, un glorioso agujero celestial se abrió en las nubes, y un rayo de luz tornasolada reventó en llamas de esplendor justo en el suelo del valle. La muchedumbre se quedó sin aliento y gimió cerca del éxtasis religioso, así como la tensión se libró de los labios de miles.

El padre López estaba impresionado, vigilando el maravilloso rayo de sol que se expandía y bañaba el valle entero en su desvanecimiento brillante. Gracias, Dios mío, le pidió, entonces volteó a ver a su sonriente pareja que puso una mano alrededor de su barriga embarazada, protectoramente, sujetando las cuentas del rosario con su otra mano.

Aspirando profundamente, él empezó su sermón, parafraseando una exposición que Cristo dio en su famoso Sermón de la Montaña, una parábola que tenía ya 400 años de edad antes de que él lo hablase. El mensaje se lo habían entregado los esenios por medio de su Maestro de Rectitud, un líder de una comunidad monástica que escondió totalmente los Rollos Del Mar Muerto en cavernas por encima del monasterio, donde los pastores beduinos los encontraron casi 2,000 años más tarde.

"Bienaventurados los mansos, pues recibirán en herencia la tierra," dijo, escogiendo su beatitud favorita para empezar.

Él hablo simple y apasionadamente, diciéndoles que Jesús les había hablado directamente a los pobre como ellos 2,000 años antes. Su mensaje fue tan poderoso y significativo como había sido entonces. Su tierra había sido robada y debía ser devuelta. Él alabó su resistencia haciendo frente a la extrema pobreza y a su inquebrantable espíritu y él juró a Dios que estaba de su lado.

Él terminó sus minutos de sermón más tarde diciéndole a todo el mundo presente que examinara su corazón para ver la verdad de sus palabras, las cuales eran las mismas que Cristo había pronunciado muchos años antes. Él se detuvo a ver el espacio inmenso que ocupaba la muchedumbre que había viajado de tan lejos por días enteros, la mayor parte de ellos a pie. Podría tomar las horas, ¿Pero qué más tenía él que hacer que ofrecer el cáliz a quién quiera que fuera que quisiera compartirlo?

Primero, él se lo ofrecía a esos con gran necesidad, los enfermos y lisiados, quienes habían sido llevados hacia el frente, por miembros de su familia para curarse.

El padre López extrajo una cantimplora del morral de lana que tenía a sus pies y vació agua de manantial adentro del cáliz, después tapó la cantimplora y la dejó a un lado. No se necesitaba más agua. Sin tomar en cuenta que eran muchos los que participarían, Dios siempre proveía.

Inclinando la cabeza hizo una reverencia, sujetó el cáliz con ambas manos y rezó, no una oración sacerdotal de transubstanciación que convirtió el agua y el vino en la Sangre de Cristo, simplemente una oración de gratitud por los innumerables regalos de Dios. Ninguna de los oraciones tradicionales o ninguno de los conjuros eran necesarios, sólo el sincero agradecimiento. Esto lo había aprendido, haciéndolo.

El sol brillaba intensamente y soplaba el aire fresco a través del valle, levantando el espíritu de todos y prometiéndoles una renovación de la fe. Con sus guardaespaldas zapatistas haciendo en medio un camino, Salvador dio vuelta y se fue andando por la colina hacia los enfermos y moribundos que estaban situados a su alrededor. Personas de todas las edades imaginables y de su estado físico conversaban sobre el suelo, algunos recostados en sus espaldas o que estaban apoyados en muletas. Otros de pie sostenidos por sus parientes.

Él se inclinó, ofreciéndole el cáliz a una malhumorada y pestilente mujer vieja, con ojos lagañosos cubierta de llagas. Ella era una limosnera sin familia y daba la apariencia de no ser más que una madeja de pelo y un costal de huesos, pero él sonriendo le acercó el cáliz a sus labios.

"Bendita seas, Madre. Por favor recuerda que Jesús te ama y que esta es la tierra que te pertenece a ti."

Fin

Notas Finales del Autor

El Evangelio de la Serpiente Emplumada es una historia de mi propia creación y todos los errores son míos. Aunque algunos pueden sentirse ofendidos por la mención del Santo Grial en Latinoamérica, me gustaría decir que no es más ridículo que seguir las aventuras de los Caballeros Arturianos de la Mesa Redonda haciendo lo mismo en Inglaterra alrededor del año 500 B.C. Por mucho tiempo he estado fascinado con los primeros años de la de Cristiandad. Muchos antropólogos e historiadores de las religiones creen que las ideas germinales del Mahometismo, el Cristianismo, el Judaísmo, y Zoroastrismo, tienen su origen entre 5 a 7000 mil años en la antigua Babilonia, Egipto, y Persia, la Fértil Media Luna donde las primeras civilizaciones tuvieron sus raíces. La historia nos indica que las principales religiones del mundo compitieron con las religiones previamente establecidas e iniciaron como culto antes de convertirse en los principales pilares de los pensamientos religiosos de las sociedades actuales. La historia poco conocida y los procesos resultantes del cristianismo y la vida actual es una historia fascinante que sólo puede ser deducida y que quizás nunca conoceremos en su totalidad.

En el año 1800 únicamente había un billón de personas en el planeta. Hoy en día, sólo 200 años más tarde, existen más de siete billones de habitantes, la mayoría de ellos más pobres de lo que podemos imaginar, buscando un hogar, trabajo, comida y salud, a la vez que un puñado de países ricos se han lanzado al siglo 21 donde la doctrina ortodoxa se confronta con la ciencia. Billones de pobres alrededor del mundo no tiene acceso al prevaleciente modelo económico y social. También tienen poco o nada de lo que nosotros damos por hecho y que consiste en comida, Internet, tecnología, comunicación, igualdad para la mujer, asistencia médica para la salud, libertad y seguridad personal de gobiernos caprichosos, corruptos y totalitarios. Las ideologías religiosas y políticas continúan enfrentándonos a unos y otros, mientras las corporaciones multinacionales se transforman ascendiendo en la escala socioeconómica y política de nuestro tiempo. La complejidad del problema nos deja pasmados. Yo siempre trato estos asuntos con mis estudiantes en la clase, pero finalmente estamos de acuerdo en que no hay soluciones fáciles o ciertamente ninguna que no ofenda al rico y poderoso.

Aunque mi esfuerzo puede resultar inadecuado, escribí el Evangelio de la Serpiente Emplumada para entretener y traer la atención sobre los apuros de los pobres, ilustrando como la religión puede ser una ayuda potencialmente poderosa o un obstáculo para la sociedad. Siempre he envidiado a aquellos que son firmes en su fe, ya sea ciencia o religión. Tengo 63 años de edad y cuanto más estudio me doy cuenta que menos sé. Mi generación y las anteriores no hemos hecho un buen trabajo en esta materia. Los jóvenes hoy en día, mucho más que antes en la historia de la humanidad están viviendo en tiempos interesantes.